Philipp Vandenberg

SIXTINISCHE VERSCHWÖRUNG

Philipp Vandenberg

SIXTINISCHE VERSCHWÖRUNG

Roman

Gustav Lübbe Verlag

Schutzumschlag: Roberto Patelli, Köln
Satz: Jung SatzCentrum, Lahnau
Druck und Einband: May & Co., Darmstadt

Printed in West Germany
ISBN 3-7857-0515-8

1. Auflage September 1988
2. Auflage November 1988
3. Auflage Dezember 1988
4. Auflage Dezember 1988
5. Auflage August 1989

INHALT

DIE WICHTIGSTEN PERSONEN DER HANDLUNG

Die Eminentissimi und Reverendissimi Herren Kardinäle

GIULIANO CASCONE	Kardinalstaatssekretär und Präfekt des Rates für die Öffentlichen Angelegenheiten der Kirche
JOSEPH JELLINEK	Präfekt der Kongregation für die Glaubenslehre
GIUSEPPE BELLINI	Präfekt der Kongregation für die Sakramente und den Gottesdienst
FRANTISEK KOLLETZKI	Prosekretär der Kongregation für das kath. Bildungswesen und Rektor des Collegium Teutonicum

Die Eminentissimi und Reverendissimi Herren Erzbischöfe und Bischöfe

MARIO LOPEZ	Prosekretär der Kongregation für die Glaubenslehre und Titularerzbischof von Caesarea

PHIL CANISIUS	Leiter des Istituto per le Opere Religiose IOR
DESIDERIO SCAGLIA	Titularerzbischof von San Carlo

Die hochgeachteten Herren Monsignori

WILLIAM STICKLER	Kammerdiener des Papstes
RANERI	1. Sekretär des Kardinalstaatssekretärs

Des weiteren

AUGUSTINUS FELDMANN	Leiter des Vatikanischen Archivs
PIO SEGONI	Benediktiner aus Montecassino
PROF. ANTONIO PAVANETTO	Generaldirektor der Vatikanischen Bauten und Museen
PROF. RICCARDO PARENTI	Michelangelo-Spezialist aus Florenz
PROF. GABRIEL MANNING	Professor für Semiotik am Athenäum des Lateran
BRUDER BENNO alias DR. HANS HAUSMANN	Klosterbruder
GIOVANNA	Hausbeschließerin

VON DER WOLLUST DES ERZÄHLENS

Während ich schreibe, werde ich von heftigen Zweifeln geplagt, ob ich das alles überhaupt erzählen darf. Ob ich es nicht besser für mich behielte, so wie jene es für sich behalten haben, die bisher davon Kenntnis hatten. Aber ist nicht Schweigen die grausamste Lüge? Und trägt nicht sogar Irrtum zum Verständnis der Wahrheit bei? Unfähig jener Erkenntnis, die selbst dem wahren Christenmenschen ein Leben lang verborgen bleibt und die sich stets in das Zeugnis des Glaubens flüchtet, habe ich lange das Für und Wider erwogen, bis die Wollust überhand nahm, diese Geschichte zu erzählen – so wie ich sie unter denkwürdigen Umständen erfuhr.

Ich liebe Klöster, ein unerklärlicher Drang treibt mich an diese von der Außenwelt abgesonderten Orte, welche, das sei einmal angemerkt, die schönsten Flecken der Erde besiedeln. Ich liebe Klöster, weil dort die Zeit stillzustehen scheint, ich genieße den morbiden Geruch, der ihre weitverzweigten Gebäude durchströmt, jene Mischung aus ewig vor sich hinmuffelnden Folianten, feucht gewischten Gängen und verflüchtigtem Weihrauch. Vor allem aber liebe ich Klostergärten; sie werden meist vor der Öffentlichkeit verborgen, warum weiß ich nicht, zeigen doch gerade sie einen Blick ins Paradies.

Dieses vorausschickend will ich erklären, warum ich an jenem leuchtenden Herbsttag, den nur der südliche Himmel hervorzuzaubern vermag, in das Paradies des Benediktinerklosters eindrang. Es war mir gelungen, mich nach einer Führung durch Kirche, Krypta und Bibliothek von einer Gruppe abzusetzen, und dabei fand ich den Weg durch ein kleines Seitenportal, hinter dem nach dem Plan des hl. Benedikt man den Klostergarten vermuten konnte.

Das Gärtlein war ungewöhnlich klein, viel kleiner als es ein Kloster dieser Größe erwarten ließ, und der Eindruck wurde dadurch vestärkt, daß die tiefstehende Sonne das paradiesische Quadrat diagonal in eine grellbeleuchtete und eine tiefschattige Hälfte teilte. Nach der beklemmenden Kühle, die dem Inneren des Klosters anhaftete, wirkte die Wärme der Sonne wohltuend. Spätsommerblumen, Phlox und Dahlien mit schweren Blütenköpfen, zeigten ihre hohe Zeit, Iris, Gladiolen und Lupinen setzten senkrechte Akzente, und allerlei Gewürzkräuter drängten sich wildwachsend in schmalen Beeten, durch einfache Holzbretter voneinander getrennt. Nein, dieser Klostergarten hatte nichts gemein mit den parkähnlichen Anlagen anderer Benediktinerklöster, welche allseitig eingerahmt von der Phalanx trutziger Gebäudetrakte und gestützt auf einen umlaufenden Kreuzgang, mit Profanem konkurrieren wie Versailles oder Schönbrunn. Dieser Klostergarten war gewachsen, nachträglich aufgehäuft zu einer Terrasse am südlichen Abhang des Klosters und getragen von einer hohen Mauer aus Tuffstein, wie ihn die Gegend hervorbrachte. Nach Süden war der Blick frei, und an klaren Tagen konnte man am Horizont die Gebirgskette der Alpen ausmachen. An der einen Seite, dort wo die Küchenkräuter wuchsen, plätscherte Wasser aus einem Eisenrohr in einen Steintrog, und daneben stand ein morsches Gartenhäuschen, eher ein Bretterverschlag, an dem sich schon mehrere Baumeister ziemlich ungeschickt versucht hatten. Vor Regen schützte eine verschlissene Bedekkung aus Dachpappe, ein quergestellter, ausgedienter Fensterflügel war die einzige Lichtöffnung. Das Ganze verbreitete auf ungewöhnliche Weise Heiterkeit, wohl deshalb, weil die Konstruktion irgendwie an jene Bretterhäuschen erinnerte, die wir als Kinder in den Ferien zusammenzimmerten.

Aus dem Schatten tönte plötzlich eine Stimme: »Wie hast du mich gefunden, mein Sohn?«

Ich hielt schützend die Hand über die Augen, um mich im Schattenlicht besser zu orientieren, und der Anblick, der sich mir bot, lähmte mich für einen Augenblick: Da saß aufrecht in einem Rollstuhl ein Mönch mit prophetischer schlohweißer Barttracht. Er trug einen gräulichen Habitus, der sich auffallend von dem vornehmen Schwarz der Benediktinermönche unterschied, und während er mich mit durchdringenden Augen ansah, drehte er sein Haupt hin und her, ohne den Blick von mir zu lassen, wie eine hölzerne Marionette.

Obwohl ich seine Frage sehr wohl verstanden hatte, fragte ich, um Zeit zu gewinnen, zurück: »Was meinen Sie?«

»Wie hast du mich gefunden, mein Sohn?« wiederholte der seltsame Mönch seine Frage mit der gleichen Bewegung des Kopfes, und ich glaubte einen Ausdruck von Leere in seinem Blick zu erkennen.

Meine Antwort blieb unverbindlich, sollte es auch sein, denn ich wußte nichts anzufangen mit dieser seltsamen Begegnung und seiner ebenso seltsamen Frage. »Ich habe Sie nicht gesucht«, sagte ich, »ich habe das Kloster besichtigt und wollte nur einen Blick in den Garten werfen, entschuldigen Sie.« Ja, ich schickte mich an, mich mit einem Kopfnikken zu verabschieden und zu gehen, als der Alte plötzlich die Arme anwinkelte, die bis dahin reglos auf den Lehnen des Rollstuhls lagen, und den Rädern einen Stoß versetzte, daß er auf mich zuschoß wie von einem Katapult beschleunigt. Der Alte schien Bärenkräfte zu haben. Ebenso schnell wie er sich mir genähert hatte, blieb er stehen, und als er ganz nahe war, erkannte ich, nun dem Sonnenlicht ausgesetzt, unter der strähnigen Haar- und Barttracht ein schmales, fahles Gesicht, viel jünger als es den ersten Anschein hatte. Die Begegnung begann mich zu beunruhigen.

»Du kennst den Propheten Jeremias?« fragte der Mönch unvermittelt, und ich zögerte einen Augenblick, ich überlegte, einfach wegzulaufen; aber sein stechender Blick und diese seltsame Würde, die von dem Mann ausging, hielt mich zu bleiben.

»Ja«, sagte ich, »ich kenne den Propheten Jeremias, und Isaias, Baruch, Ezechiel, Daniel, Amos, Jonas, Zacharias und Malachias« – so wie sie mir seit meiner Internatszeit in einem Kloster im Gedächtnis geblieben waren.

Die Antwort verblüffte den Mönch, ja sie schien ihn zu erfreuen, denn mit einem Mal wich die Starrheit aus seinem Gesicht, und er verlor das Marionettenhafte in seinen Bewegungen.

»›In jener Zeit‹, sagt Jeremias, ›wird man die Gebeine der Könige von Juda und die Gebeine seiner Fürsten und die Gebeine seiner Priester und die Gebeine der Propheten und die Gebeine der Bewohner Jerusalems aus ihren Gräbern zerren. Man wird sie der Sonne, dem Mond und dem gesamten Himmelsheer hinwerfen, denn man liebte und verehrte diese ja, lief ihnen nach, suchte sie auf und warf sich anbetend vor ihnen hin. Sie werden nicht wieder gesammelt und kommen in kein Grab. Als Dung auf dem Acker sollen sie dienen. Und der gesamte Rest, der von diesem bösen Geschlecht allerorts noch übrig bleibt, wohin immer ich sie verstoße, wird dann lieber sterben als leben.‹«

Ich sah den Mönch fragend an, und der Mönch erkannte meinen ratlosen Blick und sagte: »Jeremias acht, eins bis drei.«

Ich nickte.

Der Mönch hob den Kopf, daß sein weißer Bart beinahe waagrecht stand und mit dem Handrücken strich er sanft über die Unterseite seiner Haarpracht. »Ich bin Jeremias«, sagte er dabei, und im Tonfall seiner Stimme klang eine gewisse Eitelkeit, eine ganz und gar unmönchische Tugend. »Alle nennen mich Bruder Jeremias. Aber das ist eine lange Geschichte.«

»Sie sind Benediktiner?«

Er machte eine verneinende Handbewegung: »Man hat mich in dieses Kloster gesteckt, weil sie glauben, daß ich hier am wenigsten Schaden anrichten kann. So lebe ich nach der *Ordo Sancti Benedicti,* unberührt und ungestört von weltlichen Daseinsbedürfnissen, würdelos als Converse. Könnte ich, ich würde fliehen!«

»Sie sind noch nicht lange im Kloster?«

»Wochen. Monate. Vielleicht sind es schon Jahre. Was spielt das für eine Rolle!«

Die Klagen des Bruders Jeremias begannen mein Interesse zu wecken, und mit der gebotenen Vorsicht erkundigte ich mich nach seinem früheren Leben.

Da schwieg der rätselhafte Mönch, er ließ das Kinn auf die Brust sinken und blickte an sich herab auf seine gelähmten Beine, und ich fühlte, daß ich zu weit gegangen war mit meiner Frage. Aber noch bevor ich ein Wort der Entschuldigung hervorbringen konnte, begann Jeremias zu reden.

»Was weißt du, mein Sohn, von Michelangelo . . .«

Er redete stockend, ohne mich dabei anzusehen, und man spürte, daß er sich jedes Wort überlegte, bevor er es aussprach, und dennoch erschienen mir seine Worte wirr und zusammenhanglos. Ich erinnere mich nicht mehr an jede Einzelheit, vor allem deshalb, weil er sich ständig verhaspelte, verbesserte und Sätze neu begann; aber mir blieb im Gedächtnis, daß hinter den Mauern des Vatikan Dinge im Gange seien, von denen der gläubige Christenmensch keine Ahnung habe und daß – und das erschreckte mich – die Kirche eine *casta meretrix,* eine keusche Hure sei. Dabei gebrauchte er Fachausdrücke und schwelgte in Worten wie Kontroverstheologie, Moraltheologie und Dogmatik, daß meine Zweifel, Bruder Jeremias könnte nicht bei klarem Verstand sein, schneller schwanden, als sie gekommen waren. Er nannte Konzile mit Namen und Jahreszahl, unterschied Partikular-, Plenar- und Provinzialkonzile und nannte Vor- und Nachteile des Episkopalismus, bis er auf einmal jäh endete und fragte: »Du hältst mich wohl auch für verrückt?«

Ja, er sagte *auch,* und das überraschte mich. Offensichtlich wurde Bruder Jeremias in diesem Kloster als geistig Verwirrter abgesondert wie ein lästiger Häretiker, und ich weiß auch nicht mehr, was ich dem Mönch antwortete; ich erinnere mich nur noch, daß mein Interesse an diesem Mann wuchs. Also kam ich auf meine Frage zurück und bat ihn, er solle mir doch berichten, auf welche Weise er in dieses Kloster gelangt sei. Aber Jeremias wandte sein Gesicht der Sonne zu und schwieg mit geschlossenen Augen, und während ich ihn so betrachtete, merkte ich, wie sein Bart zu zittern begann; die kleinen Bewegungen wurden heftiger, und mit einem Mal zuckte der ganze Oberkörper des Mönchs, und seine Lippen bebten wie vom Fieber gequält. Welch furchtbares Ereignis mochte vor den geschlossenen Augen dieses Mannes ablaufen?

Vom Turm der Klosterkirche schlug die Glocke und rief zum Chorgebet, und Bruder Jeremias richtete sich auf, als erwache er aus einem Traum. »Sprich mit niemandem über unser Zusammentreffen«, sagte er hastig, »am besten, du verbirgst dich in dem Gartenhaus. Während der Vesper kannst du das Kloster unbemerkt verlassen. Komme morgen zur gleichen Zeit! Ich werde da sein!«

Ich befolgte die Anweisung des Mönchs und verbarg mich in dem kleinen Holzhaus, und gleich darauf näherten sich Schritte. Ich spähte durch das halb erblindete Fenster und sah, wie ein Benediktiner Jeremias in seinem Rollstuhl zur

Kirche schob. Die beiden sprachen kein Wort. Es schien, als nehme keiner von dem anderen Notiz, als käme der eine einem unabänderlichen Mechanismus nach und der andere ließe ihn teilnahmslos über sich ergehen.

Wenig später vernahm ich aus der Kirche gregorianische Gesänge, ich ging nach draußen, hielt mich jedoch im Schatten des Gartenhauses, um nicht doch noch von einem Fenster der umliegenden Klostergebäude aus entdeckt zu werden, denn ich wollte Bruder Jeremias unbedingt wiedersehen. An der hohen Stützmauer führte eine steile Steintreppe nach unten. Ein eisernes Tor, das den Zugang versperrte, war leicht zu überwinden.

Auf diese Weise verließ ich das Kloster und den paradiesischen Garten und auf demselben Weg verschaffte ich mir am nächsten Tag Zutritt. Ich mußte nicht lange warten, bis ein Confrater, wortlos wie am Tag zuvor, Jeremias im Rollstuhl in den Garten schob.

»Seit ich hier bin, hat sich niemand für mein früheres Leben interessiert«, begann der Mönch ohne Umschweife, »im Gegenteil, sie haben sich Mühe gegeben, es vergessen zu machen, mich abzuschirmen von der Außenwelt, sie wollen mir einreden, ich hätte den Verstand verloren, als sei ich ein verkommener Spirituale, ein islamischer Assassine. Mag sein, daß die volle Wahrheit über mich nicht in dieses Kloster vorgedrungen ist; auch wenn ich sie tausendmal beschwüre, niemand würde mir glauben. Galilei muß nicht anders gefühlt haben.«

Ich beteuerte, daß ich seinen Worten Glauben schenkte; ich spürte, daß es ihm ein Bedürfnis war, sich irgend jemandem anzuvertrauen.

»Aber meine Erzählung wird dich nicht glücklicher machen«, wandte Bruder Jeremias ein, und ich beteuerte, ich würde sie zu ertragen wissen. Da begann der einsame Frater zu erzählen, er redete ruhig, bisweilen sogar distanziert, und am ersten Tag wunderte ich mich, warum er selbst nicht in seiner Geschichte vorkam. Am zweiten Tag wurde mir allmählich klar, er schien über sich in der dritten Person zu berichten wie ein neutraler Beobachter – ja, einer der Menschen, von denen er weit ausholend erzählte, mußte er selbst sein: Bruder Jeremias.

Wir begegneten uns fünf Tage hintereinander im Paradiesgarten des Klosters, wir verbargen uns hinter einem wildwuchernden Rosenspalier, bisweilen auch in der morschen Hütte. Jeremias redete, nannte Namen und Fakten, und obwohl seine Geschichte bisweilen fantastisch erschien, zweifelte ich keinen Augenblick an ihrer Wahrheit. Während er sprach, sah Bruder Jeremias mich nur selten an, er hielt den Blick meist auf einen imaginären Punkt in der Ferne gerichtet, als lese er von einer Tafel ab. Ich wagte nicht, ihn auch nur einmal zu unterbrechen, ich wagte ihm keine Frage zu stellen, weil ich fürchtete, er würde den Faden verlieren, und weil ich gebannt war von seiner Erzählung. Auch mied ich es, mir Notizen zu machen, die den Redefluß des Mönchs vielleicht gestört hätten, so daß ich das Folgende aus dem Gedächtnis niederschreibe; aber ich glaube, es kommt den Worten des Bruders Jeremias nahe.

DAS BUCH JEREMIAS

Der Tag sei verflucht, an dem die Kurie beschloß, die Sixtinische Kapelle einer Restaurierung zu unterziehen nach neuesten Erkenntnissen der Wissenschaft. Verflucht sei der Florentiner, verflucht alle Kunst, verflucht die Vermessenheit, ketzerische Gedanken nicht auszusprechen mit dem Mut des Ketzers, sondern sie gemahlenem Kalk, dem widerwärtigsten aller Gesteine, anzuvertrauen, *buon fresco* mit lüsternen Farben vermischt.

Joseph Kardinal Jellinek blickte zum hohen Gewölbe, wo, mit Planen verhängt, ein Gerüst hing; es gab den Blick gerade noch frei auf Adam am Finger des Schöpfers. Als fürchte er die mächtige Rechte Gottes, huschte über das Gesicht des Kardinals ein merkliches Zucken, mehrmals in unregelmäßigen Abständen; denn dort, umwallt von roten Gewändern, schwebte kein gnädiger Gott, ein Schöpfer stand auf, kraftvoll und schön, muskelbepackt wie ein Kämpfer, Leben verbreitend. Das Wort, hier war es Fleisch geworden.

Seit den unseligen Zeiten des kunstsinnigen Pontifex Julius hat kein Papst Freude gefunden an den orgiastischen Malereien Buonarrotis, der, was schon zu seinen Lebzeiten ein offenes Geheimnis war, dem christlichen Glauben zweifelnd gegenüberstand und die Bilder seiner Gedanken aus einer seltsamen Mischung alttestamentarischer Überlieferung und griechischer Antike ableitete, vielleicht auch noch idealisiertem Römertum, was schlichtweg als sündhaft galt, damals. Papst Julius soll betend zu Boden gefallen sein, als ihm der Künstler zum ersten Mal das Fresko mit dem unbarmherzigen Richter enthüllte, welcher Gute wie Böse vor der Gewalt seines Urteils erzittern läßt, doch kaum erholt von seiner Demut, geriet er mit Michelangelo in heftigen Streit über die Fremdheit, Rätselhaftigkeit und Nacktheit der Darstellung. Verwirrt von der undurchdringlichen Symbolik, den zahllosen Anspielungen und neuplatonischen Hinweisen, wußte die Kurie keinen anderen Rat, als die Anhäufung prallen, nackten Menschseins zu tadeln, mehr noch, ihre Beseitigung zu fordern, allen voran Biagio da Cesena, der Zeremonienmeister des Papstes, der sich in Minos, dem Höllenrichter, zu erkennen glaubte, und nur wütender Einspruch der bedeutendsten Künstler Roms hatte das Jüngste Gericht vor dem Abschlagen bewahrt.

Sickerwasser, mehrfache Übermalungen und Kerzenruß drohten Michelangelos orgiastischen Geistesflug zu zerstören. O hätte doch Schimmel die Propheten gefressen und Rauch die Sibyllen verzehrt; denn kaum hatte Chefrestaurator Bruno Fedrizzi auf hohem Gerüst die Arbeit begonnen, kaum hatte er mit seinen Helfern die ersten Propheten von einer dunklen Schicht, bestehend aus Kohlenstoff, Kaninchenleim und in Öl gelösten Pigmenten befreit, da nahm das Vermächtnis des Florentiners seinen Lauf, ja es schien, als erhebe sich Michelangelo von den Toten, drohend wie der Engel der Rache.

Joel, der Prophet, hielt er einst eine düstere Rolle Pergament in Händen, welche, obwohl zwischen Linker und Rechter von vorne nach hinten verdreht, weder auf der Vorder- noch auf der Rückseite ein geschriebenes Zeichen enthielt, so war nun, nach erfolgter Reinigung, auf der Schriftrolle deutlich ein A zu erkennen. A und O, erster und letzter Buchstabe des griechischen Alphabetes, sind christliche Symbole der Urkirche, aber die Restauratoren wischten vergeblich, bis das *al fresco* gemalte Pergament grelle Weiße erlangte. Der Kalkputz verbarg kein O. Dafür tauchten in dem Buch, das die erythräische Sibylle, dem Propheten Joel benachbart, auf einem Lesepult aufgestellt hat, ein anderes rätselhaftes Kürzel auf: I – F – A.

Diese unerwartete Erscheinung brachte, unbemerkt von der Öffentlichkeit, eine heftige Diskussion in Gang. Archivare und Kunsthistoriker der vatikanischen Bauten und Museen unter Professor Antonio Pavanetto begutachteten die Entdeckung, aus Florenz reiste der Michelangelo-Spezialist Riccardo Parenti an, und Kardinalstaatssekretär Cascone erklärte die Entdeckung zur Geheimsache, nachdem man intern über die Bedeutung der Buchstaben A – I – F – A diskutiert hatte. Parenti war es auch, der zum ersten Mal die Möglichkeit ins Gespräch brachte, im Zuge der Restaurierungsarbeiten könnten weitere Schriftzeichen entdeckt werden und ihre Entschlüsselung könne unter Umständen wenig wünschenswert sein für Kurie und Kirche. Schließlich habe Michelangelo unter seinen Auftraggebern, den Päpsten, gelitten und mehr als einmal angedeutet, er würde sich auf seine Weise rächen.

Ob von dem florentinischen Maler häretisches Gedankengut zu erwarten sei, erkundigte sich der Kardinalstaatssekretär.

Der Kunstprofessor bejahte die Frage unter Vorbehalt.

Darauf ließ Kardinalstaatssekretär Giuliano Cascone den Präfekten der heiligen Kongregation für Glaubensfragen, Joseph Kardinal Jellinek, hinzuziehen, der jedoch an der Angelegenheit wenig Interesse zeigte und die Empfehlung aussprach, die Generaldirektion der vatikanischen Bauten und Museen unter Professore Pavanetto möge sich des Falles annehmen – wenn man überhaupt von einem Fall sprechen könne. Das heilige Offizium wolle nicht eingreifen.

Als im folgenden Jahr die Restauration bei der Figur des Propheten Ezechiel angelangt war, richtete sich das Interesse der Kurie vor allem auf die Schriftrolle, die der Künder der Zerstörung Jerusalems in seiner Linken hält. Es habe den Anschein, meldete Fedrizzi, als sei das Fresco an dieser Stelle besonders verrußt, als sei mit einer Kerzenflamme künstlich nachgeholfen worden, die Stelle abzudunkeln. Schließlich kamen unter dem Schwamm des Restaurators zwei weitere Buchstaben zum Vorschein: L und U, und Professore Pavanetto äußerte die Vermutung, daß auch die persische Sibylle, die Ezechiel in der Reihe nachfolgt, ein Buchstabengeheimnis berge. Die bucklige Alte hält, offensichtlich kurzsichtig, ein rotgebundenes Buch direkt vor die Augen, und vom Gerüst aus der Nähe betrachtet war schon vor der Reinigung durch Bruno Fredrizzi ein Buchstabe andeutungsweise zu erkennen. Kardinalstaatssekretär Cascone, den die Entdeckung mehr als alle anderen zu beunruhigen schien, ließ das Buch der Sibylle probereinigen. So wurde die Vermutung zur Gewißheit, und ein weiterer Buchstabe, B, fügte sich der Kombination an.

Man mußte also davon ausgehen, die letzte Gestalt in der Reihe, der Prophet Jeremias, würde ebenfalls ein Kürzel preisgeben, und in der Tat, die Schriftrolle an seiner Seite zeigte ein A. Jeremias, der wie kein anderer Prophet von inneren Kämpfen gequält wurde und offen aussprach, das Volk werde niemals bekehrt werden, er, dem Michelangelo sein eigenes verzweifeltes Gesicht aufgesetzt hatte, blieb stumm, resigniert, ratlos – so, als kenne er die geheimnisvolle Bedeutung der Buchstabenreihe: A – I – F – A – L – U – B – A.

Kardinalstaatssekretär Giuliano Cascone erklärte, vor Veröffentlichung der Entdeckung müsse die Bedeutung der Inschrift geklärt sein, und er stellte zur Diskussion, die unerklärlichen Kürzel, sollte ihr Geheimnis nicht umgehend gelöst werden können, abzuwaschen, was, nach Auskunft von Chefrestaurator Bruno Fedrizzi, technisch möglich sei, weil Michelangelo die Buchstabenkürzel *a secco* zusammen mit geringfügigen Korrekturen auf die fertigen Fresken aufgebracht habe. Doch Professore Riccardo Parenti protestierte heftig, er drohte, in diesem Fall seine Beratertätigkeit aufzugeben und sich an die Öffentlichkeit zu wenden mit dem Hinweis, daß in der Sixtinischen Kapelle das wohl bedeutsamste Kunstwerk der Welt verfälscht und zerstört werde. Cascone zog daraufhin seine Pläne zurück und beauftragte nun *ex officio* Joseph Kardinal Jellinek als Präfekt der Kongregation für die Glaubenslehre, eine Kommission zur Erforschung der sixtinischen Inschrift einzusetzen und die Ergebnisse in einer ordentlichen Versammlung zu beraten. Gleichzeitig wurde die Angelegenheit von der Kategorie *speciali modo* zur Kategorie *specialissimo modo* erhoben, derzufolge jede Übertretung des Geheimhaltungsauftrages mit Ehrverlust geahndet werde, und als Termin für das Consilium wurde Montag nach dem zweiten Sonntag nach Epiphanias festgesetzt.

Jellinek verließ die Kapelle und stieg die engen Steinstufen empor, mit gekonntem Griff seine Soutane raffend, die, wie alle Kleidung des Kardinals, von Annibale Gammarelli stammte, Santa Chiara Nr. 34, wo Kurie und Papst schneidern ließen, wandte sich auf dem Treppenabsatz nach links und lief in dieser Richtung weiter. Seine aufgeregten Schritte hallten in dem langen, leeren Korridor, der zweihundert Schritte erforderte, vorbei an Landkarten-Fresken des Kosmographen Danti, ausgewählt nach achtzig Schauplätzen der Kirchengeschichte, welche Papst Gregor XIII. zwischen den goldgefaßten Stuck des endlosen Gewölbes hatte malen lassen, bis zu jener Türe, die – ohne Schloß und Klinke – den Zugang zum Turm der Winde versperrte wie ein unüberwindliches Falltor. Der Kardinal gab ein Klopfzeichen und verharrte regungslos, wissend, daß der Öffnende einen weiteren Weg zurücklegen mußte.

Woher dieser Turm seinen Namen trägt, ist bekannt: die gregorianische Kalender-Reform nahm hier im Dachgeschoß ihren Anfang, als der Pontifex ein Observatorium installieren ließ zur Beobachtung von Sonne, Mond und Sternen. Selbst das wechselvolle Spiel der Winde konnte ihm nicht entgehen, weil der mächtige Arm eines Zeigers an der Decke stets in die Richtung des Luftstroms wies, von einer Wetterfahne gesteuert. Schon lange ist jenes Instrumentarium verschwunden, mit dessen Hilfe im denkwürdigen Jahre des Herrn 1582, dem zehnten seines Pontifikats, das Abendland um zehn Tage gebracht wurde, daß dem 4. der 15. Oktober folgte und die sinnenverwirrende Regel, hinkünftig seien von den Säkularjahren nur diejenigen als Schaltjahre zu zählen, deren erste Ziffern durch vier teilbar sind: *Fiat. Gregorius papa tridecimus.* Was blieb, sind Bodenmosaiken des Tierkreises, von der Sonne bestrahlt, die ein Spalt in der Wand einläßt, und Fresken an den Wänden, Göttergestalten in wehenden Gewändern, den Winden gebietend.

Tabu und Geheimnis umgeben den Turm der verlorenen Tage seit frühester Zeit; aber nicht die heidnischen Götter, nicht Jungfrau, Stier und Wassermann tragen Schuld, auch nicht die Tatsache, daß es in dem wuchtigen Gemäuer keine künstliche Beleuchtung gibt, nein, die Aura des Mysteriums rührt von Bergen von Akten, Wänden von Dokumenten, die hier – in *Fondi* gegliedert – aufbewahrt werden, thematisch, historisch sortiert – wie viele *Fondi* im Staub der Jahrhunderte ruhen, weiß niemand: *L'Archivio Segreto Vaticano* – das Vatikanische Geheimarchiv.

Vereinnahmt im Laufe der Zeit von den endlosen Korridoren des päpstlichen Geheimarchivs, breiteten sich Papiere und Pergamente in den Turm aus wie vulkanische Lava, Jahrhunderte lang überdeckte Gegenwärtiges Vergangenes, bis Gegenwärtiges selbst Vergangenheit war und von neuer Gegenwart verschüttet wurde. Im Turm fanden Archivare Gelegenheit, jene Dokumente zu stapeln, die nach dem Willen der Päpste niemand anderem als ihren Nachfolgern zur Kenntnis gelangen sollten – *Riserva,* geschlossene Abteilung.

Als der Kardinal Schritte hörte hinter dem Portal, wiederholte er sein Klopfzeichen, und gleich darauf klapperte ein Schlüssel, und das schwere Tor öffnete sich lautlos. Man schien das Klopfzeichen des Kardinals zu kennen oder auch den Zeitpunkt oder die Hintertür, durch die er zu dieser Zeit Einlaß forderte; denn der öffnende Präfekt fragte nicht nach dem späten Besucher, ja er blickte nicht einmal durch den Türspalt, so sicher war er, das Klopfzeichen des Kardinals zu erkennen. Der Präfekt, ein Oratorianer mit Namen Augustinus, war der älteste, oberste und erfahrenste Archivhüter, ihm standen ein Vizepräfekt, drei Archivare und vier *Scrittori* zur Seite, die allesamt der gleichen Tätigkeit nachgingen, wenngleich mit unterschiedlichem Rang; aber von Augustinus hieß es, er könne ohne Pergamente und *Buste* – so nennt man die Ordner-Mappen, in denen Briefe und Papiere aufbewahrt werden – nicht leben, er schlafe inmitten seiner Urkunden und wahrscheinlich decke er sich mit ihnen auch zu.

Für gewöhnlich betrat man das Archiv von vorne, wo der Präfekt oder einer der *Scrittori* an einem breiten, schwarzen Tisch saß, ein jeder in derselben Haltung, die Hände in den Ärmeln seines schwarzen Gewandes verborgen, vor sich das aufgeschlagene Register, in das jeder Besucher gegen Vorlage des Zulassungsausweises eingetragen wurde, der ihm den Zugang zu gewissen Regalen erlaubte, die Mehrzahl aber verschloß, und der Kustos vergaß nie, die Zeit in Stunden und Minuten dahinterzusetzen, welche der Forscher – zwei, drei, mehr kamen nicht pro Woche – in den dunklen Regalen verbrachte.

Im Gehen murmelte der Kardinal etwas, das sich anhörte wie *»laudetur Jesus Christus«*, und huschte an dem Präfekten vorbei; er lehnte es ab, seinen Namen in das Register einzutragen. Zur Rechten ein Raum mit dem verheißungsvollen Namen *Sala degli Indici* barg Gebundenes, Indices und Summarien und Bestandsverzeichnisse und Klassifizierungsvermerke des Archivs, ohne deren Kenntnis das Gestapelte undurchdringbar war wie die Geheime Offenbarung Johannis und gewiß ebenso verwirrend. Archivare und *Scrittori* hätten die geheimen Räume und Regale ruhig offenstehen lassen dürfen, und niemand, auch nicht der beflissenste Wissenschaftler, würde den kilometerlangen Ablagerungen auch nur ein einziges Geheimnis entlockt haben, weil alle *Fondi,* mit Buchstaben und Zahlen verschlüsselt, nicht den geringsten Hinweis auf ihren Inhalt verrieten, ja, allein zum Gebrauch der einzelnen Register wurden wissenschaftliche Arbeiten geschrieben, welche Regalwände füllten, und es gab Abteilungen wie jene, nur vom obersten Geschoß im Turm der Winde zugänglich, wo 9000 *Buste* lagerten, zum größten Teil ungeöffnet, weil zwei *Scrittori* – so wurde kalkuliert – bei Sichtung jeder einzelnen Notiz 180 Jahre brauchen würden zu deren Archivierung.

Wer aber glaubt, im Besitz der Signatur eines Dokumentes, dasselbe auf geradem Wege entdecken zu können, sieht sich getäuscht; denn es gab im Lauf der Jahrhunderte, vor allem seit dem Schisma, zahlreiche wiederkehrende und vergebliche Versuche, die gesamten Bestände neu zu signieren, und das hatte zur Folge, daß viele *Buste* mehrere Signaturen tragen, eine offene Verbalsignatur *»de curia, de praebendis vacaturis, de diversis formis, de exhibitis, de plenaria remissione«* usw., welche jedoch nur dann leserlich erscheint, wenn die Akten – wie zur Zeit der mittelalterlichen Päpste üblich – liegend aufbewahrt wurden (die Bezeichnung befindet sich daher auf der Unterseite), oder eine Zahlensignatur oder ein kombiniertes Buchstaben-Zahlensystem wie z. B. »Bonif. IX 1392 Anno 3 Lib. 28«.

Im letztgenannten hinterließ ein *custos registri bullarum apostolicarum* namens Giuseppe Garampi um die Mitte des 18. Jahrhunderts deutliche Spuren. Er schuf jenes *Schedario Garampi,* eine Archivsammlung, deren schematische Aufteilung in verschiedene Themengebiete für jedes Pontifikat jedoch mehr Verwirrung verursachte als Nutzen, weil kein Pontifex so lange regierte wie ein anderer und weil die unterschiedlichen Register wie *»de jubileo«* oder *»de beneficiis* *vacantibus«* verschiedenen Umfang annahmen, aber gleichen Platz zur Verfügung hatten.

Klingt dies verwirrend genug, so gliche jede Neuordnung dem Turmbau zu Babel; denn so wie der Turm nie die Höhe des Himmels erreichte und Gott die Sprache seiner Erbauer verwirrte, so hätte eine neue Konkordanz nur ähnliche Folgen, da sie als Abbild eines unendlichen Universums von vornherein zum Scheitern verurteilt wäre; oder auch weil – nach der Lehre der griechischen Kosmogonie – das Chaos der Urzustand war, aus dem der Schöpfer den geordneten Kosmos bildete, und nicht umgekehrt. Der Vergleich hinkt weniger als der erste, weil Chaos nicht nur das Ungeordnete ist, der ungestaltete Zustand, sondern auch das Gähnende, Klaffende, sich Öffnende, und dem Eintretenden öffnete sich eine unbekannte Welt, über die Augustinus wachte wie der dreiköpfige Zerberus am Tor des Hades.

Der Oratorianer reichte dem Kardinal eine batteriebetriebene Lampe; er ahnte, daß sein Weg zur *Riserva* führen würde, wo es keine Beleuchtung gab, und der Kardinal nickte, ohne ein Wort zu sagen. Auch Augustinus schwieg; aber er ließ sich nicht abschütteln und folgte dem Kardinal über die enge Wendeltreppe in die oberen Stockwerke des Turmes, ein beschwerlicher Weg, der einzige Zugang nach oben, mit einem Wandtelefon auf jedem Treppenabsatz.

Hier, auf dem Weg zu den ältesten und geheimsten Abteilungen des *Archivio Segreto*, roch es muffig dumpf, und der pestilente Gestank wurde durch eine nicht weniger unangenehme Chemikalie verstärkt, deren schneidende Ausdünstung einen hartnäckigen Pilz abtöten sollte, welcher, vor Jahrhunderten eingeschleppt, Akten und Pergamente mit einem purpurnen Gespinst überzog und selbst klugen Formeln der Neuzeit standhielt. Nur mit Genehmigung des Papstes durfte hier geforscht und Einsicht in die Akten genommen werden, doch weil der Papst nicht zu unterschreiben pflegte, es sei denn, es handelte sich um Urkunden bedeutsamen Inhaltes, nahm diese Aufgabe Joseph Kardinal Jellinek wahr; höchst selten freilich, denn es stand keinem Christenmenschen zu, Rechenschaft über die Ablehnung seines Antrages zu fordern. Akten jünger als hundert Jahre unterlagen ohnehin ausnahmsloser Geheimhaltung, päpstliche und den Papst betreffende Dokumente blieben gar dreihundert Jahre der Nachwelt verborgen. Gestapelt, gerollt, verschnürt und versiegelt lagen hier beinahe zwei Jahrtausende Kirchengeschichte gehortet: Hier fand sich die mit dreihundert Siegeln versehene Urkunde, in welcher die protestantische Schwedenkönigin Christine sich zur Transsubstantiation, dem heiligen Abendmahl, dem Fegefeuer, dem Nachlaß der Sünden, der unfehlbaren Autorität des Papstes, den Erkenntnissen des Konzils von Trient und damit zur heiligen katholischen Kirche bekannte. Anweisungen Papst Alexanders VII., Kontobücher, Rechnungen, Briefe und detailgetreue Reports, welche weder die Kleidung der Konvertitin (schwarze Seide, tief dekolletiert) noch die gereichte Patisserie (Statuen und Blumen aus Marzipan, Aspik und Zucker) ausließen und auch ihre bisexuellen Neigungen beschrieben, bestätigten den Ruf dieses Archives als eines der besten der Welt. Der letzte Brief der leidenschaftlich katholisierenden Urenkelin Heinrichs VII., Maria Stuart, an den Papst wurde hier aufbewahrt, desgleichen der Indizierungsbeschluß, mit der die Heilige Kongregation die »Sechs Bücher über die Umläufe der Himmelskörper« des Nikolaus Kopernikus verbot, die der Doktor des Kirchenrechtes Papst Paul III. gewidmet hatte. Im separaten Archiv lagerten die Prozeßakten des Falles Galileo Galilei, gebunden verwahrt unter dem Kürzel EN XIX, mit dem unseligen Urteil der sieben Kardinäle, Blatt 402: »Wir sagen, verkünden, urteilen und erklären, daß du, obengenannter Galileo, wegen der prozessual erschlossenen und von dir gestandenen Dinge wie oben, dich diesem Sant' Ufficio der Häresie schwer verdächtig gemacht hast, nämlich behauptet und geglaubt zu haben, die falsche und den Heiligen und Göttlichen Schriften widersprechende Lehre, daß die Sonne der Mittelpunkt der Erde sei und sich nicht von Osten nach Westen bewege und daß die Erde sich bewege und nicht das Zentrum der Welt sei ... und folglich bist du allen Strafen verfallen, die von den heiligen Kirchengesetzen und anderen Erlassen derartigen Verbrechern auferlegt und rechtskräftig erklärt wurden.« *Verba volant, scripta manent.*

Papstweissagungen wurden hier aufbewahrt, Prophezeiungen, die man offiziell gar nicht zur Kenntnis nahm, und angebliche Fälschungen, welche jedoch von Bedeutung sein mußten, aber auch die Papstweissagungen des hl. Malachias, die – und das stürzte die Kurie in tiefe Ratlosigkeit – nicht von diesem Heiligen stammen können, weil sie erst 440 Jahre nach dessen Ableben niedergeschrieben wurden, während jedoch eben diese anonymen Weissagungen mit bestürzender Treffsicherheit Namen, Herkunft der Päpste und bedeutsame Fakten ihres Pontifikats vorhersagten, mehr noch, das Ende des Papsttums dem übernächsten Stellvertreter zuschrieben, einem Römer namens Petrus, die Siebenhügelstadt, heißt es, werde zerstört werden, und der furchtbare Richter werde sein Volk richten. Nichts auf dieser Welt ist so unumstößlich endgültig wie ein Beschluß der Römischen Kurie, und weil sie den Papstweissagungen ablehnend gegenübersteht, wenngleich *credo quia absurdum* (ich glaube, weil es wider die Einsicht ist) nicht aus dem Mund eines Ketzers, sondern des Kirchenlehrers Anselm von Canterbury stammt, dessen Loyalität gegenüber Gregor VII. und der hl. Mutter Kirche nicht in Zweifel gezogen werden kann, bleibt der gefälschte Prophet Malachias tabu – nach außen hin jedenfalls. Papst Pius X., dem nach der Weissagung *Ignis ardens* (brennendes Feuer) prophezeit war – er wurde am 4. August gewählt, dem Tag des hl. Dominikus, und dessen

Attribut ist ein Hund mit brennender Fackel; gestorben ist Pius wenige Wochen nach Ausbruch des Ersten Weltkrieges – dieser Pontifex bedauerte seinen Nachfolger, den er nicht kannte, weil er von der Weissagung wußte, welche ihm zukam: *religio depopulata* – entvölkerte Religion.

Forschung und Wissenschaft haben inzwischen Filippo Neri, einen großen Heiligen der katholischen Erneuerung, als Urheber der Papstweissagungen entlarvt. Er soll zu Michelangelos Zeiten bisweilen entrückt, von übernatürlicher Besessenheit gewesen sein, daß sein Körper bebte und mit ihm die Häuser, in denen er sich aufhielt, daß er beim Meßopfer über den Altarstufen schwebte und sein Herz abnorm laut zu schlagen begann wie Pauken zum jüngsten Gericht. Aufsehenerregende Krankenheilungen und Zeugen seiner charismatischen Gaben begründeten später seine Kanonisation.

Wo aber lagen die Aufzeichnungen Neris, des Vaters der Oratorianer? Nicht unbegründet dürfte man hoffen, sie hier im geheimen Archiv des Vatikans zu entdecken, wenngleich es heißt, der Heilige habe vor seinem Tod alle persönlichen Papiere verbrannt. War es ein Zufall? In Neris Todesjahr 1595 erschien ein fünfbändiges Werk des Benediktiners Arnold Wion über die literarischen Leistungen seines Ordens, Titel *»Lignum vitae – ornamentum et decus Ecclesiae«,* welches, Band zwei auf den Seiten 307 bis 311, die Prophezeiungen des Oratorianer-Gründers als *Prophetia S. Malachiae Archiepiscopi, de Summis Pontificibus* aufführt. Das Wunder ist des Glaubens liebstes Kind. Eine Querverbindung zwischen dem Oratorianer Filippo und dem Benediktiner Arnold ist unbekannt, so daß der Benediktiner, Gott möge seiner armen Seele gnädig sein, betrogen hat – welch lauteres Motiv auch immer seine Feder gelenkt haben mag.

Sidus olorum – eine Zierde der Schwäne, hieß es dort, werde sich die Tiara aufs Haupt setzen, symbolisch rätselhaft; aber als 1667 Klemens IX. den Thron bestieg, zweifelte niemand mehr an der Richtigkeit der Vorhersage. Klemens (Giulio Rospigliosi) erlangte als Dichter große Berühmtheit, blieb bis heute der einzige Dichter und Papst, und der Schwan ist bekanntlich das Symboltier der Dichter. Jahrhunderte verließ kein Summus Pontifex nach der Wahl im Konklave den Vatikan; und kein anderes Schicksal war Pius VI. vorgezeichnet, als er nach fünfmonatigem Konklave im Quirinalspalast zum Nachfolger des vierzehnten Klemens gewählt wurde. *Peregrinus apostolicus,* so hatte der entrückte Heilige den neuen Papst charakterisiert, was aber im Zeitalter der Aufklärung vergessen blieb, bis der Unglückliche 1798 von französischen Revolutionstruppen nach Frankreich verschleppt wurde, wo er als *peregrinus,* als Fremdling, den Tod fand. Rätselraten rief ein Komet im Wappen Leos XIII. hervor, das jeder Pontifex bei seinem Amtsantritt anzunehmen verpflichtet ist; erst in Verbindung mit der Weissagung »ein Licht am Himmel, *lumen in coelo*«, wurde dieses verständlich. Schon vor der Wahl Johannes XXIII. wurde die Prophezeiung diskutiert, der Nachfolger des zwölften Pius würde *pastor et nauta,* Hirte und Seemann, sein; doch auf keinen der Papabili machte die Verheißung Sinn, niemand gab dem Patriarchen von Venedig, *der* Stadt der christlichen Seefahrt, eine Chance. Und doch, Roncalli wurde gewählt, und sein Pontifikat gilt als eines von höchst pastoralem Charakter.

Nur ein paar Schritte weiter lag das vom päpstlichen Kommisär Remolines erfolterte Geständnis des Mönches Girolamo Savonarola, sich der Ketzerei, der Predigt irriger Lehren und der Verachtung des römischen Stuhles schuldig gemacht zu haben. Minutiöse Berichte über die letzten Stunden des gefürchteten Bußpredigers, seine peinliche Untersuchung in der Zelle, ob nicht der Zauber eines Dämons ihn zum Zwitter verwandelt habe, wie die heilige Inquisition argwöhnte, Zeugenaussagen über seinen tiefen Schlaf vor der

Hinrichtung, unterbrochen nur von mehrmaligem lautem Gelächter, der sensationslose Tod am Galgen und die Verbrennung seines toten Körpers, dessen Asche in den Arno geschüttet wurde. Geheime Dossiers wissen aber auch von florentinischen Mägden, unter deren Gewändern sich vornehme Frauen verbargen und Asche des Fra sammelten, ja sogar ein Arm und Teile des Schädels sollen, so wurde beobachtet, als Reliquien bewahrt worden sein. Auch die Dogmen der Päpste fanden sich hier, das jüngste von der unbefleckten Empfängnis Mariens gebunden in hellblauen Samt.

Der Kustos wußte, daß der Kardinal für all das kein Interesse zeigte, dieser strebte der oberen schwarzen Eichentür zu, die ohne seine, des Kustos, Hilfe nicht zu öffnen war, denn den doppelbärtigen Schlüssel trug er selbst mit einer Kette am Gürtel befestigt bei sich, und kein anderer, nur er hatte den Schlüssel zu diesem geheimsten Raum des geheimen Archivs. Das bedeutete jedoch keineswegs, daß er um das ganze Mysterium dieses Raumes wußte, seinen Inhalt kannte und über das Unaussprechliche schweigen mußte; ihm war nur soviel bekannt: Hinter dieser schweren schwarzen Eichentür lagerten die größten Geheimnisse der Kirche, nur dem jeweiligen Papst zugänglich – jedenfalls hatten es die Vorgänger Johannes Pauls II. so gehalten. Doch der Polenpapst hatte dies Privileg dem Kardinal übertragen, und so trat der Kustos vor den Kardinal und sperrte das Schloß auf im Schein der Lampe. Ein Zittern der Hände verriet seine Erregung. Der Kardinal verschwand in der Tür, Augustinus blieb im Dunklen zurück. Er beeilte sich, wieder abzuschließen; so war es Vorschrift.

Jedesmal beim Aufschließen warf der Kustos einen Blick in den Raum, bei der heiligen Jungfrau Maria eine läßliche Sünde; so kannte er die Einrichtung hinter dem schwarzen Portal: aneinandergereiht schwere Tresortüren wie im Keller einer Staatsbank, deren einzelne Schlüssel aber nicht er, sondern der Kardinal bei sich trug. Es kam nicht oft vor, daß Augustinus diese Tür aufschließen mußte, wenngleich der Kardinal in jüngster Zeit öfter von seinem Recht Gebrauch machte. Das einzige Mal hatte er 1960 erfahren, von welch erregendem Inhalt die hier verschlossenen Dokumente waren. Damals hatte er Johannes XXIII. eingelassen und eingeschlossen, er hatte auf ein Klopfzeichen des Papstes gewartet, so wie er jetzt auf das Klopfen des Kardinals wartete, aber lange, über eine Stunde, blieb alles still. Doch dann auf einmal hatte er dumpfe Schläge mit der Faust gegen die Türe vernommen, und als er das Schloß aufsperrte, war ihm der Papst entgegengetaumelt, zitternd am ganzen Körper als habe ihn ein Fieber befallen – jedenfalls hatte das der Kustos zu jenem Zeitpunkt geglaubt; aber am Ende war dann zumindest ein Teil der Wahrheit ans Licht gekommen. Die Heilige Jungfrau, welche 1917 in Fatima drei portugiesischen Hirtenkindern erschienen war und den Ausgang der Weltkriege vorhergesagt hatte, »Unsere liebe Frau von Fatima« hatte eine dritte Prophezeiung verkündet, deren Inhalt nach Niederschrift erst dem Papst des Jahres 1960 bekannt gemacht werden durfte. Der wahre Inhalt jenes Schriftstückes, das hinter dieser Tür verwahrt wurde, gab im Vatikan zu furchtbaren, ganz unterschiedlichen Spekulationen Anlaß – ein apokalyptischer Weltkrieg, der alles Leben auslöschen werde, hieß es, sei angesagt, der Papst werde ermordet werden, lautete ein anderes Gerücht –, und der Nachfolger Paul VI. konnte nicht umhin, sich nach seiner Wahl hinter dieser Tür zu informieren. Daß er seither an schweren Depressionen und an Entscheidungsschwäche litt, ist kein Geheimnis.

Doch dessen Interesse galt an diesem Abend jenem Stahlschrank, in dem alle Dokumente Michelangelo Buonarroti betreffend aufbewahrt wurden. Daß Michelangelos Korrespondenz mit den Päpsten – vor allem mit Julius II. und Clemens VII. –, die Dossiers über seinen Umgang, denen weder seine asketische Leidenschaft zu Fürstin Vittoria Colonna noch die Kontakte zu Neuplatonikern und Kabbalisten verborgen blieben, daß gerade jene Dokumente allergrößter Geheimhaltung unterlagen, hatte beim Kardinal den nicht unbegründeten Verdacht geweckt, hinter Michelangelo und seiner Kunst verberge sich ein furchtbares Geheimnis. Ja, es konnte gar nicht anders sein; es mußte doch einen Grund haben, daß Michelangelos Leben seit 450 Jahren im Vatikan tabu war!

Ignoranz fürchtet das Wissen, und so griff der Kardinal immer hastiger nach Pergamenten, nach mehrfach gefalteten Papieren, nach mit Bändern verschnürten Aktendeckeln. Er erkannte im Schein seiner Lampe die kleine, schöngeschwungene Schrift, überflog Briefe, die ohne Kontext verständnislos blieben, die meist mit der italienischen Redewendung *»io Michelagniolo scultore...«* beginnen, »ich, Michelangelo, der Bildhauer...«, was zum einen seinen Stolz auf die Sprache Dantes ausdrückte und daß er das von der Kirche verwandte Latein nicht verstand, zum andern aber ein Seitenhieb sein sollte auf die Vergewaltigung seiner Kunst im Vatikan.

Papst Julius II. hatte Michelangelo unter falschen Voraussetzungen nach Rom gelockt, für ihn, den Papst, ein gewaltiges Grabmonument zu schlagen aus Carrara-Marmor, für zehntausend Skudi – ein Menschenleben reichte nicht aus zur Bewältigung des Werkes. Doch als der Marmorbruch aus der Toscana in Rom eintraf, fand der Papst weniger Gefallen an dem Projekt, weigerte sich gar, die Steinbrecher zu entlohnen, und Michelangelo verließ Rom überstürzt in Richtung Florenz. Erst zwei Jahre später kehrte er auf dringende Appelle der päpstlichen Adlaten zurück, wo ihn Julius mit der Erkenntnis überraschte, es müsse Unglück verheißen, sein eigenes Grabdenkmal zu Lebzeiten zu errichten, der Künstler möge vielmehr die Wölbung der Sixtinischen Kapelle ausmalen, jenes schmucklosen Bauwerkes, dem Sixtus IV. della Rovere seinen Namen gegeben hatte. Was halfen da alle Beteuerungen des Künstlers, er sei als *»scultore«* geboren, nicht als *»pittore«*, seine Heiligkeit bestand auf der Ausführung dieser Pläne.

Ein Pergament in der Hand des Kardinals, unscheinbar, die Schrift nur noch schwer leserlich, kündete vom Sieg des Papstes über Michelangelo: »Heute, am 30. Mai 1508, habe ich, Michelagniolo scultore, von Seiner Heiligkeit Papst Julius II. fünfhundert Dukaten erhalten, welche mir Messer Carlino, der Kämmerer, und Messer Carlo Albizzi auf Rechnung der Malerei ausgezahlt haben, mit der ich heutigen Tages in der Kapelle des Papstes Sixtus beginne, und zwar unter den kontraktlichen Bedingungen, welche Monsignor von Pavia aufgesetzt und ich mit eigener Hand unterschrieben habe.«

Der Kardinal schätzte den Duft, der von alten Schriftstücken ausging, den unsichtbaren, feinen Staub, der sich unmerklich auf den Nasenschleimhäuten absetzte und die Sinne derart in Unordnung brachte, daß auf dem Umweg über die Nase das Gelesene früherer Tage Gestalt anzunehmen begann. Und plötzlich tauchte der untersetzte, drahtige Florentiner vor ihm auf, in engen dünnen Beinkleidern und gestepptem, enggegürtetem halblangem Samtwams, sein dreieckiger Schädel, die lange Nase und seine eng beieinanderliegenden Augen, gewiß keine Schönheit von Mann, noch weniger ein kraftstrotzender *scultore.* Mit einem wissenden Lächeln – oder sprach Schadenfreude aus dieser Geste? – reichte er dem Kardinal Pergament um Pergament, und der las begierig. Er verschlang die oft schwer zu entschlüsselnden Dokumente mit den Augen, stieß auf die unverständliche Sprunghaftigkeit seiner Heiligkeit Julius II., seinen seltsamen Geiz, die wiederholten Versuche, den Künstler um sein wohlverdientes Honorar zu prellen, was zum Streit zwischen dem Papst und Michelangelo führen mußte. Die zwölf Apostel hätte seine Heiligkeit gerne an der Decke der Sixtina gesehen, und der Florentiner lieferte Entwürfe, Kunst als Magd der Theologie, aber er empfand sie erbärmlich, verlassen hingen sie in der Mitte des Gewölbes. Im Streit meinte der Rovere-Papst, Michelangelo solle malen, was er wolle, seinetwegen die Kapelle von den Fenstern bis zur Decke vollmalen, *in nomine Jesu Christi.*

Das Ergebnis dieses Wortwechsels: Michelangelo entschied sich für die Genesis, die Erschaffung der Erde, Gottvater über den Wassern schwebend, bis hin zur Sintflut, aus der nur Noahs Arche gerettet wurde, so als erschiene die Schöpfungsgeschichte am Himmel, als ignorierte er Dach und Gewölbe der Architektur – und nicht der kleinste Fingerzeig oder Hinweis auf die heilige Mutter Kirche. Im Gegenteil, Michelangelo mied jede Andeutung, ja, selbst dort, wo sich der Bezug geradezu aufdrängte, bei der Ausfüllung der zwölf durch die Fenster der Kapelle bedingten Gewölbespitzen, entschied er sich nicht für die Darstellung der zwölf Apostel: Der Florentiner malte fünf Sibyllen und sieben Propheten, als wollte er damit ein geheimes Wissen andeuten, das jene verborgen hielten, beeindruckend in der Kraft ihrer Ausstrahlung, Inkarnation von Titanen, deren Macht selbst das Alte Testament zu beherrschen schien, rätselhaft in ihrem Symbolismus, den man ahnen, nie begreifen konnte.

Aus einer Aufzeichnung konnte der Kardinal entnehmen, Michelangelo habe nicht mit den Händen gemalt, sondern mit dem Kopf, er habe Wut und Wissen an die Decke geschleudert, 343 Figuren homerischer Vielfalt, beherrscht von zwölf Sibyllen und Propheten in beinahe bedrohender Gotthaftigkeit. Gewiß, Balzac wird nachgesagt, er habe dreitausend Figuren erfunden, aber Balzac brauchte dazu ein ganzes Leben, Michelangelo malte seinen Teil in nur vier

Jahren – widerwillig, unbefriedigt, rachsüchtig, als wollte er es dem Papst heimzahlen – das ging aus den Dokumenten hervor. Wo aber lag der Schlüssel zur Erkenntnis? Was wußte Michelangelo Buonarroti? Welche bedeutungsvolle Erfahrung wollte der Florentiner mit diesem unverständlichen Weltbild ausdrücken?

Achtundvierzig Päpste – so viele waren bisher auf Julius II. gefolgt – haben sich ernsthaft gefragt, warum Michelangelo dem soeben erschaffenen Adam, dem Gottvater fliegend seinen Leben spendenden Zeigefinger darreicht, warum er diesem Adam einen Nabel malte, wo er doch niemals abgenabelt werden mußte, wenn man der Schrift glauben darf, in der es heißt: »Da bildete Gott der Herr den Menschen aus dem Staub der Ackerscholle und blies in seine Nase den Odem des Lebens« (Genesis 2,7). Ernsthafte Bestrebungen, den Nabel zu beseitigen, gab es mehrfach. Noch zu Lebzeiten des Meisters – Michelangelo muß damals 86 Jahre alt gewesen sein – beauftragte Papst Paul IV. Daniele da Volterra, allzudeutliche Geschlechtsmerkmale michelangelesker Giganten mit einem Lendenschurz zu verdecken, was dem bedauernswerten Hilfsmaler den Spottnamen *»Brachettone«* eintrug, zu deutsch »Hosenlatzmacher«. Daß seinerzeit und später Adams Nabel unangetastet blieb, geht auf Überlegungen der römischen Kurie zurück, welche die Ansicht vertrat, ein überpinselter Nabel stimme den Betrachter eher nachdenklich als ein anatomisch rechtgesetzter Nabel, wenngleich exegetisch zweifelhaft.

Der Geruch von Bücherstaub und Pergament, den er so liebte, den er erhebend fand wie die Weihrauchschwaden bei der Aussetzung des Allerheiligsten, dieser Duft versetzte den Kardinal in einen Zustand ehrfürchtiger Kontemplation. Ja, je mehr er sich in die Dokumente vertiefte, desto mehr wuchs sein Mitgefühl mit dem Florentiner, der, das wurde aus seinen Briefen deutlich, die Päpste in dem Maße zu hassen schien, wie sie ihm übel mitspielten. Hier beklagte er sich, er habe von Julius II. schon ein Jahr keinen Groschen erhalten, fühle sich mit seiner Malerarbeit vergewaltigt (»Ich hatte es Eurer Heiligkeit gleich gesagt, daß Malerei nicht mein Handwerk sei«) und verfluchte dessen Ungeduld auf schwankendem Gerüst. Tag für Tag sei ihm, auf dem Rücken liegend die Farbe in die Augen getropft, er habe an Halsstarre gelitten, die ihn in normaler Haltung am Lesen hinderte, daß er Jahre lang Schriftstücke über den Kopf halten mußte, wollte er sie lesen.

Der Medici-Papst Leo, der auf Julius folgte, machte keinen Hehl aus seiner Abneigung gegen den Florentiner, nannte ihn wild und ließ verlauten, man könne mit Michelangelo nicht verkehren, er favorisierte – wenn überhaupt einen Maler – Raffael; im übrigen galt seine Leidenschaft der Musik. Hadrian, der nach jenem kam, hätte Michelangelos Deckengemälde abschlagen lassen, wäre er nicht unbetrauert vom Tod ereilt worden, und auch zu Clemens kam kein besseres Verhältnis auf. Mutig hämisch ließ Michelangelo seine Heiligkeit in einem Briefe wissen, was er von seinem Projekt, einen achtzig Fuß hohen Koloß zu errichten, halte, nämlich nichts. Wie muß den Florentiner die Geschmacklosigkeit des Papstes aufgewühlt haben, daß er sich zu solchem Spott hinreißen ließ: man könne jenen dem Projekt im Wege stehenden Barbierladen in das Kunstwerk einbeziehen, vorausgesetzt der Koloß würde in sitzender Haltung ausgeführt, ein Füllhorn in seinem Arm möge als Schornstein dienen für den Herd des Barbiers, und allerliebst empfand der Künstler die Idee, ein Taubenhaus in den Kopf einzubauen, Michelagniolo scultore.

Der Kardinal legte jeden einzelnen Brief an seinen Ort zurück. Ratlos schüttelte er den Kopf. Keines dieser Dokumente erschien ihm anstößig oder wert, unter höchster Geheimhaltung aufbewahrt zu werden. Da fiel sein Blick auf ein Bündel Pergament, unscheinbar übersehenswert, verschnürt mit verbräunten Lederriemen; und er hätte die geschnürten Dokumente – ein Dutzend mochte es wohl sein – gewiß unbeachtet gelassen, wären ihm nicht zwei blutrote große Siegel aufgefallen, deren päpstliches Wappen mit drei Querstreifen unschwer als jenes Pius V. zu erkennen war. War Michelangelo nicht unter dem Pontifikat seines Vorgängers gestorben?

Jesu domine nostrum! Die Vorstellung, seit mehr als vierhundert Jahren habe keines Menschen Auge Einblick genommen in den geheimnisvollen Inhalt dieses Bündels, der Pontifex habe wichtige Dokumente verheimlicht, zurückgehalten vor dem Zugriff der Nachwelt, welchen Grund auch immer er gehabt haben mochte, dieser Gedanke brachte seine Finger zum Zittern. Der Kardinal spürte Schweiß im Nacken, und die Luft, welche er noch kurz zuvor wie die Süße eines luftigen Maimorgens in den Albaner Bergen eingesogen hatte, wenn Tausende Kastanien das Land mit ihrem Blütenstaub eindekken, auf einmal wirkte sie beklemmend, den Atem raubend, schneidend, ja, er glaubte zu ersticken in dieser Atmosphäre der Ungewißheit und Angst. Aber eben diese Angst und Ungewißheit lenkte seine fahrigen Finger, ließ ihn die Siegel erbrechen, die aneinanderhaftenden Bänder zerreißen, daß unter einem welligen ledernen Deckel gepreßte, gefaltete Pergamente unterschiedlicher Größe zum Vorschein kamen, *terra incognita.*

»An Giorgio Vasari.« Der Kardinal erkannte Michelangelos Schriftzug. Warum lag dieser Brief an den florentinischen Freund hier im Vatikanischen Archiv? Hastig, sich immer wieder in den kleingeschwungenen Schriftzügen Michelangelos verirrend, was einen Neubeginn nötig machte, las der Kardinal: »Teurer junger Freund. Mein Herz ist bei dir, auch wenn, was bei den Sitten dieser Tage nicht unwahrscheinlich wäre, dich dieses Schreiben nicht erreichte. Du kennst die Verfügung Seiner Heiligkeit (allein bei dem Wort spritzt Galle aus meiner Feder), wonach Briefe und Gepäck jeder Art im Interesse der Inquisition geöffnet und zurückgehalten, sogar als Beweismittel verwendet werden dürfen. Der fanatische Greis, der sich mit dem Namen Paul IV. zu schmücken versucht, als könnte der Name das Teuflische eines Menschen verbergen, hat mir meine aus zwölfhundert Scudi bestehende Pension entzogen, was meine Umstände aber nicht schmälert. Glaube mir, ein Buonarroti läßt nichts ungesühnt. Ich habe die Kapelle des Sixtus nicht mit Farben ausgemalt, wie es dem frommen Auge erscheinen mag, sondern mit Pulver, dessen verheerende Wirkung Francesco Petrarca, der gekrönte Dichter aus Arezzo, in seiner Anleitung zum glücklichen Leben beschrieben hat – du kennst sie. Unter dem *intonaco* stecken Schwefel und Salpeter genug, um den Carafa samt seinen Purpurlakaien in das Inferno zu schicken, das Alighieri in seinem heiligen Gedicht so trefflich beschrieben hat. Dichter sagen, Worte seien die schärfsten Waffen. Ich aber sage dir, mein teurer junger Freund, die Fresken der Sixtina sind gefährlicher als die Lanzen und Schwerter der Spanier, welche Rom bedrohen. Der Carafa-Papst versucht sich vor den Spaniern zu verbarrikadieren, und Mönche müssen tausendfach Erdreich in ihren Kutten tragen, und wäre er nicht nur ein schwaches Gerippe, Paul würde die Geißel schwingen zur Beschleunigung der Arbeit. Obwohl oder gerade weil ich so alt bin, daß mich der Tod bisweilen am Rock zupft, fürchte ich die Spanier nicht. Ich empfehle mich dir. Michelangelo Buonarroti. Post scriptum: Stimmt es, daß in Florenz über die Anzahl der ausgeteilten Hostien an jedem Tage rapportiert werden muß?«

Der Kardinal ließ den Brief sinken. Er lehnte sich mit dem Ellenbogen auf eines der Stehpulte, die zwischen den Stahlschränken als Ablage für Schriften und Folianten dienten. Mit der Rechten wischte er über das Gesicht, als wolle er ein Trugbild vor seinen Augen auslöschen. Er versuchte seine Gedanken zu ordnen, das Gelesene zu verstehen, sich einen Reim zu machen, mühsam, vergeblich. Er begann von neuem: Festzustehen schien, daß dieses Schreiben den Adressaten nie erreicht hatte, von der Inquisition abgefangen, nicht verstanden, aber als mögliches Beweismittel gegen Michelangelo aufgehoben worden war. Was meinte der Florentiner, wenn er schrieb, Schwefel und Salpeter seien in den Feinputz gemischt, auf den der Künstler die Farben *al fresco* – feucht – aufgetragen hatte? Er haßte Paul IV., alle Päpste, die ihm, dem Genie, das mußte man bei objektiver Betrachtung eingestehen, übel mitgespielt hatten; und wenn er schrieb, ein Buonarroti lasse nichts ungesühnt, so sann er auf Rache, mehr noch, er hatte bereits einen furchtbaren Plan, gefährlich genug, den Papst zu beseitigen. Welche Gefahr lauerte hinter den Fresken der Sixtina?

Ein zweiter Brief, dieser an den römischen Kardinal di Carpi, erging sich in ähnlichen Andeutungen. Michelangelo, damals schon in hohem Alter, fuhr den Kurienkardinal mit rohen Worten an, ihm sei zu Ohren gekommen, in welcher Weise sich Ew. Herrlichkeit über sein Werk ausgelassen habe. Dabei müsse er doch nun, nach Carafas Tod, nicht mehr in dessen Horn stoßen, im Gegenteil, der Aufruhr in Rom, der Sturm auf die Gefängnisse der Inquisition, die Zerschlagung seiner stolzen Statue auf dem Kapitol, all das zeuge von der Unbeliebtheit des Papstes und von der Hilflosigkeit seines Nachfolgers, der sich ein Medici nenne, obwohl jedes Kind seine Herkunft aus Milano und seinen wahren Namen Medic*h*i kenne. Seine Heiligkeit sei ein Schmeichler, wenn er ihm die von seinem Vorgänger eingehaltenen Einkünfte erstatte, er sei nicht darauf angewiesen, ein Mann seines Alters brauche nicht viel, und er habe angeboten, seine Arbeit niederzulegen, doch sei das Ersuchen ohne Antwort geblieben, so daß er nun ihn, di Carpi, ersuche, sich bei Seiner Heiligkeit für seine Demission einzusetzen, an Arbeit werde es ihm gewiß nicht mangeln. Ihm, Michelangelo, stehe es nicht zu, seine Arbeit für die Päpste zu bewerten, aber wenn der Heilige Vater meinte, daß seine Arbeit seiner Seele zum ewigen Heile gereichte, so kämen ihm Zweifel, ob das ewige Heil so leicht zu erringen sei und einzig und allein dadurch, daß man einem Künstler siebzehn Jahre den gerechten Lohn vorenthalte. Zum Thema des ewigen Heiles könnte er vieles sagen, doch zwinge ihn sein Verstand zum Schweigen. Was zu sagen sei, habe er seinen Fresken in der Sixtina anvertraut. Wer Augen habe, der sehe. Er küsse Ew. Herrlichkeit untertänigst die Hand. Michelangelo.

In nomine domini! In der Sixtina lag ein Geheimnis verborgen, das Michelangelo mit unergründlicher Niedertracht kolportierte. Alle Geheimnisse sind vom Teufel! schoß es dem Kardinal durch den Kopf, und er erschrak vor dem Gedanken. Er hatte Mühe, sich in dem Gelesenen zurechtzufinden. Was festzustehen schien, war nur dies: Nicht die Anwürfe gegen die Päpste waren der Grund, diese Dokumente im Geheimarchiv verschwinden zu lassen. Andere, größere, in den vorderen Räumen unterlagen keiner Geheimhaltung. Nein, der wahre Grund schien vielmehr in Michelangelos Andeutungen zu liegen. Wer aber kannte das Geheimnis? Pius V. mußte es gekannt haben, denn was gab es für einen anderen Grund, diese Dokumente zu versiegeln? Bedeutete das, daß alle 39 Päpste nach ihm das Mysterium nicht kannten? Gab es einen Zusammenhang zwischen dem Unerklärlichen der sixtinischen Fresken und der dritten Weissagung der Jungfrau Maria? Die Inschrift an der Decke der Sixtina ging ihm nicht aus dem Sinn. Hastig kritzelte er ein paar Worte auf ein Papier, fast ohne zu wissen, was er tat...

»Eminenz?« Die Stimme des Kustos klang fragend durch die Tür. »Eminenz?«

Jellinek wußte nicht, wie lange er nun schon in diesem *Sanctissimum* zugebracht hatte, dem Kardinal schien es auch gleichgültig angesichts der ungeheuren Entdeckung. Er ging zur Tür und rief in herrischem Tonfall: »Er solle warten, bis ich klopfe, habe ich gesagt! Hat er verstanden?«

»Gewiß«, kam es demütig von der anderen Seite. »Gewiß, Eminenz.«

Ein Schriftstück, das sich durch besondere Feinheit der Feder auszeichnete, nahm den Kardinal gefangen. Ober- und Unterlängen der Schrift verhießen übermütigen Jubel des Schreibers, wie bunte Seidentücher im Maiwind. »Signora Marchesa!« lautete die erste Zeile des Schriftstückes, mit einem S, das oben mit einer Welle begann wie ein »In dulci jubilo«, in der Hälfte die Zeile übersprang und sich am Ende wand wie die Schlange um das Ei: »Signora Marchesa!« Ihm war die Pikanterie dieser Anrede durchaus bewußt, denn der Kardinal kannte sehr wohl die Person, welche sich dahinter verbarg. Vittoria Colonna, die Marchesa von Pescara, verwitwet seit der Schlacht von Pavia, fromm, ja bigott, daß Papst Clemens VII. sie eifernd abhielt, den Schleier zu nehmen, während römischer und florentinischer Adel mit Heiratsanträgen wetteiferten, galt sie doch als eine der Schönsten, als eine der Klügsten ihrer Zeit, des Lateins kundig wie ein Kardinal und der Kunst der Rede wie ein Philosoph, diese Marchesa war Michelangelos große, einzige und – man rätselt – platonische Liebe. Eine Liebe, die den Maler und Bildhauer zum Dichter werden ließ, zum kopflosen *Scolare,* der sich in glühende Sonette verstieg. »Signora Marchesa!« Ein Brief, hier an diesem Ort? Es erforderte keine großen Überlegungen, warum auch dieses Schreiben den Vatikan wohl nie verlassen hatte. Und bedächtig, beinahe furchtsam begann der Kardinal sich in die geflügelte Schrift zu vertiefen:

»Glücklicher als das Fohlen auf der Weide empfing ich die hohe Gunst Eures Briefes aus Viterbo, mitleidsvoll in kunstvolle Zeilen gesetzt für Euren ergebenen Diener. Glücklicher Michelangelo, rief ich aus, glücklicher als alle Fürsten der Welt. Es trübte freilich mein Entzücken, zu hören, daß ich auch Euer Sinnen und Trachten in der heiligen Religion der Mutter Kirche verletzt habe. Doch nehmt es als das Gewäsch eines Künstlers, hintaumelnd ratlos zwischen Gut und Böse und knetend mal mit gutem, mal mit schlechtem Ton, der kaum eine Form enthüllt. Demütig bewundere ich Ew. Herrlichkeit festen Glauben und Ihren Leitspruch *›omnia sunt possibilia credenti‹*, den Ihr mir Ungebildetem trefflich übersetztet, wonach man nur zu glauben brauche, und die Dinge geschähen. Nun haltet Ihr mich wohl für einen ungläubigen Tölpel, und Ihr fragt Euch Sorgen quälend, wie jenem Geiste Schöpfung und Weltengericht im Zweifel meiner Seele entsprossen. Der Zweifel aber, den ich Euch erwähnte, liegt nicht verhüllt im düsteren Gewölk des Himmels Weiten, der Zweifel liegt im Irrsal dieser Lebenslage. Das Euch zu explizieren liegt mir ferne, obwohl ich für Ew. Herrlichkeit mehr tun würde als für irgend jemand, den ich auf dieser Welt zu nennen wüßte. Ew. Herrlichkeit kennt den Spruch *›amore non vuol maestro‹* – ein liebend Herz braucht nicht getrieben zu werden. Und doch ist mir auferlegt, dies Geheimnis mit ins Grab zu nehmen, nicht einmal Euch in nichts zu verlauten, würde es doch – von aller Untat und dem vorzeitigen Inferno nicht zu reden – Euch und Eurer Seele wie Gift erscheinen, Euch, die ihr ein Nonnenkloster errichtet habt in halber Höhe des Monte Cavallo, wo Nero einst auf die brennende Stadt herabsah, damit die Schritte frommer Frauen die Spuren des Bösen verwischen. Nur soviel: Verewigt ist, Ihr habt es längst erraten, all mein Wissen in den Fresken der Sixtina, und es schmerzt zu erkennen – wenn es die Grundlage meiner Zweifel auch damit bestätigt –, wie wenig jene, die mit der Verbreitung des Glaubens behaftet sind, die Lehren desselben beherrschen. Sieben Päpste blickten bisher tagtäglich in der heiligen Kapelle gen Himmel, aber kein durch Kunst geschulter Geist erkennt das furchtbare Vermächtnis; geblendet von ihrer eigenen Pracht halten sie ihre verbohrten Häupter huldvoll gerade, statt sie in den Nacken zu legen, zu schauen und zu erkennen. Doch damit habe ich beinahe schon zuviel gesagt, um Euch nicht zu beunruhigen.

Ob die geringre Gnade einstmals finden,
Die demutsvoll sich nah'n mit tausend Sünden,
Als die, die stolz auf das, was sie getan,
Im Überfluß der guten Werke nah'n.

Ew. Herrlichkeit Diener, Michelangelo Buonarroti in Rom!«

Hastig faltete der Kardinal das knisternde Pergament und legte es auf den Stoß und hob diesen an die Stelle im Stahlschrank zurück, wo er ihn entnommen hatte. Wer wollte je diesen Michelangelo verstehen? Was hatte der Künstler an der Decke der Sixtina verborgen? Und wie sollte er, Kardinal und Theologe, nach mehr als vierhundert Jahren diesem Geheimnis auf die Spur kommen?

Jellinek verschloß den Tresor, nahm seine Lampe und ging zur Tür. Mit der flachen Hand schlug er mehrmals ungeduldig dagegen, bis er im Schloß den Schlüssel des Kustos vernahm. Er stieß die Tür auf, schob den verschlafenen Wächter beiseite und eilte – während jener hastig die Tür verschloß – zur Treppe. Die Lampe warf Schatten. Vor seinen Augen tanzten seltsame Gestalten, Sibyllen, schön und greis, und bärtige Propheten, Adam von muskulöser Gewalt und aufreizend Eva, die er liebte, wie ein Studiosus die auf der Bühne agierende Primadonna liebt, hoffnungslos und von ferne. Und Noah sprang in den Reigen, von Sem, Cham und Japhet umringt, Judith, ihr Haupt verhüllend, und David schwertschwingend selbstbewußt. Heilige Jungfrau Maria!

Was hatte dieser Michelangelo, Genie und Teufel zugleich, mit unsichtbarer Tinte in seine Fresken geschrieben? Lauerte hinter den allegorischen Figuren der Antichrist? Was bedeutete das A auf dem Pergament, das Joel, der Prophet, der Bramante so treffend ähnelte, entzifferte? Welche Bedeutung kam jenem Engel zu, welcher der erythräischen Sibylle, welche das Jüngste Gericht geweissagt haben soll, das Öllämpchen entzündete? Verträumt und schön und reich gewandet blättert sie in ihrem Buche, genau wie die Sibylle von Cumae, die jedoch alt und knochig und dennoch wuchtiger als alle anderen in ihrem grünlichen Folianten nach der Wahrheit sucht. Und der Prophet Ezechiel, mit Turban und Schriftrolle, welches Geheimnis bargen das L und das U seiner Schrift? Oder Daniel, lag die göttliche Erkenntnis in jenem Text, mit dem er sich beschäftigte? Welch schöner Traum verbarg sich hinter der delphischen Sibylle, wohin geht ihr ängstlicher Blick?

Auf dem Weg durch die matt erleuchteten Gänge zur Sixtinischen Kapelle trat dem Kardinal schließlich der Prophet Jeremias vor Augen, von tragisch-schwermütiger Gestalt, dem Michelangelo ohne Zweifel seine eigene derbe Physiognomie verliehen hatte, die schwarzen, kantigen Brauen, die lange knorpelige Nase, Kinn und Mund in der aufgestützten Rechten vergraben – ein Prophet mit der Schwermut des Wissenden. Ja, dort in der Höhe über dem Jüngsten Gericht mußte der Schlüssel des Geheimnisses liegen. Der Kardinal beschleunigte seine Schritte.

Früh vergreist saß er da, sinnend über die Ausweglosigkeit des Geschauten, mit breitem Rücken zwei seltsame Genien deckend, alternd die linke, von verblüffender Ähnlichkeit mit der delphischen Sibylle, als wäre sie mit einem Schlag um eine Generation gealtert, den Kopf schmerzvoll abgewandt, jugendlich kraftvoll der rechte, von Kopfbedekkung und Profil der Mönch Savonarola. Ein Hinweis? Wofür?

Schwer atmend hastete der Kardinal über die enge Steintreppe nach unten und öffnete behutsam, als gelte es die Schöpfung nicht zu stören, den rechten Türflügel zur geheiligten Kapelle. Das Novemberlicht drang durch die hochgelegenen Fenster und brachte die Geometrie des kunstvollen Bodens zum Leuchten. Michelangelos Schöpfung hüllte sich in sanftes Dunkel, und nur hier und da lugte ein gestreckter Arm, ein unkenntliches Gesicht aus der Lichtlosigkeit. Fast hatte er Hemmungen, den Lichtschalter zu berühren, lautlos die Farben zum Leuchten zu bringen durch jene Scheinwerfer, die vom Fensterumgang auf den Boden gerichtet waren, von wo das künstliche Licht zur Decke geworfen wurde, auf dem gleichen Umweg, den auch das Tageslicht nehmen mußte.

Das Aufflammen der Scheinwerfer glich dem Schöpfungsakt der Genesis im 1. Buch Moses, als Gott sprach, es werde Licht, und es ward Licht, und Gott sah, daß das Licht gut war, und er Licht von der Finsternis trennte.

Vor der marmornen Chorschranke zog es den Blick des Kardinals unwillkürlich nach oben, die tausendmal geschaute Schöpfung zu betrachten, den Propheten Jonas, den Vorboten des Erlösers, die Trennung von Licht und Finsternis, Gott, der die Gestirne erschafft und das Leben der Pflanzen, die Trennung von Land und Wasser und den ausgestreckten Finger des Vatergottes, der Adam beseelt, Eva dahinter, zum Leben erweckt, und schließlich das Paar, vom Schlangenteufel verführt. Der Nacken schmerzte bei dieser Betrachtung, und der Kardinal ging langsam ein paar Schritte zurück, ohne den Blick vom Gewölbe zu senken, und durch sein Gehirn floh der Satz aus Michelangelos Brief, daß sieben Päpste, geblendet von ihrer eigenen Pracht, die verbohrten Häupter huldvoll gerade gehalten hätten, statt sie in den Nakken zu legen, zu schauen und zu erkennen. Da drängte Noah sich opfernd in das Blickfeld, nach überstandener Flut, und schließlich die Sintflut, ein schwimmender Tempel in Wassern, Selbstsüchtige und Egoisten auf übervölkerter Insel, die nicht einmal Großmütigen und Liebenden eine Überlebenschance gewährt.

Der Kardinal hielt inne. Wie oft hatten seine Blicke diese Schöpfung abgesucht, staunend betrachtet, gedeutet; aber nie war ihm aufgefallen, daß hier die Chronologie vertauscht war. Warum hatte Michelangelo das Dankopfer vor die Flut gesetzt? Genesis 8,20: Noah baute einen Altar vor den Herrn, und von allen reinen Tieren und reinen Vögeln brachte er Opfer auf ihm dar. Genesis 7,7 dagegen: Noah und seine Söhne, sein Weib und die Weiber seiner Söhne gingen vor den Wassern der Flut in die Arche. Abrupt endete das Szenarium mit Noahs Trunkenheit: Weinselig schläft er nackt in seinem Zelt, vom Sohne Ham verhöhnt, von Sem und Japhet aber bedeckt mit abgewandtem Gesicht.

Es heißt, Michelangelo habe auf dieser Seite seinen Zyklus begonnen, dem Ablauf der Schöpfung entgegengesetzt, und es scheint, als habe er hier absichtlich Fehler begangen. Das Alte Testament war dem Florentiner vertraut, wohingegen das Neue auf unerklärliche Reserviertheit stieß, beinahe Ablehnung erfuhr. Und der aufmerksame Betrachter der sixtinischen Fresken erkannte mit Bitterkeit, daß Michelangelo das Neue Testament an den Wänden anderen überließ: Perugino die Taufe Christi, Ghirlandaio die Berufung der Apostel, Rosselli das letzte Abendmahl und die Bergpredigt, Botticelli die Versuchung Christi –, daß Michelangelo Jesus Christus ignorierte, der Herr möge seiner Seele gnädig sein.

Es gab nur eine Christus-Darstellung von Michelangelos Hand hier in der Sixtinischen Kapelle, jene des Weltenrichters im Jüngsten Gericht. Demütig näherte sich der Kardinal der hohen Wand, deren Himmelsblau auf jeden Betrachter wie ein Luftstrom wirkte, ein Wirbel, der jeden, der auf die Apokalypse zutrat, in seinen Sog nahm, herumwirbelte, schweben und stürzen ließ in zunehmender Angst, je länger man diesem Anblick aus der Ferne standhielt. Mit jedem Schritt, den der Kardinal näher kam, verringerte sich die Unruhe, so wie die Gestalten Michelangelos von ihrer leidenschaftlichen Unruhe verloren, je mehr sie sich dem zürnenden Weltenrichter näherten. War dieser muskulöse Titan, dessen erhobene Rechte jeden Goliath zu Boden schlagen konnte, war dies der auferstandene Christus, wie ihn die Kirche lehrt? War dieser Held ein Abbild jenes Mannes, der in der Bergpredigt die Worte fand: Selig die Armen im Geiste, denn ihrer ist das Himmelreich. Selig die Trauernden, denn sie werden getröstet werden. Selig die Sanftmütigen, denn sie werden das Land zu Besitz erhalten. Selig, die hungern und dürsten nach der Gerechtigkeit, denn sie werden gesättigt werden. Selig die Barmherzigen, denn sie werden Barmherzigkeit erlangen?

Jahrhunderte vor Michelangelo und Generationen danach wurde der Herr Jesus Christus in Sanftmut und Milde dargestellt, von zeitloser, edler Gestalt, würdig und bärtig und heilig. Aber nicht einmal das seidige, künstliche Licht vermochte diesem Christus – der Kardinal machte an der untersten Stufe zum Altar halt – auch nur den Anschein eines gnädigen Gottes abzuringen. Der starrte im Gegenteil unnachsichtig zur Erde, dem nach oben blickenden Betrachter den Blick in die Augen verweigernd, gewaltig, nackt und schön in seiner Muskelkraft wie ein griechischer Gott. Allein sein äußerliches Schönsein verriet Göttlichkeit, ein donnernder Zeus, wuchtiger Herkules, schmeichelnder Apoll – Apoll? Hatte nicht dieser Jesus Christus verblüffende Ähnlichkeit mit dem Apoll vom Belvedere, jener antiken Marmorgottheit, die einst in Bronzeform die athenische Agora belebt und auf unbekannten Pfaden den Weg nach Rom genommen hatte, bevor Papst Julius sie im Statuenhof des Belvedere aufstellte? Jesus ein Apoll? Welch furchtbaren Schabernack hatte Michelangelo Buonarroti inszeniert?

Der Kardinal verließ die Kapelle auf dem Weg, den er gekommen war. Er hetzte die Treppen empor, daß ihn Schwindel überkam. Eigentlich kannte er den Weg im Schlaf, aber nie war ihm dieser Weg so weit, so umständlich vorgekommen, so geheimnisvoll versetzt. In seinem Schädel dröhnte lauter Schall wie der von Posaunen, als versuchte eine die andere zu übertönen. Und ohne es zu wollen, als dränge eine unbekannte Stimme in ihn ein, vernahm er die Worte der geheimen Offenbarung: »Und ich sah einen anderen mächtigen Engel vom Himmel herabsteigen; er war in eine Wolke gehüllt, über seinem Haupte hatte er den Regenbogen. Sein Antlitz war wie die Sonne und seine Beine waren Feuersäulen. In seiner Hand hatte er ein geöffnetes Büchlein. Er setzte seinen rechten Fuß auf das Meer, den linken aber auf das Land und rief mit lauter Stimme, so wie ein Löwe brüllt. Und nachdem er gerufen hatte, erhoben die sieben Donner ihre Stimmen. Als die sieben Donner gesprochen hatten, wollte ich schreiben. Da hörte ich eine Stimme vom Himmel: ›Versiegle, was die sieben Donner gesprochen haben, und schreibe es nicht auf!‹«

Und während er erwartungsvoll in sich hineinhorchte, ob die Stimme weiterreden würde, erreichte der Kardinal die schwarze Tür zum Archiv. Sie war verschlossen, und er schlug mit beiden Ellenbogen dagegen, daß es schmerzte. Erschöpft hielt er schließlich inne und lauschte. Da war sie wieder, die Stimme aus der Offenbarung des Johannes, klar und unwirklich unmenschlich. Sie sprach: »Geh und nimm das geöffnete Büchlein in der Hand des Engels, der auf dem Meer und auf dem Land steht.« Und der Engel sprach: »Nimm und iß es auf! In deinem Magen wird es bitter sein, in deinem Mund aber süß wie Honig.« Mehr hörte er nicht mehr.

Der Anführer einer Putzkolonne fand den Kardinal morgens gegen vier Uhr dreißig vor dem Portal zum Vatikanischen Geheimarchiv. Er atmete noch.

Das erste, was der Kardinal im milchigweißen Nebel wahrnahm, waren die weiten Schwingen eines Geistervogels, die sich lautlos auf und ab bewegten. Allmählich wich das Trübe aus seinen Augen, und es näherten sich Stimmen, und Jellinek vernahm die eindringlichen Worte: »Eminenz, hören Sie mich? Hören Sie mich, Eminenz?«

»Ja«, sagte der Kardinal, und jetzt erkannte er deutlich die weiße Flügelhaube einer Krankenschwester, steifes Leinen um ein rötliches Gesicht.

»Es ist alles in Ordnung, Eminenz!« kam die Nonne seiner Frage zuvor. »Sie hatten einen Schwächeanfall.«

»Schwächeanfall?«

»Man hat Sie ohnmächtig vor dem Eingang zum Geheimarchiv gefunden, Eminenz. Nun sind Sie im *›Fondo Assistenza Sanitaria‹*. Professore Montana kümmert sich persönlich um Ihr Wohlbefinden. Es ist alles in Ordnung.«

Der Kardinal verfolgte den Schlauch, der unter einem Band aus seiner Armbeuge hervortrat, bis zu einer gläsernen Flasche an einem chromblitzenden Stativ. Eine zweite Leitung ging vom Unterarm aus und endete in einem weißen Gerät mit einem leuchtenden grünen Bildschirm, auf dem im Rhythmus seines Herzschlages spitze Zacken erschienen, von einem leisen Piepston begleitet. Ausgehend von der Ordensschwester, die ein aufgesetztes Lächeln zur Schau trug und ständig nickte, begann der Kardinal mit den Augen den Raum zu erkunden. Alles war weiß: die Wände, die Decke des Raumes, das spärliche Mobiliar, sogar die Wandleuchten und das altmodische Telefon, das auf dem weißen Nachttisch stand. Nie hatte den Kardinal die Farblosigkeit eines Raumes so sehr bedrückt wie in diesem Augenblick, da er begann sich zu erinnern, was eigentlich geschehen war. Neben dem Telefon lag ein zerknülltes, vergilbtes Papier.

Als die Ordensschwester den Blick des Kardinals sah, berührte sie das Papier vorsichtig, ohne danach zu greifen, und umständlich begann sie dem Patienten zu erklären, er habe, als man ihn auffand, dieses zerknüllte Papier im Munde gehalten, und die Situation sei gefährlich gewesen, denn Eminenz hätten ersticken können an dem Papier. Ob es von Wichtigkeit sei?

Der Kardinal schwieg. Man sah, daß er angestrengt nachdachte; schließlich griff er ohne hinzusehen nach dem Papier und glättete die Falten zwischen seinen Händen, so daß die Buchstaben, die darauf gekritzelt waren, zum Vorschein kamen.

»*Atramento ibi feci argumentum*...«, sagte der Kardinal tonlos, während die Nonne, da sie seine Worte nicht verstand, verschämt den Blick senkte und scheinbar teilnahmslos über die Falten ihres weißen Gewandes strich. »*Atramento ibi feci argumentum* – mit schwarzer Farbe habe ich dort den Beweis erbracht...« Er kannte diese Worte, auch wenn er nicht genau wußte, wem er sie zuordnen sollte; er war sicher, daß dies eine Spur war, eine richtige Spur.

»Sie dürfen sich nicht aufregen, Eminenz!« Die Nonne wollte Jellinek das Papier aus der Hand nehmen; aber der ließ es schnell in seiner Faust verschwinden. Vor der weißen Tür des Krankenzimmers hörte man Stimmen, die Tür wurde geöffnet, herein trat eine merkwürdige Prozession: Professore Montana, dahinter Kardinalstaatssekretär Cascone, dahinter zwei ärztliche Assistenten, dahinter der Erste Sekretär des Kardinalstaatssekretärs, dahinter ein Hilfssekretär, und als letzter William Stickler, der Kammerdiener des Papstes. Die Nonne erhob sich.

»Eminenz!« rief der Kardinalstaatssekretär und streckte Jellinek beide Hände entgegen. Der versuchte sich aufzurichten, aber Cascone drückte den Patienten in sein Kissen.

Dann trat der Professor hinzu, faßte die Hand des Kardinals und fühlte den Puls, er nickte: »Wie fühlen Sie sich, Eminenz?«

»Vielleicht etwas schwach, Professore, aber keinesfalls krank.«

»Es war ein Kreislaufkollaps, müssen Sie wissen, nicht lebensbedrohend, aber Sie sollten sich schonen, weniger arbeiten, mehr spazierengehen.«

»Wie kam es dazu, Eminenz?« fragte Cascone. »Man hat Sie vor dem Geheimarchiv gefunden, mit Gottes Hilfe. Ich wüßte nicht, wo die Luft schlechter ist als an diesem Ort. Kein Wunder, wenn Sie die Besinnung verlieren.«

»Eminenz, kann ich Sie allein sprechen!« Jellinek sah den Kardinalstaatssekretär mit festem Blick an, und einer nach dem anderen verließ das Krankenzimmer, Stickler mit den Worten, er überbringe den Segen des Papstes. Jellinek schlug ein Kreuzzeichen.

»Die Aufregung«, begann Joseph Kardinal Jellinek, »es war die Aufregung. Auf der Suche nach einer Erklärung für Michelangelos Schrift habe ich eine Entdeckung gemacht ...«

»Sie sollten sich die Angelegenheit nicht so zu Herzen nehmen«, unterbrach Cascone barsch den Patienten. »Michelangelo ist vierhundert Jahre tot. Er war ein großer Künstler, kein Theologe. Was kann er schon Geheimnisvolles verborgen haben.«

»Er war ein Mann, geboren aus dem Zeitalter der Renaissance. Vor dieser Zeit diente alle Kunst der Kirche, was danach kam, muß ich Ihnen nicht erklären. Und – Michelangelo kam aus Florenz, und aus Florenz kam schon immer die Sünde.«

»Fedrizzi hätte die Schriftzeichen abwaschen sollen, als die ersten auftauchten. Jetzt haben wir schon zu viele Mitwisser. Aber wir werden eine Deutung finden, und der Vatikan wird in aller Munde sein.«

»Aber Sie wissen wie ich, Bruder in Christo, das Gebäude unserer Kirche ist nicht allein auf Granit gebaut. Sand glänzt an so mancher Stelle ...«

»Sie glauben also ernsthaft« – der Kardinalstaatssekretär tat entrüstet –, »daß ein seit vierhundert Jahren toter Maler, der, das sei zugegeben, von höchster Stelle nicht gerade freundlich behandelt wurde, durch die Entdeckung irgendwelcher Buchstaben in irgendwelchen Fresken die Heilige Mutter Kirche in Gefahr bringen könnte?«

Jellinek setzte sich auf: »Erstens handelt es sich bei unserem Problem nicht um irgendwelche Fresken, Bruder in Christo, sondern um die Fresken der Sixtina, zweitens ist dieser Michelangelo Buonarroti zwar gestorben, aber er ist nicht tot, Michelangelo lebt, er ist heute im Gedächtnis der Menschen lebendiger als zu seinen Lebzeiten, und drittens meine ich, daß er in seinem Haß gegen den Papst und unsere Mutter Kirche alle Mittel einsetzte, die einem Mann wie ihm zur Verfügung standen. Ich sage das nach umfangreichen Studien.«

»Mir scheint, Sie verbringen die Nächte im Geheimarchiv, Eminenz. Das bekommt Ihnen schlecht, wie Sie sehen.«

»Es ist *Ihr* Auftrag, Bruder in Christo, Sie haben mich mit der *causa* beauftragt. Im übrigen nimmt mich die Angelegenheit so gefangen, daß ich ihr gerne ein paar Stunden Schlaf opfere. Warum lachen Sie, Kardinalstaatssekretär?«

Cascone schüttelte den Kopf. »Ich will einfach nicht glauben, daß acht einfache Buchstaben, die unglücklicherweise bei der Reinigung eines Freskos freigewaschen werden, die römische Kurie in Aufregung versetzen.«

»Es hat schon nichtigere Anlässe gegeben, Bruder in Christo, und sie lagen weit außerhalb der Mauern des Vatikans.«

»Versuchen wir uns doch einmal vorzustellen: Was geschähe, wenn Fedrizzi morgen damit begänne, die Buchstaben mit einem Lösungsmittel zu behandeln, auf daß sie einfach verschwänden?«

»Das will ich Ihnen sagen. Es würde in allen Zeitungen stehen, und wir würden der Zerstörung von Kunstwerken bezichtigt, mehr noch, es würden Mutmaßungen angestellt über die wahre Inschrift und darüber, was die Kurie bewogen haben könnte, diese Zeichen zu vernichten, und falsche Propheten würden aufstehen und falsches Zeugnis geben, und der Schaden würde weit größer sein als der Nutzen.«

Während seiner Rede öffnete Jellinek die Hand und zeigte das zerknüllte Papier: »Ich habe mich bereits mit der Deutung der Buchstaben beschäftigt.« Cascone kam näher, er blickte auf das Papier: »Und?«

»A – I – F – A: *Atramento ibi feci argumentum*... Dieser Anfang klingt nicht gerade glückverheißend.«

Cascone schien sichtlich betroffen. Er hatte der Angelegenheit bisher wenig Bedeutung beigemessen, nun aber mußte der Kardinalstaatssekretär sich ernsthaft die Frage stellen, ob Michelangelo nicht doch irgendein Kirchengeheimnis an die Decke der Sixtinischen Kapelle geschrieben hatte. Cascone dachte nach, dann sagte er: »Und wie wollen Sie die Richtigkeit Ihrer Deutung beweisen?«

»Ich kann sie vorläufig nicht beweisen, ich kann sie schon deshalb nicht beweisen, weil mir nur die Hälfte bekannt ist, aber allein diese meine erste Interpretation mag zeigen, wie gefährlich diese Inschrift der Kirche werden kann.«

»Was also bleibt zu tun, Eminenz?«

»Was zu tun bleibt? Von Bruder zu Bruder: Wir sind dazu verdammt, die Mittel einzusetzen, mit denen der Florentiner gearbeitet hat. Und war er mit dem Teufel im Bunde, dann müssen auch wir seine Dienste in Anspruch nehmen.«

Cascone bekreuzigte sich.

Gegen Abend hielt der dunkelblaue Fiat des Kardinals Jellinek vor dem Palazzo Chigi. Das heruntergekommene Gebäude, dem der Bankier Agostini Chigi seinen Namen gegeben hatte, weil jener seines barocken Erbauers in Vergessenheit geraten war wie so vieles in dieser Stadt, hatte eine wechselhafte Geschichte erlebt, an deren vorläufigem Ende eine zerstrittene Erbengemeinschaft stand, die das Gemäuer in Wohneinheiten teilte und gegen teueren Zins vermietete. Ein wie ein Priester gewandeter Chauffeur öffnete die hintere Tür des Wagens, der Kardinal stieg aus und strebte dem kleinen Seiteneingang zu, der von einer Fernsehkamera über der Tür erfaßt wurde. An der Seite der düsteren Vorhalle nickte Annibale in seiner Hausmeisterloge dem Kardinal freundlich zu. Er sei Atheist, hatte er den Kardinal vor zwei Jahren willkommen geheißen, als er hier eingezogen war, und augenzwinkernd hinzugefügt: Gott sei Dank! Was der Kardinal sonst noch von Annibale wußte: Neben seinem Amt als Hausmeister betätigte Annibale sich auch noch als Geldwechsler, Motocrossfahrer und Mitglied der KPI.

Doch noch bemerkenswerter als all dieses war Annibales Frau Giovanna, ein Weib von mittleren Jahren, das diesen Namen verdiente. Ihr Aufenthaltsort schien vornehmlich das Treppenhaus zu sein; jedenfalls fiel dem Kardinal auf, wenn er Giovanna bei seiner Rückkehr *nicht* begegnete. Früher nahm er den altmodischen Aufzug, um den sich das breite, mit Schmiedeeisen gesäumte Treppenhaus wand wie die Schlange im Paradies, und dabei erspähte er einmal, als Giovanna das Treppenhaus wischte, und sie schien es mehrmals täglich zu wischen, durch die geschliffenen Scheiben des mahagonigetäfelten Fahrstuhls ihre fleischigen Schenkel von hinten, welche – *miserere domine* – in viel zu kurzen Strümpfen steckten, die an ihren dunkelgerandeten Enden mit sündhaften Bändern befestigt waren. Aufgewühlt von dieser sinnlichen Verirrung hatte der Kardinal am folgenden Tage bei den Kamillianern nahe dem Pantheon gebeichtet und dem Mönch die Schande seines Standes anvertraut und der Absolution die Bitte um geziemende Buße vorausgeschickt. Aber der Kamillianer von Santa Maddalena war ihm mit gütigen Worten begegnet und hatte ihm gegen zwei Paternoster, zwei Ave-Maria und zwei Gloria die Absolution erteilt und den wohlgemeinten Rat, sich mit dem Strick der heiligen Therese vom Kinde Jesu zu gürten und so alle unkeuschen Gedanken abzuwehren von seiner Person. Im übrigen sei nicht der Anblick an sich sündig von dem, was er geschaut habe, sondern erst der labende Gedanke, und sollte er sich wirklich in niedriger Absicht an diesem Anblick ergötzt haben, so stünde ihm das weite Herz des heiligen Camillus von Lellis offen, der allen Kranken beisteht.

Von dem pastoralen Zuspruch gestärkt und noch einmal der Regeln versichert, welche die *Encyclopaedia Catholica* unter dem Stichwort »Keuschheit« vorschreibt, hatte der Kardinal tags darauf den Fahrstuhl betreten, den Knopf zur vierten Etage gedrückt und die Augen geschlossen, um jeder Art von Versuchung zu entgehen, unter Anrufung der heiligen Agnes. Aber die Fahrt währte nur kurz, zu kurz, um sein Ziel in der vierten Etage zu erreichen, und als ihn der Ruck, den der unerwartete Bremsvorgang und das Öffnen der Tür verursachte, zwang, die Augen zu öffnen, da erblickte der Kardinal Giovanna, und obwohl Giovanna gewiß nicht in sündhafter Erscheinung vor ihn hintrat, wofür ein grauer Zinkeimer mit schmutziger Brühe in ihrer Rechten, ein schlapper Lappen in ihrer Linken als Beweis gelten mochte, und obwohl er die Eintretende unnachsichtig mit den Augen fixierte, quälte den Kardinal der erregende Anblick des Vortages. Überstürzt und ohne den freundlichen Gruß der Hausbeschließerin zu erwidern, drängte er aus dem Fahrstuhl, doch als hätte Satan seine Hand im Spiel, trat ihm Giovanna mit der wogenden Breite ihrer Brüste in den Weg und rief, während der Kardinal zurückschreckte wie das Böse vor dem Exorzisten: »Zweiter Stock, Eminenz!« – »Zweiter Stock?« stammelte der Kardinal verwirrt wie Isaias im Anblick des Herrn, und wie Isaias wandte er sich zur Seite. Aber die Nähe Giovannas, die er hinter sich fühlte, ihre sündige Wärme, verursachte Schwindel. Der Augenblick zwischen dem automatischen Schließen der Türe und dem plötzlichen Ruck, mit dem der altmodische Fahrstuhl seine Fahrt aufnahm, schien ihm endlos, und er verfluchte den Gedanken, der ihn verleitet hatte, in den Aufzug zu steigen, ja, er sah sich als Opfer der Verführung wie Adam im Paradies, dem Satan in Gestalt der Schlange begegnete, und mit verbissenem Gesicht klammerte er sich an die kalte Messingstange, die das Innere des Fahrstuhls in halber Höhe umgab. Seine gespielte Teilnahmslosigkeit ließ den Kardinal durch die Scheibe ins Treppenhaus blicken, und dabei traf ihn das Spiegelbild Giovannas wie ein Blitzstrahl, und er sah ihre dunklen Augen, die hohen Backenknochen und ihre aufgeworfenen Lippen ganz nahe. Als Giovanna seinen Blick erkannte, warf sie mit einer heftigen Bewegung ihr üppiges Haar in den Nacken und richtete den Blick zur Decke auf die milchweiße rundbauchige Lampe in der Mitte. Und um das peinliche Schweigen zwischen zweitem und viertem Stock zu überbrücken, trällerte sie leise und ohne ihre Haltung zu verändern: *funicoli, funicola, funicoli, funicolaaa!*, den Refrain eines harmlosen neapolitanischen Liedchens, aber mit Giovannas leiser belegter Stimme klang es ganz anders: unanständig und sündhaft. So jedenfalls empfand es der Kardinal, Gott weiß warum, und er hörte nicht auf, über den Umweg der spiegelnden Scheibe Giovannas Lippen zu betrachten, und die Worte des Kamillianers kamen ihm in den Sinn, daß nicht der Anblick an sich sündhaft sei, sondern das Ergötzen in niedriger Absicht. Nein, es war keine Frage, daß er sich an Giovannas Anblick ergötzte, mochte die Absicht niedrig sein oder hehr.

»Vierter Stock, Eminenz!« Der Kardinal, dem die Fahrt nun auf einmal viel zu schnell zu Ende ging, verließ, kaum daß die automatische Tür sich geöffnet hatte, den Fahrstuhl hastig und machte dabei, soweit das möglich war, einen großen Bogen um die Hausbeschließerin, und flüchtend rief er noch: »Danke, Signora Giovanna, danke!«

Diese Begegnung lag zwei Jahre zurück, und seither war das Treppenhaus für den Kardinal zum täglichen Ereignis geworden; denn nahm er die breiten Stufen, so konnte er sicher sein, die Hausbeschließerin auf dem Wege zur vierten Etage zu treffen, eine wunderbare göttliche Fügung wollte jedoch, daß der Kardinal Giovanna auch dann begegnete, wenn er den Fahrstuhl nahm oder zu ungewohnter Zeit in seine Wohnung zurückkehrte.

An diesem Abend wählte der Kardinal den Weg über das Treppenhaus. Vom Fleisch gepeinigt wie der heilige Paulus blickte er sehnsüchtig nach oben, ja – er ertappte sich dabei, daß er betont laut auftrat und seine Schritte verlangsamte, um der Hausbeschließerin Zeit zu geben, aber bis zum ersten Stockwerk blieb ihm die Begegnung versagt, und der Kardinal fühlte jene Art Entzugserscheinung, welche stets Beweis ist für Sucht. Dem Rat seines Beichtvaters gehorchend hatte er nämlich dem qualvollen Drängen insofern freien Lauf gelassen, als er Giovannas Erscheinung nicht zu unterdrükken versuchte, sondern er trachtete das Lust verbreitende Weib zu verachten. Auf diese Weise, so der Rat des Kamillianers, würde er eines Tages Stärke erlangen, sich der Versuchung des Bösen zu widersetzen.

Doch die Kirchengeschichte lehrt, daß die Visionen der Asketen furchtbarer sind als jene der Sünder, sie haben weder vor dem heiligen Kirchenlehrer Hieronymus noch vor dem heiligen Jesuiten Rodriguez haltgemacht. Litt dieser, welcher die »Praxis der christlichen Vollkommenheit« predigte, ein Leben lang unter der Pein nackter Frauen, die des Nachts in seinen Träumen ihre Brüste über seine Augen hielten, so begegnete jener bärtige Büßer sogar in der Wüste tänzelnden römischen Jungfrauen, und weder quälende Maisstrohmatratzen noch züchtige Seitenlage vermochten ihm zu helfen. Wenn aber jene, die im Zustand der Heiligkeit lebten, der Versuchung des Fleisches unterlagen, wie sollte dann er, der Kardinal, sich ihr widersetzen? Enttäuscht erklomm er die zweite und dritte Etage, und während Giovannas bestrumpfte Schenkel vor seinen Augen tanzten – entblößter als sie die Wirklichkeit ihm je vor Augen geführt hatte –, fingerte er die Wohnungsschlüssel aus dem schwarzen Talar.

Der Kardinal lebte allein, eine Franziskanerin führte den Haushalt; gegen Abend kehrte die Nonne in ihr heimisches Kloster auf dem Aventin zurück, so daß er gewohnt war, in eine leere Wohnung nach Hause zu kommen. Ein hoher, finsterer Flur, bespannt mit roten Seidentapeten, teilte die Wohnung in zwei Teile, eine zweiflügelige Tür auf der linken Seite führte zum Salon, in dem das schwarze Mobiliar des *Novecento Italiano* protzte, dahinter lag, abgetrennt durch eine verglaste Schiebetür, die Bibliothek. Schlafzimmer, Bad und Küche nahmen die gegenüberliegende Seite des Flures ein.

Verstört betrat der Kardinal die Bibliothek: Bücher vom Boden bis zur Decke an zwei gegenüberliegenden Wänden, eine dritte holzgetäfelt mit einem Kreuz, davor ein Betschemel mit Purpur bezogen. Der Kardinal ließ sich auf den Betschemel fallen. Er vergrub sein Gesicht in den Händen; doch der Rosenkranz, den er im Flüsterton anstimmte, wollte nicht gelingen, weil selbst die inbrünstigsten *Ave Maria* vom lüsternen Trugbild Giovannas gestört wurden. Im Zorn sprang der Kardinal auf, ging einige heftige Schritte hin und her, suchte entschlossen den Weg in das düster verhängte Schlafzimmer und wühlte hastig in einer schäbigen Kommode, bis er fündig wurde und einen Lederriemen hervorzog. Dann knöpfte er den Talar auf, machte den Oberkörper frei und begann mit dem Gürtel seinen Rücken zu peitschen in Selbstzüchtigung wie der heilige Dominikus. Er begann zaghaft, doch als empfinde er Lust an der Strafe, steigerte er die Intensität seiner Schläge, daß der Riemen laut auf die Haut klatschte, und, weiß Gott, vielleicht hätte er sich besinnungslos geschlagen an diesem Abend, hätte nicht die Glocke an der Wohnungstür ihn aus seiner Trance gerissen. Hastig zog er sich an.

»Wer ist da?« rief er durch den Flur.

Vor der Türe vernahm er Giovannas Stimme. *»Domine nostrum!«* entfuhr es dem Kardinal, und er bekreuzigte sich flüchtig. Er öffnete.

»Ein Padre hat dies abgegeben!« Giovanna hielt dem Kardinal ein schmutziges, mit braunem Papier eingewickeltes und mit derber Schnur verschnürtes Päckchen hin.

Der Kardinal sah Giovanna an. Er stand starr vor Schreck. »Ein – Padre?« murmelte er verlegen.

»Ja, ein Padre, Dominikaner oder Pallotiner oder wie die heißen, schwarz gekleidet jedenfalls. Er sagte, es sei für Sie bestimmt, Eminenz. Das war alles.«

Der Kardinal griff nach dem Päckchen und nickte zum Dank, dann warf er überstürzt die Tür zu. Er hörte noch, wie Giovannas Schritte im Treppenhaus hallten, schließlich ging er in den Salon und ließ sich in eines der geblümten Feauteuilles fallen. Diese Frau war die Sünde, die Schlange im Paradies, die Versuchung in der Wüste. *Domine nostrum!* Was sollte er tun? Er griff nach dem Missale – Studium ist Balsam gegen die Leidenschaft –, blätterte mit fahrigen Bewegungen, hielt inne beim Lukas-Evangelium zum 3. Sonntag nach Pfingsten: Zöllner und Sünder kamen zu Jesus, um ihn zu hören. Darüber murrten Pharisäer und Schriftgelehrte und sprachen: »Der nimmt Sünder auf und ißt mit ihnen.« Da sagte er zu ihnen dieses Gleichnis: »Wer von euch hundert Schafe hat und eines davon verliert, läßt nicht die neunundneunzig in der Wüste und geht dem verlorenen nach, bis er es findet? Hat er es gefunden, so nimmt er es voll Freuden auf seine Schultern. Wenn er nach Hause kommt, ruft er seine Freunde und Nachbarn zusammen und spricht zu ihnen: Freuet euch mit mir; denn ich habe mein Schaf gefunden, das verloren war! – Ich sage euch: Ebenso wird auch im Himmel Freude sein über einen Sünder, der Buße tut, mehr als über neunundneunzig Gerechte, die der Buße nicht bedürfen.«

Die Worte des Evangelisten wirkten beruhigend wie Medizin, die das Fieber stillt, und in Furcht, das Fieber der Sünde könnte erneut aufwallen, erhob sich der Kardinal und ging in die Bibliothek, um sich auf dem Betstuhl niederzulassen. Er suchte Hilfe in den Psalmen, von denen ihm jene des König David besonders ans Herz gewachsen waren: »O Gott, errette mich, o Herr, bringe mir eilends Hilfe!« Der Kardinal las halblaut und beschwörend. »In Schande und in Beschimpfung mögen sein, die mir an die Kehle wollen; in Schamröte sollen rückwärts weichen, denen mein Unheil gefällt! Es sollen weichen vor Schande, die mir zurufen: Aha, aha! Jubeln und freuen sollen sich deiner alle, die dich suchen, und stets mögen sagen: ›Groß ist Gott!‹, die da lieben dein Heil. Ich aber bin elend und arm, o Gott, bringe mir eilends Hilfe ...«

Während er so meditierte, fiel sein Blick auf das Paket, das er in seiner Verwirrung achtlos beiseite gelegt hatte. Er prüfte es mit den Händen, als fürchte er den geheimnisvollen Inhalt, dann begann er vorsichtig, es auszupacken. Bei der heiligen Jungfrau und allen Heiligen, Neugierde war fern jeder christlichen Tugend, aber nun überwältigte die Untugend seine frommen Gebete, so wie der Anblick Giovannas seine Gedanken zur Unzucht verleitete. Und wieder stand Giovanna vor ihm, und in seinem Kopf tönte das Hohelied Davids – nie hatte er Sinnlicheres gelesen: Dein Haar gleicht einer Herde von Ziegen, die herabsteigt von Gileads Bergen ... wie ein Streifen von Scharlach sind deine Lippen ... wie der Davidsturm ist dein Hals ... deine beiden Brüste sind wie zwei Kitzlein, wie Zwillinge einer Ricke ...

Der Kardinal hielt inne, ja, der Inhalt des Papiers machte ihn ratlos wie Saulus das Himmelslicht vor dem Tor von Damaskus: eine goldgeränderte Brille und zwei rote Pantoffeln mit einem Kreuz bestickt.

ZWEI TAGE SPÄTER

Nach Anrufung des Hl. Geistes für das außerordentliche Consilium stellte Joseph Kardinal Jellinek im Heiligen Offizium, Piazza del Sant' Uffizio Nr. 11, zweiter Stock, folgende Anwesende fest: Die Eminentissimi und Reverendissimi Kardinalstaatssekretär Giuliano Cascone, zugleich Präfekt des Rates für die öffentlichen Angelegenheiten der Kirche, Kardinal Mario Lopez, Prosekretär der Kongregation für die Glaubenslehre und Titularerzbischof von Caesarea, Kardinal Giuseppe Bellini, Präfekt der Kongregation für die Sakramente und den Gottesdienst, zuständig speziell für die Liturgie in rituellen und pastoralen Angelegenheiten und Titularbischof von Ela, und Frantisek Kolletzki, Prosekretär der Kongregation für das katholische Bildungswesen, zuständig für Hochschulen und Universitäten und in Personalunion Rektor des Collegium Teutonicum Santa Maria dell' Anima; die Reverendissimi Monsignori und Patres Augustinus Feldmann, Leiter des Vatikanischen Archivs und Erster Geheimarchivar Seiner Heiligkeit, Oratorianer vom Kloster auf dem Aventin, und Pio Grolewski, Kurator der Vatikanischen Museen und Pater von den Predigermönchen; die Konsultatoren und Qualifikatoren Bruno Fedrizzi, Chefrestaurator der Sixtinischen Kapelle, Prof. Antonio Pavanetto, Generaldirektor der Vatikanischen

Bauten und Museen, und Prof. Riccardo Parenti, Professor für Kunstgeschichte an der Universität Florenz und Experte für Freskenmalerei der Spätrenaissance und des aufkommenden Barock unter spezieller Berücksichtigung Michelangelos, sowie Adam Melcer von der Gesellschaft Jesu, Ugo Pironio von den Eremiten des hl. Augustin, Pier Luigi Zalba von den Marienserviten, Fra Felice Centino, Titular von Santa Anastasia, Fra Desiderio Scaglia, Titular von San Carlo, und Laudivio Zacchia, Titular von San Pietro in Vincoli. Als Urkundsbeamte die Monsignori Antonio Barberino, Notar, Eugenio Berlingero, Protokollant, und Francesco Sales, Schreiber.

Aus dem Protokoll des Heiligen Offiziums:

Der Eminentissimus und Reverendissimus Joseph Kardinal Jellinek forderte die oben genannten Anwesenden auf, den Gegenstand der Beratung nach erasmischem Vorbild *ex paucis multa, ex minimus maxima* zu behandeln und das Vorkommnis nicht gering zu achten; denn Kunst und Wissenschaft, die Theologie nicht ausgenommen, hätten der Heiligen Mutter Kirche seit zweitausend Jahren mehr geschadet als die Christenverfolgung der Römer. Es gehe nicht vordergründig um die Deutung der rätselhaften Schriftzeichen in der Sixtinischen Kapelle, deren Urheber ein krankhafter Antipapist genannt werden könne, vielmehr müsse dieses Gremium abartigen Spekulationen zuvorkommen und zugleich mit der Veröffentlichung der Entdeckung eine unumstößliche Erklärung anbieten.

Einwand des Eminentissimus Frantisek Kolletzki: Ihn erinnere dieses Consilium an einen ähnlichen Fall, der noch nicht so lange zurückliege und aus ähnlicher Nichtigkeit heraus allein dadurch zu einem schier unlösbaren Problem für die Kirche geworden sei, daß er vor dem Heiligen Offizium diskutiert wurde.

Frage des Adam Melcer von der Gesellschaft Jesu, von

welchem Fall der Eminentissimus Kolletzki spreche. Er möge sich allgemeinverständlich ausdrücken.

Antwort des Eminentissimus Kolletzki (nicht ohne Ironie): Für jene Heranwachsenden sei erklärt – das Einverständnis des Eminentissimus und Reverendissimus Joseph Kardinal Jellinek als Präfekt der Kongregation für die Glaubenslehre vorausgesetzt – (Einverständnis durch Kopfnikken des Angesprochenen erteilt), daß dieses Consilium ebenso geheim wie erfolglos über die Vorhaut unseres Herrn Jesus diskutiert habe und, obgleich in frommer Absicht und ebensolcher Sittenreinheit handelnd, den Fall zum unlösbaren Problem ausweitete.

Entrüstung bei Pier Luigi Zalba von den Marienserviten.

Eminentissimus Kolletzki beharrte auf seiner Rede: Damals habe ein Jesuit den Stein ins Rollen gebracht, indem er nach der Verehrungswürdigkeit der heiligen Vorhaut fragte, welche in einem Kloster aufbewahrt würde. Schließlich habe der Evangelist Lukas klar zu erkennen gegeben, daß Jesus am achten Tage nach seiner Geburt beschnitten und sein Praeputium in Nardenöl aufbewahrt wurde. Die Diskussion vor dem Heiligen Offizium habe jedoch ungeahnte Folgen gehabt. Nicht nur, daß an verschiedenen Orten mehrere Praeputien zum Vorschein kamen, das erhabene Gremium wurde auch mit der Frage konfrontiert, ob unser Herr Jesus bei seiner Auferstehung und Himmelfahrt nicht sein ureigenes Teil habe mit sich führen müssen. Die ehrwürdigen Herren seien darüber so heftig in Streit geraten, daß sogar die damals so bezeichnete päpstliche Kommission zur Auslegung des Kanonischen Rechts eingreifen mußte, welche aber das Problem auch nur zum Teil lösen konnte, indem sie dem heiligen Praeputium ausdrücklich den Rang einer Reliquie absprach, weil nach Kanon 1281, Absatz 2, nur jene Körperteile als Reliquien bezeichnet werden dürfen, die das Martyrium erlitten hätten. Damals habe das Heilige Offizium nur noch den einen Weg gesehen, jede Diskussion über das Heilige Praeputium in Wort und Schrift mit der Exkommunikation *speciali modo* zu ahnden.

Unterbrechung des Eminentissimus Joseph Kardinal Jellinek durch Klopfen auf den Tisch: Zur Sache, Herr Kardinal!

Der Eminentissimus Kolletzki: Er habe nur zeigen wollen, daß die Kurie mit ihren Dikasterien prädestiniert erscheine, aus Mücken Elefanten zu machen, und daß Schweigen dem Wort bisweilen vorzuziehen sei. Worte seien in der Lage, Wunden aufzubrechen, Schweigen dagegen beschleunige die Heilung.

Aufbrausend der Kardinalstaatssekretär und Präfekt des Rates für Öffentliche Angelegenheiten der Kirche, Giuliano Cascone: »Die Aufgabe der Kurie ist es nicht zu schweigen! Wir hier an diesem Tisch haben zu entscheiden, *quoquomodo possumus!*«

Darauf versuchte Eminentissimus Kardinal Jellinek zu beschwichtigen: »Brüder in Christo, Demut ist die trefflichste aller christlichen Tugenden! Ich will erklären, warum ich die vorliegende *causa* für wichtig, ja gefährlich halte. Hier an diesem Ort, an diesem Tisch, wurde vor 350 Jahren ein Fall verhandelt, welcher – der Herr sei uns armen Sündern gnädig – der Mutter Kirche schweren Schaden zugefügt hat. Ich meine die *causa Galilei,* die zur Blamage für das Heilige Offizium wurde. Ich will daran erinnern, daß der Fall Galilei aus einer scheinbaren Nichtigkeit heraus entstand, nämlich der Frage, ob die Veränderlichkeit des Himmels schriftgemäß sei. Ich warne dringend davor, den gleichen Fehler ein zweites Mal zu begehen.«

Erregter Zwischenruf aus dem Munde Ugo Pironios von den Eremiten des hl. Augustin: »Das Konzil von Trient verbot eine Auslegung der Schrift, die der Auslegung der Kirchenväter zuwiderläuft! Galilei wurde zu Recht verurteilt.«

Kardinal Jellinek mit zunehmender Heftigkeit: »Wir reden

in diesem Falle nicht von Kanonischem Recht. Wir reden vom Schaden, den das Vorgehen des Heiligen Offiziums der Heiligen Mutter Kirche zugefügt hat, und wir reden davon, wie aus Unachtsamkeit der Verantwortlichen eine Quisquilie zur *causa causarum* werden kann.«

Monsignore Ugo Pironio aufgebracht: »Nach dem damaligen Wissensstand war bekannt, daß die Sonne am Himmel stand und sich um die Erde bewegte, und daß die Erde unbewegt im Zentrum des Universums ruhe. Das konnte jeder Gebildete bei den Kirchenvätern, in den Psalmen, bei Salomo und Josua nachlesen. Sollte die Heilige Mutter Kirche dulden, daß diese Schriften in Frage gestellt wurden? Wie lange hätte es gedauert, und ein anderer Häretiker hätte sich erhoben und verkündet, nicht Gott, der Herr, habe Adam und Eva aus dem Paradies vertrieben, sondern Adam und Eva hätten Gott, den Herrn, aus dem Paradies gewiesen, weil sie allein sein wollten, und man könne das mathematisch-astronomisch beweisen« – und Pironio schlug ein kleines Kreuzzeichen.

»Ihr scheint zu vergessen, Bruder in Christo, daß nicht Galileo Galilei im Unrecht war, sondern das Heilige Offizium, und daß nicht Astronomie und Geometrie irrten, sondern die Theologie. Oder dreht sich bei den Eremiten des hl. Augustin noch heute die Sonne um die Erde?« (Worte des Eminentissimus Joseph Kardinal Jellinek, Unruhe erzeugend.)

Der Letztgenannte weiter: Galilei habe der Theologie durchaus den Vorrang gegeben vor anderen Wissenschaften, was die wunderbare Belehrung und die göttliche Offenbarung und die ewige Seligkeit betreffe. Er habe die Theologie sogar Königin der Wissenschaften genannt, gleichzeitig aber gefordert, sie solle sich nicht zu den niedrigeren und geringeren Spekulationen der inferioren Wissenschaften herablassen, weil diese nicht zur Seligkeit beitrügen, und ihre Diener dürften sich nicht die Autorität anmaßen, in Fachgebieten zu entscheiden, über die ihnen jede Kenntnis fehle.

Da schleuderte Monsignore Ugo Pironio wütend eine Stelle aus *»Genesis ad literam«* des hl. Augustinus in den Raum, ein Bußprediger konnte nicht heftiger sein: *»Hoc indubitanter tenendum est, ut quicquid sapientes huius mundi de natura rerum demonstrare potuerint, ostendamus nostris libris non esse contrarium; quicquid autem illi in suis voluminibus contrarium Sacris Literis docent, sine ulla dubitatione eredamus id falsissimum esse, et, quoquomode possumus, etiam ostendamus.«*

Der Eminentissimus Mario Lopez, Prosekretär der Kongregation für Glaubenslehre und Titularerzbischof von Caesarea, antwortete dem Vorredner: »Monsignore Pironio, es ist nicht Sache der Schrift, die kosmischen Verhältnisse zu klären, so wie es nicht Sache der Wissenschaft ist, die Heilslehren der Heiligen Mutter Kirche zu erklären. Das sind nicht meine Worte, Bruder in Christo, sondern jene des Galileo Galilei.«

»Die Schrift will nicht die Beschaffenheit der Dinge lehren, da sie zum Heil nichts beitragen. Ihr kennt den Satz aus der Enzyklika *›Providentissimus Deus‹* von seiner Heiligkeit Leo XIII!« (Zwischenruf des Eminentissimus Kardinal Jellinek.)

Der Prosekretär der Kongregation für Glaubenslehre fuhr fort: »Wollt Ihr etwa wieder mittelalterliche Verhältnisse und behaupten, Geometrie, Astronomie, Musik und Medizin seien in der Heiligen Schrift ernsthafter behandelt als bei Archimedes, Boethius und Galenus? Galileo behauptete nichts anderes, als daß die Weltgelehrten seiner Zeit gewisse Naturerscheinungen wissenschaftlich nachweisen konnten, während sie andere nur hypothetisch lehrten. Mit Recht lehnte er es ab, über den Wahrheitsgehalt der Ersteren zu diskutieren, da sie ja bewiesen seien mit Hilfe der Wissenschaft, und er forschte gleichzeitig nach Beweisen, Letztere als Irrtümer zu entlarven. Gab es einen redlicheren Gelehrten? Mir jedenfalls scheint die Argumentation des Florentiners redlich, indem er sagte, wenn die naturwissenschaftlichen Beweise nicht der Schrift unterzuordnen seien, sondern nur als nicht zur Schrift im Gegensatz stehend erklärt werden müßten, dann müsse man, bevor eine Naturerklärung zu verdammen sei, nachweisen, daß ihr der wissenschaftliche Beweis fehle. Das aber obliege nicht jenen, die sie für wahr halten, sondern jenen, die sie anzweifeln.«

»Accessorium sequitur principale!« Kardinal Jellinek schlug zum wiederholten Male mit der Hand auf den Tisch des Heiligen Offiziums und mahnte, zum Thema zurückzufinden. Er habe den Fall Galilei zur Sprache gebracht, um zu zeigen, daß die Lehre der Heiligen Mutter Kirche weniger durch ihre erklärten Gegner Schaden nehme als durch Unachtsamkeit und Ungeschicklichkeit in ihren eigenen Reihen, und in diesem Zusammenhang erwähnte der Eminentissimus den jahrelangen Streit zwischen Dominikanern und Jesuiten um die Prädestinationslehre des hl. Augustinus, welcher der einen wie der anderen Bruderschaft geschadet habe.

Das aber provozierte zu wilden und in ihrer Gemeinsamkeit unverständlichen Zwischenrufen die folgenden Anwesenden: Adam Melcer von der Gesellschaft Jesu, Fra Desiderio Scaglia, Titular von San Carlo, Fra Felice Centino, Titular von Santa Anastasia und Eminentissimus Giuseppe Bellini, Präfekt der Kongregation für die Sakramente und den Gottesdienst, im speziellen für Liturgie in rituellen und pastoralen Angelegenheiten.

Obengenannter Redner hatte Mühe, sich Gehör zu verschaffen und die Diskussion auf das eigentliche Thema zu bringen, die Deutung der sixtinischen Inschrift, und er erteilte Chefrestaurator Bruno Fedrizzi das Wort.

Chefrestaurator Bruno Fedrizzi schilderte ausführlich und unter Hinweis auf Freskotechnik und chemische Analysierung die Entdeckung der acht Schriftzeichen auf den Büchern und Schriftrollen des Propheten Joel, der erythräischen Sibylle und der weiteren Figuren in der Reihenfolge der Auffindung A – IFA – LU – B – A. *A secco* seien sie zugleich mit den Korrekturen, die Michelangelo nach Fertigstellung der eigentlichen Fresken in geringem Ausmaß angebracht habe, wie Umriß- und Proportions- oder perspektivische Korrekturen, aufgetragen worden.

Zwischenfrage des Kardinalstaatssekretärs Giuliano Cascone, ob auszuschließen sei, daß die zur Diskussion stehenden Signaturen nicht in späterer Zeit von anderer Hand als der von Michelangelo hinzugefügt worden sein könnten.

Fedrizzi verneinte diese Möglichkeit und führte zum Beweis an, daß die anorganischen Farbpigmente der aufgefundenen Schriftzeichen auch in den Schattenpartien der alttestamentarischen Szenarien anzutreffen seien; wer demnach die urheberische Authentizität der Schriftzeichen anzweifle, müsse damit zugleich die Urheberschaft Michelangelos als Schöpfer der sixtinischen Deckengemälde in Frage stellen.

Ob denn an anderen Werken des Florentiners irgendwelche Signaturen zu verzeichnen seien. (Frage des Eminentissimus Kardinalstaatssekretär.)

Antwort aus dem Munde von Riccardo Parenti, Professor für Kunstgeschichte an der Universität Florenz: Michelangelo habe, wie es dem Brauch der Zeit entsprach, seine Werke nicht signiert, sieht man einmal davon ab, daß er sich in seinen Darstellungen selbst portraitierte. Michelangelos Gesichtszüge in der Figur des Propheten Jeremias und in der abgeschundenen Haut des Bartholomäus im Jüngsten Gericht würden kaum angezweifelt. Eine schlüssige Deutung dieser Eigenart des Florentiners über die bloße Erscheinungsform hinaus liege bis heute nicht vor.

»So daß das nun aufgedeckte Mysterium durchaus in die Charakteristik des Florentiners passen würde. (Zwischenruf des Eminentissimus Kardinal Jellinek.)

Antwort Parentis: Durchaus. Zumal Michelangelo außerhalb der Sixtina keine nennenswerte Malerei geschaffen habe. Und, wie jedermann wisse, seien die Malereien der Sixtinischen Kapelle unter materiellem Zwang, mit Haß gegen Papst und Kurie und unter den verschiedenartigsten Demütigungen des Künstlers entstanden, irgendwelche Rachegedanken, wie immer geartet sie auch sein mochten, erschienen keinesfalls abwegig. Allein das vom Künstler gewählte Szenarium für die Päpstliche Hauskapelle könne doch nur als Provokation, wenn nicht als Skandal aufgefaßt werden. Man stelle sich vor, ein zeitgenössischer Künstler würde heute die Privatkapelle Seiner Heiligkeit mit zugegeben recht ansprechenden nackten Damen und Herren, dem gegenwärtigen Schönheitsideal entsprechend, ausmalen und anstelle christlicher Symbole provozierende Szenen aus der Drogen-, Freimaurer- oder Popszene aufbringen. Der Skandal wäre nicht größer.

Unruhe im Heiligen Offizium.

»Im Streit mit dem Papst«, fuhr Parenti fort, »ist der Florentiner als Sieger hervorgegangen, und gleichsam als Revanche verschmähte Michelangelo jede neutestamentarische oder gar kirchliche Malerei, ja, er ließ Sendboten der Geistes- und Geisterwelt auferstehen, huldigte Dante, dem Neuplatonismus und antikischem Geist, der von der Kirche als heidnisch angeprangert wurde, und bis heute fehlt letzte Klarheit, warum Seine Heiligkeit gegen diese Art der Darstellung nicht protestierte.«

Zwischenruf des Kardinal Jellinek, Präfekt der Kongregation für Glaubensfragen: »Seine Heiligkeit Julius II. protestierte nicht nur, Papst Julius geriet sogar in heftigen Streit mit dem eigensinnigen Künstler!«

»Was heißt eigensinnig? Alle Künstler, so sie den Namen verdienen, sind eigensinnig!« (Zwischenruf des Pater Augustinus Feldmann, Leiter des Vatikanischen Archivs und Erster Geheimarchivar Seiner Heiligkeit.)

Frage des Eminentissimus Kardinal Jellinek: »Wie sollen wir das verstehen, Bruder in Christo?«

Antwort des Angesprochenen: »Nun, ganz einfach. Kunst, so sie diesen Namen verdient, ist nicht käuflich. Oder anders ausgedrückt: Es ist töricht zu glauben, daß Kunst käuflich sei. Dafür ist die anstehende *causa* das beste Beispiel. Seine Heiligkeit glaubte zwar, Michelangelo erfülle seinen Auftrag, und vordergründig sah das auch wirklich so aus, in Wirklichkeit aber rächte sich der Künstler an seinem demütigenden Auftraggeber, und er tat dies auf eine Art, daß seine Heiligkeit es nicht einmal bemerkte. Seien wir ehrlich, die Konfiguration des großen Welttheaters, das Michelangelo an die Decke der Sixtina malte, läßt jede Deutung zu, und die Auffassung, der Künstler habe in seinem symbolisierenden Darstellungsdrang die drei Daseinszustände des gottgezeugten Menschen, also die leibliche, die seelische und die geistige Wesensform dargestellt, befriedigt mich nicht. Nicht in dieser Symbolik. Der Alltag, das Leben des Menschen ist erfüllt von Symbolen, die ihn erinnern, ermahnen, die gebieten und verbieten, die sich überschneiden und bekämpfen. Es gibt kein absolutes Symbol, ein Symbol, das zu allen Zeiten, in allen Kulturen immer dieselbe Bedeutung aufweist. Sogar das Kreuz, ein scheinbar urchristliches Symbol der österlichen Auferstehung und des Glaubens, hat in anderen Kulturen eine ganz andere Bedeutung. Andererseits gibt es für alles und jedes mehrere, oft sogar viele Symbole. Ich will damit sagen: Um das auf geheimnisvolle Weise auszudrücken, was Michelangelo zu vermitteln bestrebt war, bedurfte der Künstler in keinem Falle heidnischer Wahrsagepriesterinnen. Und mögen die Sibyllen auch Göttliches schauen, es ist kein Teil jenes allmächtigen Gottes, den die Heilige Mutter Kirche als den Allerhöchsten preist, eher einer von den Hängen des Olymp.«

Eminentissimus Kardinal Jellinek: »Padre, Sie sprechen wie ein Häretiker.«

Padre Augustinus: »Ich gebe nur wieder, was jedem gebildeten Christenmenschen ins Auge fallen muß, so er die Gabe hat zu sehen. Und ich erwähne es nur deshalb, damit dieses Consilium der neuerlichen Entdeckung mit jener Vorsicht begegnet, die ihr unter den erwähnten Umständen zukommt, und damit wir nicht eines Tages ebenso ratlos dastehen wie seine Heiligkeit Julius.«

»Und welche Bedeutung messen Sie der Schrift bei, mit der uns Fedrizzi überrascht hat?« (Frage des Eminentissimus Kardinalstaatssekretär Giuliano Cascone.)

»Ich kann«, begann Padre Augustinus Feldmann zögernd, »bis heute keine schlüssige Deutung der acht Buchstaben geben, und es gibt gewiß Berufenere als mich für diese Aufgabe, aber ich will meine ganz persönliche Stellungnahme zu dem Problem abgeben, denn dafür sind wir – glaube ich – wohl alle hier versammelt.«

Beifälliges Murmeln der Anwesenden.

»Ich glaube, wir begegnen hier einer auffälligen Art von Synkretismus, das heißt einer Vereinigung von religiösen Gedanken verschiedener Herkunft zu einem Ganzen, das innere Einheit und Widerspruchslosigkeit vermissen läßt.«

Stellungnahme von Eminentissimus Mario Lopez, Prosekretär der Kongregation für Glaubenslehre und Titularerzbischof von Caesarea: »Dieser Gedanke ist hinreichend diskutiert, er ist nicht neu: Synkretisten hießen im 16. Jahrhundert jene Philosophen, die zwischen Plato und Aristoteles vermitteln wollten, was – wie man weiß – schlicht unmöglich ist. Aber Ihr Hinweis, Bruder in Christo, bezieht sich wohl eher auf die Thematik der Malerei als auf die Deutung der Schrift!«

Padre Augustinus: »So ist es in der Tat, und ich erwähnte es deshalb, weil zu vermuten ist, daß auch in den Schriftzeichen eine perfide Art von Synkretismus enthalten ist.«

»Wenn ich Sie also recht verstehe, Bruder in Christo, müssen wir uns darauf gefaßt machen, zur Entschlüsselung dieses Geheimnisses nicht nur Theologen unserer Glaubenslehre zu Rate zu ziehen, sondern auch –«

Padre Pio Grolewski von den Predigermönchen und Kurator der Vatikanischen Museen wurde von Eminentissimus Kardinalstaatssekretär Cascone laut und heftig unterbrochen: »Ich muß das Consilium nicht daran erinnern, daß wir *specialissimo modo* beraten. *Unsere* Aufgabe ist es zu verhindern, daß Kirche und Kurie der Lächerlichkeit preisgegeben werden. Und sollten wir durch die Entdeckung mit einem theologischen Problem konfrontiert sein, so ist es unsere Aufgabe, die Aufgabe dieses Consiliums, das Problem zu lösen – *specialissimo modo!*«

Schweigen.

Der Eminentissimus Kardinalstaatssekretär: »Ich will mich klar ausdrücken. Nicht ein Wort dieses Consiliums darf an die Öffentlichkeit kommen, nicht bevor dieses Consilium eine Erklärung der *causa* gefunden hat. Und dabei gilt als oberster Grundsatz: Die Lehre steht vor der Kunst.«

Fra Desiderio Scaglia, Titular von San Carlo, gab zu bedenken, daß die Fresken des Michelangelo seit Jahrhunderten Glaubensquelle für Millionen Christen und daß die alttestamentarischen Szenen des Schöpfergottes vielen Generationen Anlaß zur Bekehrung gewesen seien. Die anstehende *causa* sei also weniger ein theologisches Problem als ein Problem, welcher Grad von Öffentlichkeit der Sache zuteil werde.

Adam Melcer von der Gesellschaft Jesu erklärte, er habe bei einer Prüfung des Sachverhaltes in der Sixtinischen Kapelle die Signaturen nicht erkannt, er habe sie bestenfalls erahnt und er weigere sich, Ahnungen mit derartiger Ernsthaftigkeit zu diskutieren.

Professore Pavanetto, Generaldirektor der Vatikanischen Bauten und Museen, schob wortlos einen Stapel Fotografien über den Tisch, und Adam Melcer beäugte sie durch eine zusammengefaltete Brille. »Das hat gar nichts zu sagen«, wiederholte er bei jedem Bild, nachdem er es eingehender Betrachtung unterzogen hatte, »das hat gar nichts zu sagen. Der christliche Glaube fordert das Fürwahrhalten dessen, das nicht durch die notwendige lückenlose Bezeugung des Fürwahrgehaltenen seitens Wahrnehmung und Denken erhärtet ist, warum sollte er nicht das Nichtfürwahrhalten des durch Wahrnehmung und Denken Bezeugten fordern können.«

Aufbrausend Eminentissimus Mario Lopez, Prosekretär der Kongregation für Glaubenslehre und Titularerzbischof von Caesarea: »Jesuitengeschwätz! Ihr Männer Jesu habt es schon immer verstanden, euch allen Situationen so anzupassen, daß ihren Erfordernissen mit dem geringsten Energieaufwand entsprochen werden kann. *Et omnia ad maiorem Dei gloriam!*«

Eminentissimus Kardinal Jellinek beschwichtigend: »Brüder in Christo, Mäßigung! Mäßigung um unseres Herrn Jesu willen!«

Adam Melcer zu Eminentissimus Lopez: Er solle Abbitte leisten, nicht ihm gegenüber, dessen Ehre gering sei, sondern gegenüber der *Societas Jesu,* die es nicht nötig habe, sich von asiatischen Titularerzbischöfen beleidigen zu lassen. Und Melcer machte Anstalten, den Raum zu verlassen.

»Brüder in Christo!« Eminentissimus Kardinal Jellinek rief zu Ruhe und Besonnenheit und mahnte Adam Melcer *ex officio,* auf seinen Platz zurückzukehren. Melcer fragte nach, ob Jellinek ausdrücklich *ex officio* gesprochen habe, weil er andernfalls der Aufforderung aufgrund der Bedeutsamkeit der Verfehlung des Eminentissimus Titularerzbischofs nicht nachkommen könne, und erst nach ausdrücklicher Bestätigung, daß die Aufforderung *ex officio* erfolgt sei, nahm Melcer wieder seinen Platz ein, kündigte jedoch an, aufgebracht an seiner Brille nestelnd, die Apostolische Pönitentiarie anzurufen, um vom Kardinalgroßpönitentiar Satisfaktion zu erhalten.

Nach Beschwichtigung der Parteien stellte Kardinal Jellinek die Frage, ob zwischen den Schriftzeichen und den Darstellungen der Propheten und Sibyllen ein innerer Zusammenhang bestehe, ob der Buchstabe A im Zusammenhang mit den Propheten Joel und Jeremias eine Deutung zulasse, ob der Buchstabe B einen Schrifthinweis auf die persische Sibylle geben könne, ob dies auch für LU im Hinblick auf Ezechiel und IFA für die erythräische Sibylle zutreffe.

Padre Augustinus Feldmann, Leiter des Vatikanischen Archivs, ergriff das Wort und verwies zunächst auf die hebräische Übersetzung des Namens Joel, der soviel bedeute wie ›Jahwe ist Gott‹. Seine Prophetie nehme Bezug auf den Tag Jahwes mit der Ausgießung des prophetischen Geistes über Israel und das Gericht über die Heidenvölker, und sie sei von ungewöhnlicher Kürze, ganz im Gegensatz zu den langatmigen Prophezeiungen des Ezechiel, welche ein Buch füllten mit ihren Leichenklagen, dem Seufzen und Wehegeschrei; Liebeslieder von derbem Inhalt seien in religiös-sittliche Ordnung gehoben. Aber sogar unter Zuhilfenahme obskurer Wissenschaften wie der Buchstaben- und Zahlenmystik fände sich kein Sinnzusammenhang zwischen den Schriftzeichen und den Propheten, und dies gelte ebenso für die Sibyllen.

Einwurf des Professore Antonio Pavanetto: Ob nicht der Tatsache größere Bedeutung geschenkt werden müsse, daß die Propheten Joel und Ezechiel signiert seien, während Jeremias, Daniel und Jesaia keine Kennzeichnung aufwiesen. Und die Frage betreffe natürlich auch die Sibyllen, von denen ausgerechnet die erythräische und persische bezeichnet seien, während die Sibylle von Delphi und jene von Cumae leer ausgegangen seien.

Diese Frage fand allgemeine Zustimmung, blieb aber unbeantwortet und damit rätselhaft.

Der Eminentissimus Frantisek Kolletzki, Prosekretär für das Katholische Bildungswesen, wies darauf hin, daß die jüdische Geheimlehre sich der Buchstaben- und Zahlenmagie bediene und daß in der Kabbala Buchstaben bestimmte Zahlenwerte besäßen, mit deren Hilfe mantische Berechnungen angestellt werden könnten.

»Bruder in Christo!«, unterbrach Fra Desiderio Scaglia, Titular von San Carlo, den Redner heftig, »wie sollen kabbalistische Zeichen an die Decke der Sixtina gelangen. Wollt Ihr etwa behaupten, Michelangelo sei ein Kabbalist, ein Ketzer, gewesen? Ich meine, wir sollten uns eher naheliegender Deutungen annehmen wie mittelalterlicher Segensformeln, die – das brauche ich nicht zu betonen – als Aberglaube von der Kirche indiziert sind. Beschwörungsformeln werden in den Anfangsbuchstaben der einzelnen Wörter wiedergegeben. Am bekanntesten ist der Zachariassegen gegen die Pest, dessen Anfangsbuchstaben auf Amulettzetteln, Skapulieren, Glocken und Zachariaskreuzen auftauchen entsprechend der Formel des Benediktussegens. Der christliche Glaube verbietet mir, die Buchstabenreihe zu wiederholen, doch steht sie in keinem Zusammenhang mit jener Reihe, die hier zur Diskussion steht.«

Frage des Kardinal Giuseppe Bellini, Präfekt der Kongregation für die Sakramente und den Gottesdienst, ob bereits

Nachforschungen hinsichtlich der Buchstaben-Tonschrift angestellt worden seien. Die älteste Art der Aufzeichnung von Musik habe die Buchstaben des Alphabets für die Töne geschrieben, und erst seit der Jahrtausendwende sei das Notenliniensystem in Gebrauch. Odo von Cluny habe seine ergreifenden gregorianischen Gesänge nur mit Buchstaben festgehalten.

»Wenn ich Sie recht verstehe, Herr Kardinal« (Einwurf des Eminentissimus Kardinal Jellinek), »dann haben Sie die Vermutung, hinter den Buchstaben des Michelangelo verberge sich eine Melodie, der wiederum ein Text zugrundeliege mit einer bestimmten Aussage.«

Zustimmung.

Protestrufe der Ordensbrüder Pier Luigi Zalba von den Marienserviten, Ugo Pironio von den Eremiten des hl. Augustin und Fra Felice Centino. Letzterer erregt: »Brüder in Christo, wir sind auf dem besten Wege, den Boden der Tatsachen zu verlassen. Wir diskutieren über heidnische Beschwörungsformeln und fremde Liedertexte, anstatt Erkenntnis im frommen Gebete zu suchen. Der Herr sei mit uns.«

Antwort des Oratorianers Augustinus Feldmann: »Der christliche Glaube, Bruder in Christo, verläßt tagtäglich den Boden der Tatsachen, ja, der Glaube ist den Fakten Feind, und scheinbar Unverständliches wird nur verständlich unter dem Zeichen des Glaubens. Kein gläubiger Christenmensch wird an der Geheimen Offenbarung des Johannes zweifeln, die über das Zeitgeschichtliche hinaus eine trostreiche Botschaft für jede christliche Generation ist, und dennoch bietet die Apokalypse viel Rätselvolles und bis heute nicht zu Erklärendes. Wollt Ihr, Brüder in Christo, deshalb am Sendungs- und Wahrheitsgehalt der Geheimen Offenbarung zweifeln? Wollt ihr in Abrede stellen, daß die Offenbarung des Johannes im wesentlichen jener Offenbarung entspricht, die unser Herr Jesus selbst gegen Ende seines Wirkens gegeben hat, nur, weil Johannes bisweilen unverständlich ist und Gegenstand heidnischer Deutung?«

Ein Zwischenruf von Kardinal Jellinek forderte eine Präzisierung dieser Aussage.

»Wie wollt Ihr Johannis Offenbarung 13, 11–18, deuten, wenn nicht mit Hilfe der Zahlenmagie. Ein Tier, sagt Johannes, habe er gesehen, das stieg aus dem Land empor, es habe zwei Hörner gehabt wie ein Lamm, aber geredet wie ein Drache, und wer Verstand habe, der berechne die Zahl des Tieres, denn es sei eines Menschen Zahl, und seine Zahl sei sechshundertsechsundsechzig. So lautet der Text der Schrift, Ihr kennt ihn alle.«

Nachfrage: »Bedarf jeder Text einer Deutung?« (Vermutlich Fra Felice Centino.)

Antwort: »Gewiß nicht, nein. Der Christenmensch kann glauben um des Glaubens willen; aber im Lehrauftrag unseres Herrn Jesus ist der Auftrag der Deutung enthalten. Wer ist also dieses Tier, dem eines Menschen Zahl, die Zahl Sechshundertsechsundsechzig, zu eigen ist? Schon hundert Jahre nach Johannes, konnte diese Frage nicht mehr beantwortet werden, und bis heute weiß die christliche Theologie keine Antwort auf diese Frage, es sei denn . . .«

»Es sei denn?« Mehrfache Zwischenrufe.

»Es sei denn, wir rufen die Zahlenmagie der griechisch-orientalischen Gnosis zu Hilfe.«

Protestrufe von allen Seiten. Fra Felice Centino, Titular von Santa Anastasia, sich bekreuzigend: »Herr sei uns gnädig!«

Der Eminentissimus Kardinal Jellinek: »Fahren Sie fort, Bruder!«

Padre Augustinus, nunmehr unsicher um sich blickend: »Was ich zu berichten habe, ist jedermann zugänglich im Vatikanischen Archiv nachzulesen, ich bitte das zu berücksichtigen. Die Sekte des spätantiken Gnostikers Basilides trieb ihr Unwesen um 130 nach Geburt unseres Herrn, sie benützte das Zauberwort ABRAXAS unter anderem zur Erkennung untereinander, aber auch als magische Formel. Das Wort ist vermutlich zusammengesetzt aus den Anfangsbuchstaben hebräischer Gottesnamen und weist neben der Siebenzahl seiner Buchstaben noch andere Besonderheiten auf: Nach der Buchstabenmagie dieser Sekte beinhaltet die Formel ABRAXAS den Zahlwert 365 und symbolisiert als Zahl der Tage des Jahres das Ganze, Umfassende, Göttliche: A – 1, B – 2, R – 100, A – 1, X – 60, A – 1, S – 200. Auch das Wort Meithras, der Diphthong ei kommt vom Griechischen, ergibt nach dieser Buchstabenmagie die Zahl 365, Iesous, wiederum mit griechischem Diphthong, ergibt die Zahl 888. Um aber auf die Geheime Offenbarung des Johannes zurückzukommen und die rätselhafte Zahl 666 – in dem genannten Buchstaben und Zahlenschema ergäbe folgende Buchstabenreihe die Summe 666: AKAIDOMETSEBGE. Nicht weniger unsinnig erscheinend und rätselhaft als die aufgefundene Inschrift des Michelangelo. Geht man aber davon aus, daß Johannes die Geheime Offenbarung in griechischer Sprache verfaßte, und teilt man die Buchstaben in Abkürzungen, so ergibt sich A. KAI. DOMET. SEB. GE. – die korrekte Abkürzung des Herrschernamens von Kaiser Domitian: Autokrator Kaiser Dometianos Sebastos Germanikos. Johannes schrieb die Geheime Offenbarung auf der von Römern beherrschten Griecheninsel Patmos, und die Erklärung, er wollte mit diesem Zahlenhinweis den damaligen Kaiserkult mit seiner Vergöttlichung des irdischen Herrschers geißeln, ist nicht von der Hand zu weisen.«

Nach der Rede des Padre Augustinus entstand eine lange Pause.

Darauf der Kardinalstaatssekretär Giuliano Cascone: »Und Sie meinen, Bruder Augustinus, die Inschrift Michelangelos könnte ebenso geartet sein? Sie glauben, der Florentiner habe die Buchstabenmagie einer heidnischen Sekte benutzt, um Papst und Kirche bloßzustellen?«

Gegenfrage: »Habt Ihr eine bessere Erklärung?«

Diese Frage blieb unbeantwortet; schließlich ergriff der Präfekt des Consiliums, Kardinal Jellinek, das Wort: Die Diskussion habe gezeigt, daß die Angelegenheit nicht unterschätzt werden dürfe, und er beauftragte *ex officio* Padre Augustinus Feldmann, Leiter des Vatikanischen Archivs und Erster Geheimarchivar Seiner Heiligkeit, mit der Erstellung einer Dokumentation über Geheimwissenschaften und Kulte zur Zeit der folgenden Päpste: Julius II., Leo X., Hadrian VI., Clemens VII., Paul III., Julius III., Marcellus II., Paulus IV. und Pius IV. Professore Antonio Parenti, Professor für Kunstgeschichte an der Universität Florenz, wurde angewiesen, nach Ursachen und Berührungspunkten mit kirchenfeindlichem Gedankengut im Leben Michelangelos zu forschen. Der Eminentissimus Frantisek Kolletzki, Prosekretär der Kongregation für das katholische Bildungswesen und Rektor des Collegium Teutonicum, wurde bestimmt, *specialissimo modo* einen Semiotiker für die Deutung der Schriftzeichen zu Rate zu ziehen. Als Termin für das nächste Consilium wurde der Montag nach Lichtmeß festgesetzt.

Für die Richtigkeit obigen Protokolles:
Monsignore Antonio Barberino, Notar.
Monsignore Eugenio Berlingero, Protokollant.
Monsignore Francesco Sales, Schreiber.

ZWISCHEN ZWEITEM UND DRITTEM SONNTAG NACH EPIPHANIAS

Augustinus, der Oratorianer, konnte sich nicht erinnern, von Kardinalstaatssekretär Giuliano Cascone je vorgeladen worden zu sein, obwohl er nun beinahe dreißig Jahre Dienst tat;

zweifellos stand der Archivar in der Hierarchie der Römischen Kurie ganz unten. Augustinus war gewohnt, schriftliche Order entgegenzunehmen und alle Aufträge peinlich genau zu erfüllen. Die Kurie ist ein Uhrwerk, und er, Augustinus, war das kleinste Rädchen. Um so mehr zeigte sich der Oratorianer verwundert, als ihn Monsignore Raneri, der Erste Sekretär des Kardinalstaatssekretärs, in sein Büro bat, und er eilte, der Aufforderung nachzukommen. Augustinus nahm den Weg über den Cortile della Pigna, nannte am Portal zum Cortile di San Damaso seinen Namen und das Ziel seines Besuches und wurde nach telefonischer Rückfrage vorgelassen.

Der Kardinalstaatssekretär zählt zu den wenigen Kardinälen, die nicht nur im Vatikan arbeiten, sondern dort auch wohnen. Im ersten Stock drang das sonore Gackern eines Fagotts an das Ohr des Besuchers. Zur höheren Ehre Gottes, zu seinem ureigenen Vergnügen und zum Vergnügen der Kurie blies Monsignore Raneri, Erster Sekretär des Kardinalstaatssekretärs Cascone, das Doppelrohrblattinstrument in jeder freien Minute. Im zweiten Stock des Palastes gelangte Augustinus durch eine Reihe ineinander übergehender Vorzimmer, von denen dem Besucher eines im Gedächtnis blieb, weil es mit einem roten Baldachin geschmückt war, unter dem das Wappen des Kardinals hing, ein anderes, weil es nur mit einem Wandtisch möbliert war, auf dem vor einem Kruzifix das rote dreihörnige Birett des Kardinals lag, in die Anticamera nobile. Auch hier sparsamste Möblierung, jedenfalls nahm sich der Tisch mit einem Dutzend hochlehniger Sitzgelegenheiten beinahe verloren aus. Der Sekretär, der Augustinus bis hierher begleitet hatte, wies dem Archivar eine Sitzgelegenheit an und verschwand wortlos durch eine der beiden Türen an der Stirnseite. Die Wände des hohen Saales waren mit rotem Damast überzogen; die großen Fenster, verhängt mit golddurchwirktem Brokat, ließen nur gedämpftes Licht in den Raum.

Mit lautem Geräusch öffnete sich die eine der beiden Türen, und Kardinalstaatssekretär Cascone, gefolgt vom Ersten Sekretär und einem Hilfssekretär, den Augustinus nicht kannte, betrat die Anticamera mit ausgestreckten Armen wie ein Heilsbringer. Augustinus erhob und verneigte sich, und der Kardinalstaatssekretär sagte mit lauter Stimme: »Padre Augustinus, laudetur Jesus Christus!« Er bedeutete dem Besucher mit einer kurzen Handbewegung, Platz zu nehmen, und ging dann auf die andere Seite des Tisches, um sich zu setzen. Den beiden Sekretären, die im Begriff waren, hinter ihm Aufstellung zu nehmen, warf er einen Blick zu; darauf entfernten sie sich grußlos.

Einen Augenblick saßen sie sich schweigend gegenüber. »Padre«, begann der Kardinalstaatssekretär umständlich, »ich habe Sie kommen lassen, weil ich Ihre Umsicht und Klugheit im Umgang mit Dokumenten zu schätzen weiß. Wir beide, Padre, sind Glieder eines bedeutsamen Leibes, des Leibes der Kurie. Und kommt *mir* die Tatkraft des Armes zu, der gestaltet und handelt, so sind Sie, Padre, das Gedächtnis, dem nichts verloren geht, das Gute nicht und nicht das Böse.«

Augustinus hielt den Blick gesenkt, war unsicher, ob er dem Kardinalstaatssekretär antworten sollte, schließlich sagte er: »Zur höheren Ehre Gottes und der Kirche, Eminenz!« Und nach einer kurzen Pause fügte er hinzu: »Ich habe fünf Päpsten gedient, Eminenz, für vier habe ich das Sterbeprotokoll abgelegt und versiegelt, ich habe ein halbes Dutzend Enzykliken ausgefertigt und abgelegt und zigtausend *Buste* beschriftet. Ich glaube sagen zu können, ich habe Spuren hinterlassen, das ist wahr.«

»Ich meine«, nahm der Kardinal seine Rede wieder auf, »das ist genug für ein Menschenleben ...«

»Nein!« unterbrach der Archivar.

»Was nein?«

»Ich weiß, was Sie sagen wollen, Eminenz. Sie wollen sagen, ich hätte genug gearbeitet und solle nun in mein Ordenshaus zurückkehren und mein Leben zur höheren Ehre Gottes beschließen. Eminenz, das kann ich nicht! Ich brauche meine *Buste,* meine *Tondi,* ich brauche den Archivstaub wie die Luft zum Atmen. Hat mir je irgend jemand Nachlässigkeit oder Schlamperei vorwerfen können? War je ein Dokument unauffindbar?« Die Stimme des Archivars wurde laut, sie zitterte.

»Aber nein, Padre Augustinus. Gerade weil Sie Ihre Aufgabe fehlerlos erfüllt haben, scheint es angebracht aufzuhören, bevor erste Klagen kommen, bevor sich erste Fehler einschleichen, bevor irgend jemand klagen kann, Padre Augustinus sei nun eben auch schon alt, und sein Gedächtnis mache nicht mehr so mit.«

»Aber mein Gedächtnis ist in Ordnung, Eminenz, besser als in jungen Jahren, ich habe die Signaturen aller Abteilungen im Kopf, und dieses Archiv hat mehr Abteilungen als jedes andere Archiv der Christenheit. Nennen Sie mir eine wichtige Handschrift der Kirchengeschichte, einen Codex oder eine Bulle, und ich werde Ihnen die Signatur aus dem Gedächtnis hersagen, und jeder meiner *Scrittori* kann das Dokument in wenigen Augenblicken vorlegen!«

Kardinalstaatssekretär Cascone hob die Hände: »Padre!« rief er. »Padre, ich glaube Ihnen, ich glaube sogar, daß zur Zeit niemand mehr qualifiziert ist für dieses Amt; aber ich fände es verantwortungslos, Sie bis ans Ende Ihrer Tage in Ihrem Amt zu belassen und einem Jüngeren jede Chance zu verwehren. Ich habe mich bereits umgesehen und bin auf einen fähigen Benediktiner gestoßen, Padre Pio Segoni vom Kloster Monte Cassino, ein studierter Altphilologe. Und die Regula des hl. Benedikt von Nursia ist die beste Voraussetzung für einen Archivar.

»Ach so ist das.« Augustinus blickte betroffen zur Seite. In diesem Augenblick erschien es ihm, als stürze das Gebäude seines Lebens über ihm zusammen. »Ach so ist das«, wiederholte er beinahe tonlos.

Da erhob sich der Kardinalstaatssekretär, ohne die Handflächen vom Tisch zu nehmen, und er beendete das Gespräch mit den Worten: »Demut, Padre, ist das wirkungsvollste Mittel zur Erkenntnis des Himmels – *in nomine domini.*« Und wie von Geisterhand öffnete sich jene Tür, durch die Cascone gekommen war, und Erster Sekretär und Hilfssekretär traten ein, um den Kardinalstaatssekretär in Empfang zu nehmen.

Augustinus aber ging versunken den Weg zurück, den er gekommen war. Er starrte vor sich hin, und seine Gedanken kreisten um das Wort Demut und um die Frage, ob Filippo Neri, der Ordensgründer, diese Art von Gehorsam als Demut bezeichnet hätte, ob er diese Haltung nicht Selbsterniedrigung oder sklavische Gesinnung genannt hätte, ob er nicht aufgestanden wäre gegen diese Selbstherrlichkeit, diesen Zynismus. Zeit seines Lebens hatte es Augustinus nie zum Hirten gedrängt, er war ein Mann der Herde, ein Befehlsempfänger, der zu arbeiten gewohnt war und für den Macht ein Fremdwort bedeutete. Aber nie in seinem ganzen Leben war der Oratorianer sich so ohnmächtig vorgekommen, und in seinem Herzen wuchs Zorn, ein Gefühl, das ihm bisher fremd gewesen war wie die islamische Lehre.

AN PAULI BEKEHRUNG

Einmal in der Woche pflegte Jellinek Schach zu spielen. Spielen mag vielleicht nicht das richtige Wort zu sein für einen andächtigen Vorgang, welcher mit Eröffnungszeremonien und dem pièce touchée, wobei alle Figuren vor dem nächsten Zug angerührt werden, von durchaus rituellem Charakter ist. Ja, der Kardinal zählte zu jener Art von Menschen, die Schach nicht spielen, sondern brauchen, und die auch dann, wenn sie, weil es die Umstände nicht erlauben, ihrer Neigung nachzugehen, dieser Leidenschaft dennoch im Verborgenen huldigen, und mehr als einmal hatte die Idee eines neuen Gambit, also einer Spieleröffnung, bei der eine oder mehrere Figuren geopfert werden, um dem eigenen Angriff eine Gasse zu schlagen, sein frommes Brevier unterbrochen; und weil es unter Schachspielern üblich ist, derartige Erfindungen blumenreich zu umschreiben, hatte Jellinek sie jeweils mit der Stelle der Schrift benannt, an der sie ihm eingefallen waren. Natürlich kannte man den Römer-13-Gambit, der ihm am 1. Adventssonntag, oder den Epheser-3-Gambit, der ihm am Feste Herz Jesu eingefallen war, nur im Vatikan, dort aber wurden sie bis in höchste Kreise mit Schmunzeln geduldet, weil ihr wahrer Ursprung unbekannt blieb.

Der erste Gegner des Kardinals war Ottanni gewesen, der für gewöhnlich ganz harmlos e2 – e4 eröffnete (was Jellinek ebenso profan e7 – e5 beantwortete), sich aber im Verlauf eines jeden Spieles zu hoher Form steigerte und ihn nicht selten matt setzte, und nach dem Tod des Kardinalstaatssekretärs hatte er sich mit Bischof Phil Canisius eingelassen, dem Leiter des Istituto per le Opere Religiose, dessen Werke für den Laien weniger mit Religion als mit Geld zu tun haben. Doch diese Allianz währte nur kurz, weil Jellinek den rücksichtslosen Figurenabtausch verachtete, der dem Bischof höchstes Vergnügen zu bereiten schien, während er, Jellinek, das Positionsspiel und die Entwicklung überraschender Strategien bevorzugte. Seither spielte er mit Monsignore William Stickler, dem Kammerdiener Seiner Heiligkeit, meistens freitags, bei einer Flasche Frascati, und Stickler war ein hervorragender Schachpartner, nicht nur weil er bedacht spielte und beneidenswert elegant, er wußte beinahe jede Variante beim Namen zu nennen und kannte für jede eine Geschichte. Dann schrumpfte die Welt zu einem engen Lichtkreis, den die altmodische Stehlampe in Jellineks Salon über die vierundsechzig Felder ergoß, und nur der regelmäßige Schlag der barocken Standuhr erinnerte an die Gegenwart.

In der Sala di merce, einer Art Schatzkammer des Archivs, in der kostbare Geschenke der Päpste aufbewahrt wurden, gab es ein prächtiges Spielbrett aus Gold und violettem Email, und die dazugehörigen Figuren, handtellergroß, waren aus Gold und Silber geschaffen, ein Geschenk des Fürsten Orsini an Seine Heiligkeit. Dieses Schachspiel stand spielbereit zwischen Uhren und Pokalen und Prunkbänden und war nie benützt worden; aber seit Stickler von dem Prunkschach erzählt hatte – und das war nun immerhin zwei Jahre her –, war zwischen Jellinek und ihm eine scheinbar unendliche Partie in Gang gekommen, über die ein jeder Stillschweigen bewahrte, nie auch nur ein Wort verlor, obwohl doch jeder an der Reaktion des anderen erkennen konnte oder zu erkennen glaubte, wie der letzte Spielzug angekommen war. Es dauerte manchmal eine, bisweilen auch zwei Wochen, bis sich der Spielstand in der Schatzkammer veränderte, so daß der andere an die Reihe kam, aber auch das gehörte zu der stillschweigenden Übereinkunft, daß der Gegner sich unverrichteter Dinge zurückzog, wenn der nächste Zug noch nicht erfolgt war. Die einzelnen Spielzüge zeigten, da sie zeitlich weit auseinander lagen und genug Zeit boten zum Nachdenken, allerhöchstes Niveau, ja, sie erwiesen sich in der Tat als um so raffinierter, je mehr Zeit zwischen zwei Spielzügen lag. Einmal, als Jellinek sich ganze drei Wochen Zeit gelassen hatte, um seinen Turm von a4 nach e4 zu transportieren, was zunächst bemitleidenswert schlicht erschien, sich im nachhinein jedoch als brillanter Schachzug erwies, hatte Stickler sich bei ihrer nächsten Zusammenkunft eher beiläufig zu der Bemerkung hinreißen lassen, Schach sei eigentlich kein Spiel für Männer ihres Alters, schließlich habe die längste Schachweltmeisterschaft ganze 27 Jahre gedauert. Mehr sagte Stickler dazu nicht.

An diesem Abend im Salon des Kardinals im Palazzo Chigi füllte Jellinek die Gläser wie an jedem Freitag, an dem sie sich trafen, und er schob den weißen Bauern von e2 nach e4. Stickler folgte mit dem seinen von e7 nach e5 und bemerkte dazu: »Bauern sind die Seele des Schachspiels.«

Joseph Kardinal Jellinek nickte, während er seinen rechten Läufer auf c4 schob.

»Nicht von mir!« kommentierte der Monsignore den Ausspruch. »Philidor hat das gesagt, vor zweihundert Jahren, ein Schachgenie und Komponist dazu, starb übrigens, obwohl Franzose, in London.«

Der Kardinal schien sichtlich bemüht, die Erklärungen Sticklers nicht zur Kenntnis zu nehmen, erachtete er sie doch in dieser Anfangsphase des Spiels als plumpe Ablenkung, zu nichts weiter nutze, als ihn aus der Fassung zu bringen, was schon den halben Sieg bedeutet hätte. Natürlich kannte er Philidor; welcher Schachspieler, der diesen Namen verdient, kannte ihn nicht!

Stickler setzte inzwischen seinen linken Läufer, den er mit einer gewissen Hartnäckigkeit als Bischof bezeichnete, auf c5, worauf der Kardinal umgehend zur weißen Dame griff und sie nach h5 schob und damit den schwarzen König bedrohte. »Schach!« sagte der Kardinal, während der Monsignore mehrmals wiederholte: »Damen kosten Geld, Damen kosten Geld.«

Jetzt mußte sich zeigen, was der scheinbar aggressive Schachzug Jellineks wert war. Er wußte genau, daß dieser Zug bei entsprechender Reaktion des Gegners sogar ein Fehler gewesen sein und daß Stickler ihm einen herben Zeitverlust bescheren konnte, indem er ihn in die Flucht trieb, doch das setzte einen klugen, besonnenen Zug voraus, und fürwahr, Stickler parierte mit philidorischer Sicherheit und setzte seine Dame auf e7.

Nein, dachte Jellinek, dies schien nicht sein Spiel zu sein, während er den rechten Springer berührte. Der Monsignore bemerkte die Unsicherheit seines Gegners und schmunzelte. Nennt mir eine stärkere Waffe als das Schmunzeln des Gegners! Eigentlich wollte er den Kardinal gar nicht aus der Fassung bringen, und so sagte er, wie zur Entschuldigung: »Eine merkwürdige Geschichte ist das mit den Fresken der Sixtina, eine ganz merkwürdige Sache!« Doch damit hatte Stickler unfreiwillig den Kardinal völlig aus der Fassung gebracht.

Jellinek schwieg und starrte ratlos auf seinen Springer, und Stickler sagte, um das peinliche Schweigen zu überbrükken: »Ich will ehrlich sein, Herr Kardinal, ich habe die Angelegenheit zuerst nicht beachtet. Ich habe mich einfach geweigert, acht unverständliche Buchstaben in einem Fresko als Problem für die Kirche zur Kenntnis zu nehmen. Doch dann ...«

»Ja?« fragte Jellinek in gespannter Erwartung. »Was dann?« Endlich setzte er seinen Springer auf f3.

»Dann hörte ich die Interpretation von Padre Augustinus über die Geheime Offenbarung des Johannes und seine Deutung der Zahl 666, hinter der sich der Herrschername des Kaisers Domitian verbirgt, ich muß gestehen, in dieser Nacht fand ich keinen Schlaf, und die Buchstaben verfolgen mich.«

»Schwarz zieht!« bemerkte der Kardinal und versuchte einen betont kühlen Eindruck zu erwecken, dabei fürchtete er sich. Er fürchtete den nächsten Zug seines Gegners, denn er hatte längst bemerkt, daß der andere zum Angriff übergegangen war, und er fürchtete die Fragen des Monsignore, denen er heute ebenso ratlos gegenüberstand wie seinen Spielzügen. Ja, er hatte einen Fehler gemacht, mußte zusehen wie Stickler seinen Damenspringer auf c6 setzte und nun zum Gegenangriff überging. »Manchmal«, begann Jellinek zögernd, »manchmal zweifle ich, ob Sokrates recht hatte, als er sagte, es gebe nur ein einziges Gut für den Menschen, das Wissen, und nur ein einziges Übel, die Unwissenheit. Es gibt keinen Zweifel, daß das Wissen schon viel Unheil angerichtet hat in dieser Welt.«

»Sie meinen, es wäre besser, die Bedeutung der Inschrift im Gewölbe der Sixtinischen Kapelle nicht zu kennen?«

Jellinek schwieg, berührte seinen Springer mit einer fahrigen Bewegung, brachte aber sogleich die übliche Entschuldigung hervor: »J' adoube – ich korrigiere.« – »Was bewegt«, begann er von neuem, »einen Menschen vom Range Michelangelos, sein Werk mit einem Geheimnis zu versehen? Doch nicht der fromme Glaube! Alle Geheimnisse sind vom Teufel. Ich vermute den Teufel dort oben zwischen Propheten und Sibyllen. Der Teufel zeigt nie sein wahres Gesicht, er versteckt sich hinter den ungewöhnlichsten Masken, und Buchstaben sind die häufigste und gefährlichste Maske des Teufels. Denn Buchstaben sind tot, erst der Geist macht sie lebendig. Ein einziger Buchstabe steht für ein Wort, ein Wort für eine Weltanschauung, also ist ein einzelner Buchstabe in der Lage, eine Weltanschauung aus den Angeln zu heben.«

Stickler hob den Kopf. Die Worte des Kardinals beunruhigten ihn zutiefst, und das Spiel, das so gut für ihn stand, erschien auf einmal nebensächlich. »Sie reden«, sagte er vorsichtig, »als wüßten Sie mehr, als Sie zugeben.«

»Nichts weiß ich!« erwiderte Jellinek heftig. »Gar nichts. Nur soviel: Michelangelo war ein weltbekannter Mann, und die Größten und Bedeutendsten seiner Zeit pflegten Umgang mit ihm. Da kann man annehmen, daß auch sein Wissen umfassender war als das der meisten anderen Menschen, und daß er in neue Dimensionen des Bewußtseins vorstieß, die ihm nach christlicher Lehre verboten waren. Nur so und nicht anders läßt sich die ketzerische Malerei des Florentiners erklären.«

Stickler schien wie zur Salzsäule erstarrt, er wirkte auf einmal auffallend bleich, und der Kardinal fragte sich, was das plötzliche Verhalten seines Spielpartners ausgelöst haben konnte, seine Andeutungen über Michelangelo oder weil er mit seiner Dame e5 anvisierte, oder entdeckte sein sichtlich verwirrter Blick eine neue, vernichtende Kombination? Sticklers Blick aber ging an Jellinek vorbei, doch als der Kardinal sich umwandte, sah er dort nichts, was die Aufmerksamkeit seines Mitspielers hätte erregen können, als das harmlose braune Packpapier, auf dem zwei rote Pantoffeln und eine schlichte Brille lagen. Der Monsignore jedoch wirkte wie ein Mann, der einen Schlag in den Magen erhalten hatte, oder wie jemand, dem eine schreckliche Erkenntnis das Blut in den Adern hatte erstarren lassen.

Der Kardinal sah es mit Betroffenheit, aber er konnte sich einfach nicht vorstellen, daß der Anblick des rätselhaften Paketes diesen Schock ausgelöst haben könnte. Einen Moment überlegte er sogar, wie er Stickler die Anwesenheit dieser merkwürdigen Gegenstände erklären sollte, doch die Wahrheit schien ihm zu unglaubhaft, und er nahm Abstand.

Auf einmal erhob sich der Monsignore steif. Er taumelte und hielt sich die Hand vor den Leib, als verspüre er Übelkeit. Ohne den Kardinal auch nur anzusehen, sagte er: »Entschuldigen Sie mich!«, und mechanisch wie eine Puppe verließ er den Raum.

Jellinek hörte noch, wie die Wohnungstür ins Schloß fiel, dann lauschte er ratlos in die Stille.

AM VIERTEN SONNTAG NACH EPIPHANIAS

Kardinalstaatssekretär Giuliano Cascone zelebrierte die Sonntagsmesse in St. Peter. Der Chor sang die *Missa Papae Marcelli* von Palaestrina, seine Lieblingsmesse. Cascone zelebrierte *in fiocchi,* mit vollen Quasten, den roten Pontifikalgewändern, assistiert von Phil Canisius als Diakon, Monsignore Raneri als Subdiakon und zwei Dominikanermönchen als Akoluthen. Zum Evangelium las Cascone aus Matthäus 8, 23 bis 27, wo Jesus dem Seesturm gebietet:

»... Plötzlich brach auf dem See ein gewaltiger Sturm los, so daß das Boot von den Wellen überflutet wurde. Jesus aber schlief. Da traten die Jünger zu ihm und weckten ihn; sie riefen: Herr, rette uns, wir gehen zugrunde! Er sagte zu ihnen: Warum habt ihr solche Angst, ihr Kleingläubigen? Dann stand er auf, drohte den Winden und dem See, und es trat völlige Stille ein ...«

Während der ganzen Messe kreisten Cascones Gedanken um die Worte des Evangeliums. Das Schiff der Kirche hatte schon so manchen Sturm überstanden. Deuteten die Zeichen, die auf so geheimnisvolle Weise an der Decke der Sixtina erschienen waren, auf einen neuen Sturm voraus? Der Kardinalstaatssekretär war ein verantwortungsvoller Steuermann, und er haßte Turbulenzen.

Es war schwer, beinahe unmöglich, sich des sixtinischen Geheimnisses zu entziehen, und als sie nach dem letzten Choral der Capella Orsini, der Sakristei von St. Peter, zustrebten, meinte Canisius im Gehen: »Du bist heute nicht bei der Sache, Bruder in Christo.«

Cascone und Canisius waren zwar nicht unbedingt Freunde, aber Männer derselben Art. Trotz ihrer unterschiedlichen Herkunft – der eine Sproß alten römischen Adels, der andere Sohn eines amerikanischen Farmers – verstanden sie einander, verfügten sie doch beide über jene brachiale Logik und Rede, wie sie nur ehemaligen Jesuitenzöglingen eigen ist. Ihre enge Verbindung war anderen Kurienmitgliedern ein Dorn im Auge; denn immerhin verkörperten Cascone, der Staatssekretär, und Canisius, der Bankier, die weltliche Macht des Vatikan.

Die Capella Orsini gleicht an Sonntagvormittagen in ihrem festlich gewandeten Kommen und Gehen einem himmlischen Bahnhof. Zwei Chorherren waren den Ankommenden beim Umkleiden behilflich. Cascone trug nun Chorrock und Mozetta, darüber einen rotseidenen Mantel, roten Hut mit Litze und Goldquaste und rote Schuhe mit goldener Spange, während Canisius es vorzog, sich in schlichtes Schwarz zu kleiden. Nach dem Umkleiden nahm der Kardinalstaatssekretär Canisius beiseite. Blaues und grünes Licht, hervorgerufen von Heiligendarstellungen in den bleigefaßten Scheiben, färbte ihre Gesichter fahl. In einer Fensternische redeten sie halblaut aufeinander ein.

»Ihr seid verrückt!« zischte Canisius, »ihr seid alle verrückt geworden. Wegen acht lächerlicher Buchstaben. Es ist, als hätte jemand mit einem Stock in einem Ameisenhaufen gerührt. Ich hätte nie geglaubt, daß es so einfach sei, die Kurie aus der Fassung zu bringen – wegen acht lächerlicher Buchstaben!«

Cascone hob die Hände. »Was soll ich tun? Herr Gott, ich bin nicht schuld an dieser Entwicklung. Mir wäre es auch lieber gewesen, die Restauratoren hätten die Schriftzeichen am Tage ihrer Entdeckung abgewaschen; aber nun sind sie einmal da, und sie können nicht totgeschwiegen werden, Phil!«

Da platzte Canisius heraus: »Dann findet endlich eine Erklärung für diese gottverdammte Erscheinung!«

Der Kardinalstaatssekretär drehte Canisius beiseite, damit seine erregte Rede nicht zu verstehen sei. »Phil«, erwiderte er, »ich tue alles was in meiner Macht liegt, damit unsere Nachforschungen zu einem Ergebnis führen. Ich habe Jellinek *ex officio* beauftragt, das Problem zu lösen. Er hat ein Consilium mit exzellenten Fachleuten einberufen, die den Fall unter allen erdenklichen Aspekten diskutieren.«

»Diskutieren! Wenn ich das schon höre, diskutieren! Man kann ein Problem auch herbeidiskutieren. Man kann ein

Geheimnis herbeireden und zu einem Problem hochdiskutieren! Ich glaube nicht an ein sixtinisches Geheimnis, nicht an ein Geheimnis, das der Heiligen Mutter Kirche gefährlich werden könnte.«

»Dein Wort in Gottes Ohr, Bruder! Aber die Welt ist süchtig nach Geheimnissen. Die Menschen sind nicht mehr zufrieden, Nahrung und Kleidung zu haben, ein Auto und vier Wochen Urlaub, die Menschen wollen ihre Geheimnisse. Nicht die religiöse Vollkommenheit ist gefragt, sondern das Mystische, Geheimnisvolle in der Religion. Acht rätselhafte Schriftzeichen in einem Jahrhunderte alten Deckenfresko, das ist es, was die Menschen erregt. Und das Schlimmste, was in dieser Situation passieren könnte, wäre eine Veröffentlichung der Entdeckung, noch ehe wir eine Erklärung dafür haben.«

»Jesus Maria, dann findet eine, aber findet sie, bevor es zu spät ist. Du weißt, ich war von Anfang an gegen diese Nachforschungen, und du weißt auch warum. Nun aber, da der Teufel stinkend durch die Korridore schleicht und hier und da seine üblen Häuflein absetzt, ist aus meiner Ablehnung Wut und Haß geworden, und ich überlege, wie ich dem begegnen kann.«

»Non in verbis, sed in rebus est!« Cascone lächelte verlegen. »Ich weiß nicht, ob es recht war, Augustinus wegzuschicken. Er ist ein kluger Mann, und wenn jemand die Fähigkeit hat, das Geheimnis zu lösen, dann ist er es. Du hättest hören sollen, wie er im Consilium argumentierte; er hat neben unendlichem Wissen auch die Gabe zu kombinieren. Er benützte die Offenbarung Johannis, um zu zeigen, daß jedes aus Buchstaben oder Zahlen gefügte Rätsel lösbar ist, so du den Schlüssel findest. Doch dieser Schlüssel liegt meist dort, wo du ihn zuallerletzt vermuten würdest. Augustinus bemühte den Gnostiker Basilides und fand heraus, daß sich hinter dem von Johannes genannten Tier mit der ihm eigenen

Zahl 666 der römische Kaiser Domitian verbirgt. Wer, wenn nicht Augustinus, soll das sixtinische Geheimnis lösen?«

Canisius wurde sichtlich unruhig: »Der Grund warum ich dich gebeten habe, den Oratorianer abzulösen, ist nicht seine Unfähigkeit; ich fürchte vielmehr seinen Spürsinn, ich fürchte, daß er bei seinen Recherchen das Unterste zuoberst kehrt und Dinge zutage fördert, die besser verborgen blieben – du weißt, wovon ich spreche.«

Cascone machte ein ratloses Gesicht, und während er weiterredete, erwiderte er wortlose Grüße, die ihm im Vorbeigehen entgegengebracht wurden, mit einem Kopfnicken. »Es ist schwer, den Dachs zu fangen, wenn du den Hund erlegt hast.«

»Und der Benediktiner aus Monte Cassino?«

Der Kardinalstaatssekretär verdrehte die Augen. »Ein erfahrener, studierter Mann, gewiß, aber Padre Pio ist seit über vierzig Jahren nicht mehr in Rom gewesen, und ihm fehlt die Übersicht, die Übersicht eines Gelehrten wie Augustinus, wenn du verstehst, was ich meine.«

»Pio ist ein Mann nach meinem Geschmack, von ihm geht keine Gefahr aus. Augustinus ist schamlos, denn nichts ist schamloser als das Wissen um sein eigenes Wissen. Dieses Wissen ist schamloser als alle Huren Babylons, und in seiner Schamlosigkeit verkörpert sich alle Macht dieser Welt; denn Wissen ist Macht – ein Teufel, der das sagte«, und Canisius spitzte den Mund, als wollte er ausspucken.

»Ssss!« Cascone mahnte zur Zurückhaltung. »Es wird schwer sein, ohne die Hilfe des Augustinus voranzukommen, andererseits müssen wir alle bangen, solange das Geheimnis nicht geklärt ist, und solange dieses Menetekel über unseren Köpfen schwebt, wird die Angst umgehen in unseren Reihen.«

»Angst wovor? Vor ketzerischen Gedanken des Michelangelo? Bruder in Christo, die Heilige Mutter Kirche hat im Laufe ihrer Geschichte heftigere Stürme überstanden. Sie wird auch dieses Menetekel überstehen, da bin ich sicher!«

Der Kardinalstaatssekretär schwieg lange, dann sagte er: »Denke an das Menetekel, von dem der Prophet Daniel berichtet. Als der babylonische König Belsazar Gott im Suff beleidigte, da erschienen die Finger einer Menschenhand und schrieben an die Wand seines Palastes das aramäische *meneh tekel u pharsin.* Und du kennst die verschiedenartige Deutung des nur aus Konsonanten bestehenden Textes. Die einen sagten: Gezählt wurde eine Mine, ein Sekel und ein Halbsekel. Daniel hingegen fand eine ganz andere Erklärung: Gezählt hat Gott deine Königsherrschaft, gewogen bist du und zu leicht befunden, geteilt wird dein Reich. – König Belsazar wurde in der folgenden Nacht ermordet, sein Reich geteilt.«

»Das ist zweieinhalbtausend Jahre her!«

»Was ändert das?«

Canisius dachte nach. »Michelangelo war Maler und kein Prophet!«

»Bildhauer!« fiel ihm Cascone ins Wort, »Bildhauer und kein Maler. Michelangelo wurde von Papst Julius gezwungen zu malen. Seine Heiligkeit verstand zweifellos nicht sehr viel von Kunst und meinte, wer dem Marmor eine Figur wie die vom Kardinal von San Dionigi in Auftrag gegebene Pietà abringe, der sei auch in der Lage, die Decke der Sixtina zu verschönern.«

»Herr Jesus!« murmelte Canisius, und Cascone fuhr fort:

»Wir dürfen daher nicht annehmen, daß sich hinter Michelangelos Zeichen etwa fromme Psalmen verbergen. Haderte Michelangelo nur mit einer Frage der Lehre oder ginge er mit der Heiligen Inquisition ins Gericht – nun gut, wir alle wissen, daß diese Institution nicht die glücklichste war –, dann müßten wir uns nicht vor einem Buchstabenrätsel fürchten. Aber ein Mann, dessen Geist die Natur eines Menschen, sein Werden und Vergehen auf solche Weise erfahren hat, der unseren Herrn Jesus Christus wie einen Racheengel darstellte, glaube mir, Bruder in Christo, der wird nicht handeln wie ein Gaukler, er wird über die Leiber, die er schuf, hinwegsteigen wie ein Sieger nach der Schlacht.«

»Deine philosophischen Einsichten, Giuliano, mögen gut gedacht sein, aber deine Phantasie übersteigt meine Vorstellungskraft. Was ich mir jedoch sehr gut vorstellen kann, ist, daß auf der Suche nach der Lösung des Problems Dinge ans Tageslicht kommen, die uns allen vielleicht mehr Kopfzerbrechen bereiten als das ursprüngliche Problem. Mehr will ich dazu nicht sagen.«

Der Kardinalstaatssekretär fuchtelte mit dem erhobenen Zeigefinger: »Die *causa* wird *specialissimo modo* behandelt, *specialissimo modo,* verstehst du!«

»Gerade deshalb habe ich Bedenken; auf diese Weise sind Mutmaßungen und Spekulationen Tür und Tor geöffnet. Nenne mir ein Geheimnis, das in diesen Mauern geheim bleibt. Und je geheimer ein Geheimnis ist, desto mehr wird darüber geredet. Ich will sagen, am verkehrtesten wäre es, die Sixtinische Kapelle zu schließen.«

»Das hat niemand vor«, erwiderte Cascone, »nur – was dann, wenn die Entdeckung bekannt wird, bevor wir den Fall erklären können?«

»Ich habe mir die Sache angesehen. Dämpft einfach die Beleuchtung und erklärt diesen Schritt mit restauratorischen Gründen, die frisch gereinigten Farben müßten erst an das grelle Licht gewöhnt werden oder irgend etwas ähnliches.«

Kardinalstaatssekretär Giuliano Cascone nickte zustimmend, dann machten sich beide auf den Weg durch den langen Korridor, der in die Peterskirche führt. Im Gehen sagte Cascone: »Ich weiß nicht, manchmal glaube ich, diese

Erscheinung ist Teil eines göttlichen Planes, mit dem er unserer Hoffart begegnet. Die Welt ist schlecht, schamlos und voller Lügen, warum sollte sie an diesem Ort anders sein.«

Hinter dem Andreas-Pfeiler der Vierung betraten sie die Peterskirche. Ein Verzeichnis an dieser Stelle zählt alle Päpste der Kirchengeschichte auf. Grelles Frühlingslicht flutete durch die Fenster. Aus der Capella della Colonna klang ein Choral und verbreitete Andacht und Frömmigkeit.

EBENFALLS AM VIERTEN SONNTAG NACH EPIPHANIAS

Zur selben Zeit betrat Monsignore William Stickler, der Kammerdiener des Papstes, im linken Seitenschiff von St. Peter die Capella Clementina, unter deren Altar Papst Gregor der Große begraben liegt. Er nahm den Durchgang im ersten Joch des Seitenschiffes und hielt am Grab des Medicipapstes Leo XI. kurz inne. Seine Augen wanderten immer wieder über die Inschrift auf den Rosen eines Sockels: SIC FLORUI. Sie nimmt Bezug auf die nur 24 Tage, die dieser Papst im Jahre 1605 regiert hat. Gleichzeitig beobachtete Stickler einen Beichtstuhl, ein verschnörkeltes barockes Ungetüm, als warte er auf ein Zeichen. Aus der Entfernung war nicht zu erkennen, ob der Beichtstuhl von einem Beichtvater besetzt war, doch plötzlich wurde das zweiflügelige, verglaste Mittelfenster einen Spalt geöffnet, und ein weißes Tuch kam zum Vorschein. Stickler strebte alsgleich mit schnellen Schritten dem Beichtstuhl zu und betrat ihn durch die rechte Tür.

Auf der anderen Seite des diagonalen Gitters erkannte Stickler den Präfekten der Kongregation für die Sakramente und den Gottesdienst, Kardinal Giuseppe Bellini. Der Monsignore machte einen erregten Eindruck, und er stotterte, als er flüsterte: »Eminenz, Jellinek ist im Besitz der Pantoffeln und der Brille Gianpaolos. Ich habe sie mit eigenen Augen gesehen!«

Nun machte sich auch auf der anderen Seite des Sprechgitters Unruhe breit. »Jellinek?« flüsterte Kardinal Bellini zurück. »Sind Sie sicher?«

»Und ob ich sicher bin!« Stickler wurde laut, und der Kardinal ihm gegenüber zischelte beschwichtigend: »Pssst...« Darauf fuhr der Kammerdiener des Papstes flüsternd fort: »Eminenz! Ich kannte die Pantoffeln Seiner Heiligkeit genau, ebenso seine Brille; aber selbst wenn ich sie nicht unterscheiden könnte, glauben Sie ernsthaft, daß an irgendeinem Ort Gegenstände herumlägen, jenen ähnlich, die beim plötzlichen Tod seiner Heiligkeit auf unerklärliche Weise verschwunden sind? Nein, dafür lege ich meine Hand ins Feuer: Es sind wirklich Pantoffeln und Brille Seiner Heiligkeit, und sie liegen in einem Packpapier im Salon Kardinal Jellineks im Palazzo Chigi.«

Bellini schlug ein Kreuzzeichen und murmelte Unverständliches, von dem Stickler nur die Worte verstand: »Gott sei bei uns.« Dann sagte er, zunächst laut, nach wenigen Worten im Flüsterton: »Bruder in Christo, wißt Ihr, was Ihr damit behauptet? Das würde bedeuten, daß Joseph Kardinal Jellinek wenn nicht Drahtzieher, so doch zumindest Mitwisser des Komplottes gegen Seine Heiligkeit Gianpaolo gewesen ist.«

»Eine andere Erklärung sehe ich nicht«, flüsterte Stickler, »und ich bin mir der Tragweite dieser Feststellung durchaus bewußt, Eminenz.«

»Mein Gott, Stickler, wie kam es zu dieser Entdeckung?« Bellini hatte Mühe, seine Stimme im Flüsterton zu halten.

»Das ist leicht erklärt, Eminenz. Wir spielen einmal in der Woche Schach, Kardinal Jellinek und ich. Jellinek ist ein großartiger Schachspieler, er spielte schon mit Ottanni, und seine Gambits sind berühmt. Am vergangenen Freitag trafen wir uns wieder, und Jellinek machte einen zerfahrenen Eindruck. Wir saßen im Salon, so wie wir das immer tun, und obwohl Jellinek besser als ich eröffnete, konnte ich ihn schon nach wenigen Zügen in die Defensive drängen, und mitten im Spiel fiel mein Blick auf die Kommode, und da lagen auf braunem Packpapier Pantoffeln und Brille.«

»Sie wollen sagen, das Paket lag offen da, und Jellinek hatte sich überhaupt nicht die Mühe gemacht, es zu verstekken?«

»Nein, Eminenz, das war der zweite Schock, der mich traf. Ließ mich schon die Entdeckung an sich erstarren, so machte die Überlegung mich vollends sprachlos, warum Jellinek das *corpus delicti* so offen herumliegen ließ; denn ich kam keinesfalls überraschend.«

»Also muß es Absicht gewesen sein«, flüsterte Bellini.

Und Stickler erwiderte flüsternd: »Ja, anders kann ich mir das Geschehen nicht erklären.«

Giuseppe Bellini bekreuzigte sich ein zweites Mal, doch diesmal weitausholend und langsam, indem er mit gestrecktem Zeigefinger Stirne, Brust und Schultern berührte und leise murmelte: *»Ave Maria, gratia plena ...«*

Als er das Gebet beendet hatte, flüsterte William Stickler Worte der Entschuldigung, daß er dem Kardinal ein Treffen an diesem ungewöhnlichen Ort vorgeschlagen habe, aber er halte ihn für den sichersten, im Vatikan hätten alle Wände Ohren, und er wisse nun überhaupt nicht mehr, wem zu trauen sei und wem nicht, und Bellini erwiderte, Stickler habe recht getan, und der Herr werde kommen und Gericht halten am Jüngsten Tage. Und mit gefalteten Händen zischelte der Kardinal die Worte aus der Geheimen Offenbarung des Johannes: »›Selig, die ihre Kleider im Blute des Lammes waschen. Sie sollen Anrecht erhalten auf den Baum des Lebens und durch die Tore eingehen in die Stadt. Draußen aber sind die Hunde und die Zauberer, die Unzüchtigen und die Mörder, die Götzendiener und ein jeder, der die Lüge liebt und sie begehrt.‹«

Stickler lauschte den Worten wie einem frommen Gebet, und als Bellini geendet hatte, flüsterte er: »Eminenz, ich will es nicht glauben, mein Gehirn weigert sich zur Kenntnis zu nehmen, daß Gianpaolo einem Komplott zum Opfer fiel, nein, nein, nein«, und er schlug sich mit der flachen Hand dreimal auf die Stirne. »Nannten sie ihn nicht alle den lächelnden Papst, sprach nicht alle Welt von seiner Güte, von seinem gesunden Menschenverstand, war er nicht einer, der die Menschen liebte, ja, der selbst behauptete, Mensch zu sein, nichts weiter?«

»Eben dieses war sein Fehler. Nach Paolos Tod, nach dem Hinscheiden eines schnellgealterten, resignierenden, entschlußlosen Stellvertreters erwartete die Kurie einen entschlossenen Kirchenfürsten; jedenfalls waren es gewisse Kreise der Kurie – Namen brauche ich nicht zu nennen –, die einen richtigen Kirchenfürsten auf dem Stuhle Petri sehen wollten, einen wie den zwölften Pius, einen, der den Marxismus geißelte, den Terroristen in Südamerika jede Unterstützung versagte und überhaupt die Sympathie der Kirche für Probleme der Dritten Welt bremste. Statt dessen bekamen sie einen Papst, der lächelte, der dem kommunistischen Bürgermeister Roms die Hand schüttelte und freimütig davon redete, daß die Heilige Mutter Kirche nicht gerade auf der Höhe der Zeit sei.«

»Aber Gianpaolo kam doch nicht vom Himmel herab! Die Kardinäle haben ihn selbst gewählt!«

»Pssst.« Bellini drängte Stickler zur Mäßigung seiner Stimme. »Eben *weil* sie ihn gewählt hatten, war ihre Verbitterung groß, eben *weil* sie ihn allen anderen *papabiles* vorgezogen hatten, wurde ihr Haß so unberechenbar.«

»Großer Gott! Deshalb durften sie Gianpaolo doch nicht umbringen!«

Da schwieg der Kardinal, und mit dem weißen Beichttuch tupfte er über seine Stirne.

»Man hat ihn ermordet!« nahm Stickler sein Flüstern wieder auf. »Ich habe von Anfang an nicht daran geglaubt, daß Gianpaolo eines natürlichen Todes gestorben ist. Nie habe ich daran geglaubt. Ich erinnere mich noch gut an die Stimmung damals, man konnte den Eindruck haben, es gebe eine Kurie in der Kurie.«

»Die Kurie, Bruder in Christo, hatte schon immer verschiedene Gruppierungen, konservative und progressive, elitäre und populäre.«

»Ja, gewiß, Eminenz. Gianpaolo war nicht der erste Papst, dem ich diente, und deshalb kann gerade ich bestätigen, daß es nie so viel Heimlichtuerei und Geheimbündelei gegeben hat wie in den 34 Tagen seines Pontifikates. Es schien, als sei jeder eines jeden Feind, und die meisten verkehrten mit Seiner Heiligkeit nur noch schriftlich, was für Gianpaolo eine ungeheuere Arbeitsbelastung bedeutete.«

»Der Heilige Vater hat sich ganz einfach überarbeitet...«

»Das ist die offizielle Version, Eminenz, aber es gab keinen Grund, eine Autopsie Gianpaolos zu verweigern.«

»Stickler«, flüsterte der Kardinal nun aufgebracht, »ich muß Ihnen nicht sagen, daß noch nie ein Papst obduziert worden ist!«

»Nein, das müssen Sie mir nicht sagen«, erwiderte William Stickler, »aber ich frage mich bis heute, warum man die Obduktion nicht zuließ, wo doch die übrige Behandlung, die man den sterblichen Überresten Seiner Heiligkeit zukommen ließ, keinen Deut abwich von einer ganz normalen Leichenbehandlung. Es war kein erhebender Anblick, als die Bestatter Stricke um Gianpaolos Fußgelenke und seine Brust banden und den gekrümmten Körper mit aller Gewalt auseinanderzerrten, daß man die Knochen krachen hörte. Ich habe es selbst gesehen, Eminenz, der Herr stehe mir bei.«

»Professore Montana stellte eine eindeutige Todesursache fest: Koronarokklusion.«

»Eminenz! Was sollte Montana anderes diagnostizieren als Herzversagen, wenn er vor ein Bett tritt, in dem ein Toter sitzt mit angewinkelten Beinen, die Linke einen Aktenordner haltend, während die Rechte schlaff herabhängt? Montana wiederholte die beklemmende Szene, die ich noch vom Tod Paolos in Castel Gandolfo in Erinnerung hatte: Er zog einen Silberhammer hervor, nahm Gianpaolo die verrutschte Brille ab, legte sie zusammengefaltet auf den Nachttisch und schlug dem toten Papst dreimal auf die Stirne und fragte dreimal, ob er tot sei, und nachdem eine Antwort auch beim dritten Mal ausblieb, verkündete der Professore, Seine Heiligkeit Johannes Paul I. sei im Sinne des Zeremoniells der Heiligen Römischen und Apostolischen Kirche tot.«

»Requiescat in pace. Amen.«

»Die Reihe der Merkwürdigkeiten begann jedoch erst jetzt, als der Kardinalstaatssekretär eintraf. Es war 5 Uhr 30, und bei seinem Erscheinen fiel mir auf, daß er frisch rasiert war, er machte einen sehr gefaßten Eindruck und erklärte im Anblick der zu Boden gefallenen Akten Seiner Heiligkeit, nach offizieller Version hätte *ich* den Heiligen Vater frühmorgens tot in seinem Bett aufgefunden und er habe nicht in Akten gelesen, sondern in einem Buch über die Nachfolge Christi. Natürlich fragte ich mich, warum diese Verdrehung der Tatsachen, warum sollte Gianpaolo nicht beim Aktenstudium den Tod gefunden haben, und warum sollte nicht die Nonne seinen Tod entdeckt haben? Schwester Vincenza stellte Gianpaolo jeden Morgen den Kaffee vor die Tür. Warum diese Lügen?«

»Und die Pantoffeln Seiner Heiligkeit und seine Brille?«

»Ich weiß es nicht, Eminenz, sie waren in dem Chaos und der Aufregung auf einmal verschwunden, genau wie die Aktennotizen, die über den Boden verstreut lagen. Ich maß dem Ganzen zunächst keine Bedeutung bei, weil ich dachte, der Kardinalstaatssekretär habe die Dinge an sich genommen. Erst viel später, gegen Mittag, als Gianpaolo schon fortgebracht war und ich mich nach dem Verbleib der Gegenstände erkundigte, wurde die abscheuliche Tat offenbar. Irgend jemand hatte den toten Papst bestohlen.«

»Und Jellinek? Ich meine, wann betrat Jellinek das Sterbezimmer?«

»Jellinek? Überhaupt nicht. Der Kardinal hielt sich, soweit mir bekannt ist, am Todestag Seiner Heiligkeit gar nicht in Rom auf.«

»Das stimmt mit meinen Beobachtungen überein, Stickler. Soweit ich mich erinnere, war Jellinek zwar beim ersten Kardinalskollegium während der Sedisvakanz in der Sala Bologna zugegen, aber das Kollegium fand erst am folgenden Tage statt. Kardinal Jellinek kommt also keinesfalls als Täter in Frage – selbst wenn Sie sich bei Ihrer Entdeckung nicht getäuscht haben. Im übrigen, Stickler, sollten Sie lieber schweigen, denn würde der Fall vor der Rota behandelt, wären Sie, Monsignore, ohne Zweifel der Hauptverdächtige.«

Da sprang der Kammerdiener auf. Er wollte wohl den Beichtstuhl verlassen, aber Bellini beschwor ihn zu bleiben, Stickler habe ihn mißverstanden, er solle bei Jesus und der heiligen Jungfrau Maria nicht glauben, daß er ihn verdächtige, aber in einem geheimen Gerichtsverfahren wäre er zwangsläufig Kronzeuge, schließlich habe er den Heiligen Vater zuletzt gesehen, und *er* habe auch seine Leiche entdeckt.

»Aber ich *habe* die Leiche nicht entdeckt, Eminenz, der Kardinalstaatssekretär hat dieses Gerücht in Umlauf gesetzt!« Der Monsignore konnte seine Stimme nicht mehr zurückhalten.

Bellini versuchte Stickler im Flüsterton zu beruhigen,

beteuerte, nicht, was er, Bellini, glaube, sei maßgebend, sondern das Untersuchungsergebnis der Rota, und die werde nicht sparen mit peinigenden Fragen. Und er müsse nun einmal einsehen, daß er, der Kammerdiener des Papstes, am ehesten die Möglichkeit gehabt habe, ein lähmendes Gift in eines der Medizinfläschchen zu füllen, deren sich der Papst, wie jeder in seiner Umgebung wußte, in einer Vielzahl bediente.

Nach diesen Worten ergab sich ein langes Schweigen. Kardinal Bellini schwieg, weil er im nachhinein seine Gedanken prüfte und nachdachte, was er dem Kammerdiener gesagt hatte. William Stickler schwieg, weil er sich die Worte des Kardinals vergegenwärtigte, und dabei kam ihm zum erstenmal der Verdacht, daß Bellini vielleicht gar nicht jener Gruppierung angehörte, zu der er ihn bisher zählte. So, wie er eben gesprochen hatte, konnte der Kardinal auch ein Parteigänger Cascones sein; oder steckte er sogar mit Jellinek unter einer Decke?

»Eminenz«, begann Stickler flüsternd, »wie soll ich mich nun verhalten?«

»Was haben Sie zu Jellinek gesagt? Haben Sie Ihre Entdeckung ihm gegenüber zu erkennen gegeben?«

»Nein. Ich habe eine plötzliche Übelkeit vorgetäuscht und bin gegangen.«

»Jellinek weiß also nicht, ob oder daß Sie die Entdeckung gemacht haben?«

»Vorausgesetzt, daß damit keine Absicht verbunden war – nein.«

»*In nomine domini,* dann wollen wir vorläufig die Sache auf sich beruhen lassen.«

Monsignore William Stickler, Kammerdiener des Papstes, schrieb noch am selben Tag einen Entschuldigungsbrief an Seine Eminenz Joseph Kardinal Jellinek, er habe sich nicht wohl gefühlt und freue sich auf die nächste Partie.

Am Abend dieses Tages nahm Joseph Kardinal Jellinek im Palazzo Chigi die Treppe. Die Portiersloge Annibales war leer, was nicht selten vorkam, und der Kardinal empfand wohlige Erwartung in seiner Verkommenheit. Sündhafte Gedanken peinigten sein Gehirn, und er stapfte mit schlurfenden Schritten, bemüht, sein Kommen hörbar anzukündigen, in dem weitgeschwungenen Treppenhaus nach oben. Endlich, auf dem dritten Absatz, kam sie ihm von oben entgegen, prall und behäbig ihr Gewicht von einem Bein auf das andere verlagernd, daß ihre Hüften sich wölbten.

»Buona sera, Eminenza!« rief sie ihm schon von weitem freundlich entgegen, und der Kardinal sah den billigen dünnen Stoff ihres schwarzen vorne geknöpften Kittels, und er fühlte wie Moses auf dem Berge Nebo, dem der Herr das gelobte Land zeigte, aber nur zeigte, und verkündete, er werde es nie betreten.

»Buona sera, Signora Giovanna!« dankte Jellinek höflich und war bemüht, seiner Stimme einen besonders anheimelnden Klang zu verleihen, und da ihm das peinlich mißlang, räusperte er sich verlegen.

»Erkältet?« erkundigte sich die Hausbeschließerin zuvorkommend. »Der Frühling läßt in diesem Jahr auf sich warten, Eminenza.« Dabei blieb sie eine Stufe über Jellinek stehen, so daß dieser Schlimmes befürchten mußte, wenn er nicht einen großen Bogen um das Hindernis machte, das sich da peinigend vor ihm erhob, und als er die Begegnung erfolgreich bewältigt hatte, erwiderte er hüstelnd: »Kein Wunder, Signora Giovanna, bei diesem Wetter, mal heiß, mal kalt!« Und ohne Giovanna auch nur einen weiteren Blick zu widmen – dabei hätte er nichts lieber getan in dieser Situation –, stapfte Kardinal Jellinek weiter.

Erlöst und enttäuscht zugleich von der Pein des Weibes

schlug Kardinal Jellinek die Wohnungstür hinter sich zu. Er merkte sofort, daß jemand in der Wohnung anwesend war. Im Salon brannte Licht. »Schwester?« rief Jellinek, aber es kam keine Antwort. Es wäre auch ungewöhnlich gewesen, die Franzsikanerin um diese Zeit noch anzutreffen. Die Tür zum Salon stand entgegen aller Gewohnheit offen, und als er eintrat, schreckte Jellinek zurück. Im Lehnstuhl saß ein schwarz gekleideter Kleriker.

Wer sind Sie? Was wollen Sie? Wie sind Sie überhaupt hier hereingekommen? Das alles wollte Jellinek fragen, aber er stand stumm und brachte keinen Ton hervor.

Der Schwarzgekleidete, bei dem der Kardinal sich nun nicht mehr sicher war, ob es sich wirklich um einen Kleriker handelte, ob es nicht der Teufel persönlich war, sah ihn an und sagte ohne Umschweife: »Haben Sie mein Paket bekommen, Eminenz?«

»Von Ihnen stammt also das mysteriöse Geschenk?«

»Kein Geschenk – eine Warnung!«

Der Kardinal verstand nicht. »Eine Warnung? – Wer sind Sie? Was wollen Sie? Wie sind Sie überhaupt hier hereingekommen?«

Der Fremde machte eine unwillige Handbewegung. »Der Inhalt des Paketes war Ihnen also nicht bekannt? Gianpaolo –«

»Jesus Maria.« Jellinek hielt inne. Als der Fremde Gianpaolo erwähnte, da wurde ihm auf einmal bewußt, was es mit dem seltsamen Inhalt auf sich hatte, und der Kardinal spürte, wie das Blut in seinen Schläfen zu hämmern begann. Brille und Hauspantoffeln des 34-Tage-Papstes! Ja, jetzt erinnerte er sich, er hatte der Angelegenheit nie irgendeine Bedeutung beigemessen, aber damals im September ging das Gerücht, der tote Heilige Vater sei bestohlen worden. Verschiedene unbedeutende Dinge aus seinem Besitz fehlten. Man habe ihn sogar umgebracht, um in den Besitz dieser Dinge zu kommen, lautete eine Verdächtigung. All das kam dem Kardinal in diesem Augenblick in den Sinn, bis der Fremde mit versteinerter Miene fortfuhr:

»Sie begreifen also?«

»Begreifen?« Angst, eine unerklärliche lächerliche, armselige Angst befiel Jellinek auf einmal, und er fürchtete die Rache des schwarzgekleideten Fremden wie Elias die Wut Jezabels. »Nein«, sagte der Kardinal tonlos, »ich begreife nichts. Sagen Sie, was wollen Sie von mir, und wer hat Sie geschickt?«

Der Fremde setzte ein widerliches Grinsen auf, das abscheuliche Grinsen eines Wissenden gegenüber dem Unwissenden. »Sie stellen zu viele Fragen, Herr Kardinal. Die Frage war die erste Sünde.«

»Sagen Sie endlich, was Sie wollen!« wiederholte der Kardinal eindringlich, und er bemerkte, daß seine Hände zitterten.

»Ich?« fragte der Schwarzgekleidete spöttisch. »Nichts. Ich komme in höherem Auftrag, und dort hegt man den Wunsch, daß Sie die Nachforschungen über die Bedeutung der sixtinischen Inschrift einstellen!«

Kardinal Jellinek schwieg. Er mochte auf viele Antworten gefaßt sein, aber diese verschlug ihm die Sprache, und es dauerte eine Weile, bis er sie wiederfand: »Herr«, rief er erregt aus, »in der Sixtinischen Kapelle sind acht rätselhafte Buchstaben aufgetaucht, die lassen sich weder wegdiskutieren noch fortschweigen, die haben irgendeine verhängnisvolle Bedeutung, und ich bin *ex officio* beauftragt, eine Erklärung zu finden, welche die Institution der Kirche vor größerem Schaden bewahrt, und dazu habe ich als Vorsitzender des Heiligen Offiziums ein Consilium einberufen, das so lange tagt, bis eine Lösung gefunden ist. Und was immer die Motive sein mögen für Ihren Wunsch, seien Sie versichert, die größte Dummheit wäre es, die Buchstaben abzuwaschen oder zu übermalen, denn dann wäre jeder Art von Spekulation Tür und Tor geöffnet.«

»Das mag durchaus richtig erscheinen«, entgegnete der Fremde. »Sie täuschen sich nur in einem: Es ist nicht ein Wunsch, daß Sie Ihre Nachforschungen einstellen, es ist ein Befehl!«

»Ich bin *ex officio* beauftragt . . .«

»Und wenn der Herr Jesus persönlich den Auftrag erteilt hätte, Eminenza, Sie sollen Ihre Nachforschungen einstellen. Finden Sie irgendeine schnelle Erklärung, bezahlen Sie irgendeinen Experten, und veröffentlichen Sie seine ›Forschungen‹, aber stellen Sie die Arbeit des Consiliums ein.«

»Und wenn ich mich weigerte?«

»Ich weiß nicht, was der Kurie mehr nützt, ein lebender oder ein toter Kardinal. Man hat Ihnen das Paket deshalb gesandt, damit Sie erkennen, wie ernst Ihre Lage ist. Ich meine, wenn es, wie man gesehen hat, keine großen Schwierigkeiten bereitet, einen Papst spurenlos zu beseitigen, dann dürfen Sie sicher sein, Jellinek, daß ein Kardinal noch viel leichter abtritt. Ihr Tod würde nicht einmal Schlagzeilen machen, eine kleine Meldung in den Tageszeitungen, im *Osservatore Romano* ein ehrender Nachruf: ›Kardinal Jellinek starb bei tödlichem Unfall‹, schlimmstenfalls ›Kardinal Jellinek beging Selbstmord‹ – mehr nicht.«

»Schweigen Sie!«

»Schweigen? Die Kurie, der Sie angehören, Eminenz, hat mehr Fehler durch Schweigen begangen als durch Reden. Ich würde es ungemein bedauern, wenn wir zu keiner Verständigung kämen; aber ich bin sicher, Sie werden nicht so dumm sein, Herr Kardinal – ich beginne mich zu wiederholen.«

Jellinek trat auf den Fremden zu. Er war in jener Verfassung, in der Wut in Mut umschlägt. »Hören Sie, Sie seltsamer Heiliger«, und dabei packte er den Fremden an den Schultern, »Sie verlassen jetzt augenblicklich meine Wohnung, sonst...«

»Sonst?« fragte der Kleriker herausfordernd.

Da erkannte der Kardinal die Lächerlichkeit seiner Drohung, und resignierend ließ er von dem Fremden ab, in dessen Gesicht nun wieder ein verschlagenes Grinsen zu erkennen war.

»Also gut!« sagte dieser und klopfte die Stellen seines Gewandes ab, an denen der Kardinal ihn berührt hatte. »Es ist auch nicht meine Angelegenheit. Ich fungiere in dieser Angelegenheit nur als Bote, und meine Aufgabe ist erfüllt. *Laudetur Jesus Christus.*«

Der Gruß klang seltsam, Spott und Hohn lagen in den Worten des Klerikers. »Bemühen Sie sich nicht!« sagte er noch. »Ich habe alleine hereingefunden, ich finde auch alleine hinaus.«

So geschah es an Mariä Lichtmeß, und der Kardinal konnte auf keine Weise ermitteln, wer der unheimliche Fremde gewesen und wie er in den Besitz der päpstlichen Utensilien gelangt war. Seine Forderung aber erschien Jellinek unerfüllbar, ja, nun, da die Angelegenheit immer verworrener, rätselhafter und tiefgründiger zu werden schien, beschloß Joseph Kardinal Jellinek, das Geheimnis mit allen zu Gebote stehenden Mitteln zu ergründen. Und daß man ihn gar persönlich bedrohte, bestärkte ihn auf unerfindliche Weise nur noch in seinem Entschluß; denn war er nicht als Träger des Purpurs sogar verpflichtet, mit seinem Leben für die Lehre der Kirche einzustehen – *ad majorem Dei gloriam?*

Über das rätselhafte Zusammentreffen mit dem Unbekannten beschloß der Kardinal indes zunächst Schweigen zu bewahren, zum einen, weil es jedem anderen wenig glaubhaft erscheinen mußte, zum anderen, weil Jellinek selbst schon am folgenden Tage darüber nachzudenken begann, ob er nicht dem Teufel begegnet war.

Die vorgenannten Mitglieder des Consiliums, erweitert durch den Professor für Semiotik am Athenäum des Lateran, Gabriel Manning, trafen sich am Montag der Karwoche zu ihrer zweiten Sitzung unter Leitung von Joseph Kardinal Jellinek, welcher nach Anrufung des Heiligen Geistes die Frage stellte, ob einer der Anwesenden den Inhalt der Schrift kenne, deretwegen sie sich an diesem Ort versammelt hätten. Dies wurde verneint, und Jellinek erklärte, man wolle Professor Manning, den derzeit kompetentesten Spezialisten auf dem Gebiet der Zeichenkunde und -lehre zu Rate ziehen; Manning sei bereits *ex officio* mit dem Problem konfrontiert, und er wolle zunächst eine Einführung über Chancen der Entschlüsselung und Möglichkeiten des Inhaltes der Inschrift geben.

Manning warnte vor forscher Erwartung, das Geheimnis innerhalb kurzer Zeit lösen zu können; alle Hinweise der rätselhaften Schriftzeichen sprächen für eine Lösung, die außerhalb der Leonischen Mauern zu suchen sei. Ein Indiz dafür sei schon die Achtzahl der Buchstabenreihe AIFALUBA; die christliche Symbolik gebe der Siebenzahl den Vorzug. Eine Bestätigung dieser Theorie sehe er in der thematischen Gestaltung der Deckenfelder, bei der Michelangelo die christliche Zwölfzahl aufgespalten habe zugunsten zweier Gruppen von Sibyllen und Propheten. Die malerische Thematik der Weltschöpfung lasse zudem eine Art Universismus vermuten, einen nachrationalistischen Glauben an die Symbolhaftigkeit der ganzen Welt. Das bedeute, alles was der Mensch sehe und ahne sei Chiffre, Sinnbild, Zeichen, Spiegel, Allegorie und stehe in einer geheimnisvollen Beziehung, zu der man nur den Schlüssel besitzen müsse. Astrologen, Pythagoreer, Gnostiker und Kabbalisten hätten gerade während der Entstehung der sixtinischen Fresken eine große Zeit erlebt, und viele, vor allem gebildete Menschen, seien den magisch-mystischen Vorstellungen der damaligen Zeit verfallen. So könne man eine regelrechte Sprachalchimie nachweisen, in der Alphabetmystiker und -magiker sich mit Wort- und Buchstabenklang, Laut und Bedeutung beschäftigten.

Die alten Griechen benannten musikalische Töne mit Buchstaben, indem sie die 24 Aulostöne, also die 24 Töne einer Flöte, mit den 24 Buchstaben des Alphabetes versahen, und Pythagoras und seine Zeitgenossen waren berauscht von der Entdeckung, daß die Tonhöhe gesetzmäßig von der Länge einer Saite abhängt, daß also das im Ohr Hörbare mit dem Auge sichtbar gemacht werden könne. Töne seien demnach verkörperte Zahlen. Warum, stellte Manning die Frage, sollten in diesem musikträchtigen Raum nicht Buchstaben eine Melodie beschreiben, deren Gesangtext vielleicht die Lösung des Geheimnisses berge. Dies sei die Theorie *einer* Lösung, noch dazu einer ziemlich einfachen.

Komplizierter werde die Angelegenheit, wenn die Inschrift eine Lösung aus Buchstaben-Namen erforderlich mache, denn die Buchstaben-Namen seien älter als alle griechische Weisheit. Schon der Kirchenhistoriker Eusebios von Caesarea habe in seiner *Praeparatio evangelica* nachgewiesen, daß die Griechen ihre Buchstabenbezeichnungen von den Hebräern übernommen hätten, und zum Beweis habe er angeführt, daß jedes hebräische Schulkind über die Bedeutung der Buchstaben-Namen Bescheid wußte, während nicht einmal Platon diese Gabe besessen habe. Erst die Kirchenväter hätten später erbauliche Deutungen über die alphabetisch-akrostichischen Beziehungen in den Psalmen und Klageliedern des Jeremias abgegeben.

Der Aufforderung von Kardinalstaatssekretär Giuliano Cascone, diese Aussage anhand eines Beispieles zu erläutern, damit die Anwesenden sich eine bessere Vorstellung machen könnten, kam Professore Manning umgehend nach:

A zum Beispiel, der Buchstabe, welcher das Alphabet eröffne, sei jener Laut, der in allen Sprachen das weiteste Öffnen des Mundes erfordere, und deshalb komme diesem Vokal die Ehre zu, Gott als Hilfsmittel gedient zu haben, um dem Menschen den Mund der Sprache zu öffnen. I, der zweite Buchstabe der Inschrift, versinnbildliche Unterschiedslosigkeit, Wahrheit und Gerechtigkeit, weil der einfache Strich von Kindern, Jünglingen und Greisen gleich schnell und gleich gut geschrieben werden könne. Das F hingegen symbolisiere das gerade Gegenteil, weil es nur die eine Hälfte einer Waage darstelle, die schon von Pythagoras als absolutes Sinnbild für Gerechtigkeit gewertet wurde, indem er seine Jünger aufforderte, die Waage nicht zu überschreiten. Mit dieser Erfahrung sei bereits eine vage Deutung der ersten Hälfte der Inschrift möglich, wobei zu berücksichtigen sei, daß der Wortinhalt sich natürlich in allen Wortarten wie Substantiv, Adjektiv oder Verbum manifestieren könne. Daraufhin malte Manning auf einen Schreibblock die ersten vier Buchstaben untereinander, daneben schrieb er seine Interpretation:

A Gott spricht
I die Wahrheit,
F die Unwahrheit aber
A liegt im Mund . . .

Darauf bestürmten vor allem die anwesenden Mönche den Professor, Symbolik und Deutung der übrigen Buchstaben zu erklären; doch Manning entgegnete, so einfach die Deutung der ersten Hälfte gelungen sei, so kompliziert und unpassend für dieses System erscheine die zweite. L versinnbildliche den Logos, also die Vernunft. U und B hingegen seien vieldeutig und unklar: U in lateinischer Schrift gleich dem V sei ein Luft- und ein Heullaut, stehe gleichzeitig für die Zahl 5 und symbolisiere ein auf der Spitze stehendes Dreieck, das weibliche Schamdreieck (bei diesem Wort bekreuzigte sich Fra

Desiderio Scaglia, Titular von San Carlo), das zur Rautenform des männlichen in Gegensatz stehe. Die Bedeutung des Buchstaben B wechsle in einzelnen Sprachen; im Lateinischen, und in dieser Sprache sei die Inschrift wohl aufgezeichnet worden, beinhalte der Buchstabe eine Drohung. Aufgrund der aufgeführten Erkenntnisse lasse die sixtinische Inschrift keine vernünftige Deutung zu, und dies sei gleichzeitig der Beweis für die Unrichtigkeit des angewandten Systems.

Auf die eindringlichen Fragen, welche andere Lösungsmöglichkeit der Professor anzubieten habe, kam Gabriel Manning auf die Bedeutung der Buchstabenklasse zu sprechen, auf den Unterschied von Vokalen und Konsonanten, welcher in der vorliegenden Inschrift besonders deutlich hervortrete, weil die Vokale in der Überzahl seien. Pythagoreer und Grammatiker hätten in der Verschiedenheit von Vokalen und Konsonanten ein Sinnbild des Unterschiedes von Psyche und Hyle, von Seele und Leib gesehen. Die sieben Vokale entsprächen in den Mysterien der griechischen Buchstaben, welche fraglos Pate gestanden hätten für das lateinische Alphabet, den sieben stimmbegabten Wesen, als da sind: 1. Engel, 2. Innere Stimme, 3. körperliche Stimme des Menschen, 4. Vögel, 5. Säugetiere, 6. Reptilien, 7. wilde Tiere. Die 15 Konsonanten – so viele kenne das griechische Alphabet – bezeichneten hingegen die stummen Dinge: 1. den überhimmlischen Himmel, 2. das Firmament, 3. die untere Erde, 4. die obere Erde, 5. das Wasser, 6. die Luft, 7. die Finsternis, 8. das Licht, 9. die Pflanzen, 10. die fruchttragenden Bäume, 11. die Sterne, 12. die Sonne, 13. den Mond, 14. die Fische im Wasser und 15. den Meeresschlund. Man könne, so Manning, diese Deutung nach naturwissenschaftlicher Überprüfung belächeln, doch zeige sie in jedem Falle, daß es schon in früher Zeit Geheimwissenschaften gegeben habe, die sich mit Buchstabenmysterien beschäftigten.

Manning verneinte jedoch auch die Anwendbarkeit dieser Deutung und begründete seine Ansicht mit dem Fehlen des Buchstaben Y in der Geheimschrift. Schon Pythagoras habe im Y den Schlüssel und das Sinnbild aller Buchstabengeheimnisse erkannt, indem er behauptete, die drei Arme dieses Buchstabens hätten folgende Bedeutung: der Stamm symbolisiere die Vokale, in die Äste teilten sich tönende und stumme Konsonanten – das Y sei also der Buchstabe der Erkenntnis. Wäre eine Lösung nach diesem Schema zu suchen, so dürfte man gewiß sein, dem Y als Schlüsselbuchstaben der ganzen Inschrift zu begegnen.

Kardinalstaatssekretär Guiliano Cascone zeigte sich zunehmend beunruhigt durch das Aufzählen schier unbegrenzter Lösungsmöglichkeiten, und er forderte Manning auf, wahrscheinliche Systeme preiszugeben. Welche Lösungsmöglichkeiten favorisiere er persönlich?

Die Kürze der Zeit, erwiderte der Professor, habe bisher keine intensivere Erforschung der Materie zugelassen; aus seiner Erfahrung aber gelte sein Interesse vor allem zwei Möglichkeiten: zum einen sehe er Indizien für einen Fall von Gematrie, eine bedeutsame Abart der Buchstabenmystik, die in zahlreichen griechischen, orientalischen, jüdischen und arabischen Überlieferungen Anwendung gefunden haben, unter anderem in der Geheimen Offenbarung des Johannes.

Über diese Theorie, unterbrach Kardinal Jellinek, sei das Consilium bereits von Padre Augustinus Feldmann unterrichtet worden. Welche Lösungsmöglichkeit favorisiere er außerdem?

Andererseits, fuhr Professore Gabriel Manning fort, deute die Eigenart der Buchstabenführung auf ein Notarikon hin, welche in der Urkirche häufige Anwendung fanden, aber auch noch in einer Geheimlehre, die zu nennen er sich scheue. Als Beispiel führte Manning das griechische Wort ICHTHYS an, das in der Übersetzung »Fisch« bedeute, und von den frühen Christen als Erkennungszeichen ihrer Glaubenszugehörigkeit in den Sand gezeichnet wurde. Der ursprüngliche Sinn des Fisch-Zeichens war schnell vergessen, nur das Symbol blieb und mußte später neu entschlüsselt werden. Hinter den Buchstaben des Wortes ICHTHYS verberge sich die Formel: Jesus Christos Theou Yios Soter, was soviel bedeute wie Jesus Christus, Gottes Sohn, Retter der Welt, und der Scholastiker Albertus Magnus habe den Namen Jesus in seinem *Compendium theologicae veritatis* mit einem Notarikon belegt, indem er das Wort, dessen ursprünglichen Sinn er nicht verstand, als Buchstabengruppe auffaßte, die erst in der Zusammenfassung der Anfangsbuchstaben anderer Worte eine Bedeutung fand. In Jesus habe Albertus Magnus die folgende Kombination erkannt: *Jucunditas maerentium*, *Eternitas viventium*, *Sanitas languentium*, *Ubertas egentium*, *Satietas esurientum*. Daraus werde deutlich, daß selbst Gelehrte und Philosophen, ja gerade diese, sich mit Buchstabenmystik beschäftigt hätten und daß das Anagramm des Florentiners in der Sixtinischen Kapelle auf große Vorbilder zurückgreifen könne.

Welche Geheimlehre Manning zu nennen sich scheue?, erkundigte sich Jellinek.

Der so Gefragte erwiderte, vor allem die jüdische Kabbalistik habe sich der Buchstaben zu symbolischen und mystischen Zwecken bedient, und aufgrund der Anordnung und Aufteilung der sixtinischen Fresken, aber auch im Hinblick auf die ungewöhnliche Buchstabenreihe sei nicht auszuschließen, daß Michelangelo einen Hinweis auf die jüdische Geheimlehre geben wolle.

Da entstand eine große Unruhe im Saal des Heiligen Offiziums; Kardinäle, Monsignori und Professoren redeten laut aufeinander ein, und der Eminentissimus Kardinal Lopez, Prosekretär der Kongregation für Glaubenslehre und Titularerzbischof von Caesarea, rief immer wieder, der Teufel habe eine Laus in den Pelz der Heiligen Mutter Kirche gesetzt, eine Laus im Pelz der Heiligen Mutter Kirche, *horribile dictu!*

Dem Einwurf von Eminentissimus Kardinal Bellini, das alles sei Hokuspokus und Humbug, begegnete Manning mit dem Hinweis, die sixtinische Inschrift solle zunächst einmal nicht auf ihren Wahrheitsgehalt geprüft werden, sondern auf ihren Inhalt, so jedenfalls laute sein Auftrag. Dem hochwürdigen Consilium obliege nach Erkenntnis des Inhaltes die Prüfung der Wahrheit. Dem stimmte Jellinek zu, doch Bellini blieb störrisch, nannte alle Semiotiker Feinde des Glaubens, welche alles oder nichts zu bekunden in der Lage seien, und führte Beispiele an, mit denen zu beweisen versucht worden sei, daß Shakespeare und Bacon ein und dieselbe Person und Goethe ein Kabbalist gewesen sei.

Gabriel Manning pflichtete dem Kardinal bei, wiederholte jedoch seinen Hinweis, daß in der gegenwärtigen Situation nicht der Inhalt der Inschrift zu diskutieren sei, sondern die Lösung, und solange die Lösung nicht nachgewiesen werden könne, solange dürfe über den Inhalt nicht gerichtet werden. Gewiß beinhalte die Buchstabenmystik zahlreiche Imponderabilien, ja, die Isopsephie, eine Pseudowissenschaft, welche gleiche Zahlenwerte verschiedener Wörter in Zusammenhang bringt, diene den Gegnern dieser Anhängerschaft nicht selten als Gegenbeweis. Grundlage der Isopsephie sei die Numerierung der griechischen Buchstaben von Alpha bis Omega mit 1 bis 24, was zur Grundlage der Lösung verschiedener Weltenrätsel gemacht werde, und in der Tat würden verblüffende Ergebnisse erreicht und seien hervorragende Männer der Lehre nachgegangen. Von Napoleon werde gesagt, er sei schon in jungen Jahren auf die Isopsephie Bonaparte = 82 = Bourbon gestoßen und habe sich deshalb zum Herrscher Frankreichs berufen gefühlt. Jüdische Gegner der Isopsephie hätten freilich mit Hilfe dieser fragwürdigen Wissenschaft auch nachgewiesen, daß das Buch der Genesis denselben

Zahlenwert wie »Lug und Trug« besitzt und Gott der Allmächtige isopsephisch mit »andere Götter« übereinstimmt. Aber all das sei nicht ihr Thema, zunächst gehe es vielmehr darum, eine wissenschaftliche Lösung der geheimen Inschrift aufzudecken, eine Lösung, die in sich den Beweis für ihre Richtigkeit berge.

Da zog Joseph Kardinal Jellinek ein Papier aus der Knopfleiste seiner Soutane, und alle Augen richteten sich auf den Vorsitzenden des Consiliums. Er habe, sagte der Kardinal, sich ebenfalls in der Deutung der Inschrift versucht, bisher aber nicht den Mut aufgebracht, seinen Lösungsversuch zu verkünden. Erst jetzt, da ihm die Vielseitigkeit und möglicherweise Lächerlichkeit einer Lösung vor Augen geführt worden sei, wage er seine Deutung vorzubringen und mit Erlaubnis des Consiliums zu verkünden. Jellinek schrieb mit einem Stift die acht fraglichen Buchstaben untereinander, dann kritzelte er mit fahriger Schrift acht Wörter daneben:

A atramento
I ibi
F feci
A argumentum
L locem
U ultionis
B bibliothecam
A aptavi

Nun hielt Jellinek das Papier in die Höhe, damit es jeder sehen könne und las langsam betonend: *Atramento ibi feci argumentum, locem ultionis bibliothecam aptavi* – mit Farbe habe ich dort den Beweis erbracht und die Bibliothek als Ort der Rache ausersehen.

Da ergab sich ein lang anhaltendes Schweigen. Kardinäle, Monsignori und alle Anwesenden starrten auf das zitternde Papier in der Hand des Kardinals.

Die Bibliothek als Ort der Rache? Wie sollte man das verstehen? Was verbarg die Vatikanische Bibliothek? Einer nach dem anderen suchte nun mit den Augen den Archivar Padre Augustinus; aber auf dessen Platz saß nun sein Nachfolger Padre Pio und hob, da er alle Augen auf sich gerichtet sah, hilflos die Schultern und drehte die Handflächen nach außen und blickte ratlos wie der Jünger Kleophas bei der Erscheinung des Herrn. Aber es tat sich kein Zeichen, das die Augen der Anwesenden aufgetan hätte zur Erkenntnis.

Kardinalstaatssekretär Giuliano Cascone grinste verlegen und fragte beschwichtigend, was Manning von dieser Deutung halte.

Nichts, erwiderte der Semiotiker ohne Umschweife, und er begründete seine Antwort mit der mangelnden Beweisfähigkeit jener Lösung, die zwar bestechend einfach erscheine, der aber jede Logik fehle. Warum solle der erste Buchstabe des Alphabetes einmal *atramentum,* einmal *argumentum* und einmal gar *aptare* bedeuten? Und wenn dem so sein solle, wo liege dann der Hinweis auf diese Deutung? Nein, so einfach habe Michelangelo es sich gewiß nicht gemacht, nicht Michelangelo!

Kardinalstaatssekretär Cascone schien als erster die Fassung wiedergefunden zu haben, und er fragte verärgert und zugleich enttäuscht, warum Manning sich seiner Sache so sicher sei und die Lösung des Eminentissimus Kardinal Jellinek nicht gelten lassen wolle, wo er selbst doch noch überhaupt keine Erklärung gefunden habe. Der Professore schwieg, und Cascone wandte sich nun dem Eminentissimus Kardinal Jellinek zu, ob er inhaltlich oder formell eine Erklärung geben könne für seine Forschung.

Weder vom Inhalt noch von der Form her, erwiderte Jellinek, könne er das Ergebnis begründen, er habe einfach seiner Phantasie freien Lauf gelassen, so wie es Michelangelo einst ebenso getan haben mochte, als er ans Werk ging.

Michelangelo sei kein Semiotiker gewesen, schon gar kein Wissenschaftler, Michelangelo habe aus seinem Innersten heraus geschaffen, er habe Gefühle umgesetzt in Material, und er zweifle, ob der Künstler lange nachgedacht habe, welchen Buchstaben er aus welchem Grund wo anbringen könne. Und zum Inhalt meinte der Kardinal, er wolle sich dazu nicht öffentlich äußern und bitte den Kardinalstaatssekretär um ein Gespräch unter vier Augen *specialissimo modo* nach Beendigung des Consiliums.

Da erhoben sich die Mönche Padre Pio von den Predigermönchen, Fra Desiderio, Titular von San Carlo, Pier Luigi Zalba von den Marienserviten, und die runden flachen Gläser der Brille des Adam Melcer von der Gesellschaft Jesu funkelten bedrohlich bei seiner Rede; ja, er schlug mit der Faust auf den Tisch und rief erregt wie Nebukadnezzar vor dem Feuerofen, dieses Consilium gerate zur Farce, wenn einige mehr wüßten als andere und anderen die Kenntnis wesentlicher Fakten versagt bleibe, er, Adam Melcer, fordere deshalb seine Demission, und die übrigen Mönche schlossen sich seiner Forderung an.

Kaum ausgesprochen, machten auch andere ihrer Empörung Luft, indem sie ihre Mitwirkung an dem Consilium aufkündigten, unter ihnen der Eminentissimus Kardinal Giuseppe Bellini, der Präfekt der Kongregation für die Sakramente und den Gottesdienst, und in kurzer Zeit herrschte im Saal des Heiligen Offiziums ein großes Durcheinander, und nicht einmal Jellineks weit ausgestreckte Arme vermochten die allgemeine Verwirrung zu besänftigen.

Jedes Mitglied dieser heiligen Versammlung – nur mühsam versuchte Jellinek sich Gehör zu verschaffen – werde aufgeklärt werden über alle Hintergründe, doch unterlägen einige der besonderen Situation des vatikanischen Geheimarchives und blieben sogar höchsten Kreisen der Kurie verborgen *specialissimo modo.* Jellineks Rede rief Adam

Melcer auf den Plan. Er kritisierte den Kardinal heftig und gab zu bedenken, ob das Consilium nicht ein bloßes Scheingefecht führe gegen einen unbekannten Gegner, ob nicht das rätselhafte Geheimnis der Fresken längst gelöst sei, der Versammlung aber aus unbekannten Gründen verheimlicht werde. Wie anders sei die Deutung des Eminentissimus Jellinek zu verstehen, der als Geheimnisträger allerersten Ranges eine Lösung gefunden zu habe vorgebe, welche im Geheimarchiv ihren Ursprung habe, das jedoch keinem gewöhnlichen Sterblichen den Zugang erlaubt. Nach seiner, Melcers, Ansicht, sei der wahre Inhalt der Inschrift längst bekannt und für die Kirche so vernichtend, daß dieses Consilium nur zusammengerufen worden sei, um eine harmlosere Ersatzlösung zu finden. Dies sei pharisäisch wie die Fragen der Priester und Leviten an Johannes jenseits des Jordans.

Nun sprang Jellinek auf, verbot Melcer den Mund mit ausgestrecktem Zeigefinger und nannte seine Rede unwürdig eines wahren Christenmenschen, zudem unüberlegt, weil Schweigen, so seine Vermutung richtig sei, die zweifellos bessere Lösung gewesen wäre. Obwohl ehrenrührig und einer *causa* vor dem Ehrengericht würdig, wolle er jedoch eine Ahndung unterlassen, weil aller Nerven über Gebühr angespannt seien, und der andere gewiß schon am folgenden Tag über seine Worte Reue empfinden würde. Nein, er, Jellinek, sei ebenso ahnungslos und habe mit seiner Deutung nur einen Hinweis geben wollen, er respektiere das Urteil des Professors.

Manning hingegen nannte es infam und abartig und abseits jeder christlichen Tugend, ihn mit der Erforschung einer Angelegenheit zu beauftragen, die längst geklärt sei und nur einer Beschönigung bedürfe, damit sie der Kurie nicht zuwiderlaufe, und er forderte deshalb Einsicht in das Geheimarchiv, andernfalls wolle er sein Mandat zurückgeben. Derart in die Enge getrieben, kündigte auch Jellinek an, um seine Demission zu bitten, unterbrochen vom Zwischenruf des Kardinalstaatssekretärs: *»Non est possibile, ex officio!«*, und alle Anwesenden möchten den Frieden des Ortes wahren.

So ging das Consilium vorzeitig und unerwartet schnell auseinander, ohne der Lösung auch nur einen Schritt näher gekommen zu sein. Im Gegenteil, zu der allgemeinen Verwirrung war nun noch das Mißtrauen untereinander hinzugekommen. Jeder mißtraute jedem, die Mönche den Kardinälen, die Kardinäle den Professoren, die Professoren den Kardinälen, Kardinal Bellini Kardinal Jellinek, Kardinal Jellinek dem Kardinalstaatssekretär, der Kardinalstaatssektretär Kardinal Jellinek, Kardinal Jellinek Monsignore Stickler, Monsignore Stickler Kardinal Jellinek, Melcer Kardinal Jellinek – wie es schien, hatte Joseph Kardinal Jellinek nur noch Feinde in der Kurie, und es schien, als liege der Zorn des Allerhöchsten über dem Vatikan wie einst über Sodom und Gomorra.

Im Oratorium auf dem Aventin kam es am selben Tage zu einer unerwarteten Begegnung zwischen Padre Pio Segoni und dem Abt des Klosters. Der Abt bestritt, den Benediktiner aus Montecassino zu kennen, aber Padre Pio beharrte darauf, sie seien im selben Priesterseminar gewesen, und wurde laut, so daß der Abt, die Hände in den Ärmeln seiner Ordenstracht verborgen, zur Mäßigung mahnte.

Pio redete mit flackernden Augen von Unterlagen von damals: »Sie müssen sich in diesem Kloster befinden, ich weiß es; denn eine Verbringung irgendwohin hätte sich nicht geheimhalten lassen. Sagen Sie mir, wo sie versteckt sind!«

Der Abt versuchte den aufgebrachten Padre zu beschwichtigen: »Bruder in Christo, die Unterlagen, von denen Sie sprechen, existieren nur in Ihrer Phantasie. Gäbe es sie, so wüßte ich Bescheid, schließlich verbringe ich ein halbes Leben hier.«

»Gewiß, Vater Abt«, erwiderte Pio Segoni mit einem zynischen Grinsen in den Mundwinkeln. »Sie haben die Angelegenheit schadlos überstanden, und das verdanken Sie wohl Ihrer Fähigkeit zu schweigen.«

»Es ist leichter zu schweigen, als sich im Reden zu mäßigen, Bruder.«

»Ja, ich weiß, ich habe mir immer nur geschadet, indem ich sagte, was ich wußte. Ich habe mein ganzes Leben für etwas gebüßt, an dem ich keine Schuld trage. So etwas schmerzt. Man hat mich herumgeschoben von einer Abtei zur anderen, von einem Priorat zum anderen. Herrgott, ich komme mir vor wie der Aussätzige in der Bibel.«

»Sie leben nach der *Ordo Sancti Benedicti* Bruder, und die Ordensregel sieht vor, sein Werk zu verrichten an jedem Ort. Und nun gehen Sie.«

So endete das Gespräch der beiden, und beide schieden im Zorn, ungeachtet des Apostels Paulus, der sagt: Die Sonne soll nicht untergehen über euerem Zorn.

AN QUINQUAGESIMA, VERMUTLICH

Wenige Tage später – es könnte an Quinquagesima gewesen sein; aber so genau läßt sich das nicht mehr nachprüfen, und es ist auch unwichtig für den Fortgang unserer Geschichte – wenig später also betrat Jellinek zur Abendstunde das Archiv, was nicht ungewöhnlich war für den vielbeschäftigten Kardinal, so wie es nicht ungewöhnlich war, daß das Fagott Monsignore Raneris durch die Gänge des päpstlichen Palastes gakkerte. Jellinek war zu der Überzeugung gelangt, nur er könne wahrhaft zur Aufdeckung der Schriftzeichen durch Nachforschen im Geheimarchiv beitragen, denn Bellini und Lopez durften die geheimen Räume nicht betreten, und Cascone machte auf ihn den Eindruck, als sei ihm mehr an Verschleierung als an Aufklärung gelegen. So nahm er wie gewohnt den Weg durch die hintere Tür, die ihm einer der Scrittori auf das verabredete Klopfzeichen öffnete, ein junger Mann mit natürlicher Scham – oder vielleicht besser Ehrfurcht – vor Büchern, dessen Namen der Kardinal aber ebensowenig kannte wie die der übrigen. Jellinek selbst empfand keine Scham vor Büchern, Bücher forderten ihn heraus, erregten ihn wie Giovannas Fleischlichkeit, er pflegte Bücher zu streicheln, sie zu kneten und ihres Einbandes zu entblößen, Bücher waren seine Passion.

In dem kretischen Labyrinth aus Bücherwänden und schwarzen Verwahrschränken wußte man nie, ob gerade jemand anwesend war oder ob man alleiniger Herrscher war über Lehren und Irrlehren und über das Wort, das, wie die Schrift sagt, am Beginn von allem stand; und wer wie Jellinek die Wörterwege kannte wie das Vaterunser, der fühlte etwas von der Allmacht des Wortes, von der furchtbaren, unendlichen Gewalt der Buchstaben, welche, stärker als Kriege und Krieger, die Kraft hatten, Welten aufzubauen, aber auch sie zu stürzen. Erlösung und ewige Verdammnis, Tod und Leben, Himmel und Hölle – nirgends waren Antipoden sich näher als an diesem Ort. Jellinek wußte das, er war sich, da er Zutritt hatte zu den letzten Geheimnissen, dieser erregenden Situation mehr bewußt als jeder andere, und deshalb fürchtete er die Zeichen des Florentiners auch mehr als jedes andere Mitglied der Kurie. Er fürchtete sie, weil er mehr Geschriebenes kannte als jeder andere und weil er sich bei allem Wissen bewußt war, daß er nur einen Bruchteil kannte und daß tausend Leben nicht genügt hätten, alle Geheimnisse des *Archivio Segreto* zu ergründen.

Jellinek nahm dem Scrittore die Taschenlampe aus der Hand und machte sich auf den Weg zur *Riserva.* Padre Augustinus hatte ihn die enge Wendeltreppe in die oberen Stockwerke des Turmes nie alleine gehen lassen bis zu jener Tür, die selbst ihm den Zutritt versagte. Padre Pio jedoch hatte diesen Brauch mit Jellineks Billigung abgeschafft; seither verwahrte der Kardinal den doppelbärtigen Schlüssel in seiner Soutane. Es roch scharf, während er die Stufen nahm. O wie er den beißenden Geruch der keimtötenden Chemikalien haßte, der den erregenden Büchergeruch überdeckte! An der schwarzen Türe angelangt, steckte er den Schlüssel ins Schloß.

Im Augenblick des Türöffnens war ihm, als verlösche ein fahler Lichtschein, aber Jellinek verwarf den Gedanken sofort wieder. Es konnte nicht sein. Und so verschloß er die Tür hinter sich und ging, sich mit der Handlampe einen Weg bahnend, zu dem Stahlschrank, welcher die geheimen Dokumente des Florentiners barg.

Warum, fragte sich Jellinek, während er die Dokumente sortierte in solche, die ihm bereits bekannt waren, und solche, die er noch lesen mußte, warum ist nur unglücklichen Künstlern Großes beschieden? Ingrimm, Kummer, Sorge, Verdruß und Bedrücktheit sprach aus allen seinen Briefen, fast schien es, als sei Michelangelo zum Unglück geboren – *taedium vitae* allenthalben, überall Betrüger, Intriganten und Feinde, ja, sogar von Mordgesellen fühlte Michelangelo sich bisweilen verfolgt, erlitt er apokalyptische Ängste; und quälten ihn nicht andere, so quälte er sich selbst, grübelte über metaphysisches Sein und imaginäre Sehnsüchte und blieb doch in ewiger Trübnis verhaftet. War dies der sumpfige Nährboden für seine Kunst? Mußte man Sklave sein, um die Süße der Freiheit genießen zu können? Blind, um das Sehen zu schätzen? Taub, um zu hören?

Dossier unbekannter Urheberschaft über den 81jährigen Michelangelo, inzwischen Baumeister von Sankt Peter: Der Alte sabbere und zeige Anzeichen von Infantilismus, und es sei wohl höchste Zeit, den Florentiner aus seinem Amt zu entfernen, denn es sei fraglich, ob er dem, was er auf Papier vorgebracht habe, je Gestalt zu verleihen in der Lage sei. M. moniere schlechte Kalklieferungen, welche, so sie nicht seiner überschäumenden Phantasie entspringen würden, auf das Konto von Nanni Bigio gingen, einem Baumeister, noch jung an Jahren, der sich schon lange Hoffnungen mache auf die Stelle des Florentiners. Wie dem auch sei, der Streit könne dem Bauwerk nur schaden, und daher zieme es sich, M. zu entlassen, damit Bigio an seine Stelle trete.

Dazwischen Sonette von eigener Hand, die ihre Adressaten nie erreichten, Deutliches und Unverständliches an der Grenze des Lebens, und doch konnte jedes Pergament den entscheidenden Hinweis geben. Jellinek las stockend:

Hier am äußersten Rande des Lebensmeeres
Lern' ich zu spät erkennen, o Welt, den Inhalt
Deiner Freuden. Wie du den Frieden, den du
Nicht zu gewähren vermagst, versprichst, und jene
Ruhe des Daseins, die schon vor der Geburt stirbt.

Angstvoll blicke ich zurück, nun, da der Himmel
Meinen Tagen ein Ziel setzt; unaufhörlich
Hab' ich vor Augen den alten süßen Irrtum,
Der dem, den er erfaßt, die Seele vernichtet.

Nun beweis' ich es selber: den erwartet
Droben das glücklichste Los, der von Geburt an
Sich auf den kürzesten Pfad zum Tode wandte.

Nein, christlich waren diese Gedanken nicht zu nennen, eher sophoklisch, wonach nicht geboren zu sein alle Weisheit übertreffe. Welch süßer Irrtum hatte Michelangelos Seele vernichtet?

Breve eines gewissen Carlo, Helfershelfer der Heiligen Inquisition: M. mache sich verdächtig, weil er zu Nachtzeiten und nicht einmal an hellichtem Tage diesen Frevel vertuschend, Häuser der Vorstadt heimsuche, welche von Ketzern und Kabbalisten bewohnt und von jedem braven Christenmenschen gemieden würden: *Confutatis maledictis, flammis acribus addictis.*

Michelangelo ein Kabbalist, Anhänger einer jüdischen Geheimlehre? So unwahrscheinlich das klingen mochte, manches sprach dafür. Warum hatte der Florentiner kurz vor seinem Tode alle Aufzeichnungen und Skizzen verbrannt? Warum? Eine Niederschrift seines Arztes bestätigte dies. Was aber befand sich in dem versiegelten Holzkasten, den seine Freunde Daniele da Volterra und Tommaso Cavalieri nach dem Tode des Florentiners öffneten? Enthielt diese Truhe in der Tat nur 8000 Skudi, wie da Volterra und Cavalieri berichten? Oder fanden die beiden Freunde ein verhängnisvolles Dokument und verbrachten es an einen geheimen Ort? Warum wollte Michelangelo nicht in Rom begraben sein, wo er die letzten dreißig Jahre verbracht und die größten Erfolge als Künstler errungen hatte?

Abschrift eines Briefes seines Arztes Gherardo Fidelissimi aus Pistoja an den Herzog von Florenz: »Heute abend verschied zu besserem Leben der ausgezeichnete und in Wahrheit als Wunder der Natur dastehende Messer Michelangelo Buonarroti, und da ich ihn mit den anderen Ärzten in seiner letzten Krankheit behandelt habe, vernahm ich seinen Wunsch, daß sein Körper nach Florenz gebracht würde. Außerdem, da keiner seiner Verwandten anwesend war und er ohne Testament gestorben ist, erlaube ich mir, Ew. Exzellenz, der Sie seine seltenen Tugenden so sehr zu schätzen wußten, darüber Nachricht zu geben, damit der Wunsch des Verschiedenen zur Ausführung gelange und seine schöne Vaterstadt durch die Gebeine des größten Mannes, den jemals die Welt getragen hat, größere Ehre erlange. – Rom, am 13. Februar 1564, Gherardo, durch Ew. Exzellenz Gnade und Liberalität Doktor der Medicin.«

Warum, *Domine Deus,* wurden alle diese Briefe, Abschriften und Dossiers im Geheimarchiv des Vatikan aufbewahrt? Wozu wurden Briefe abgefangen, wozu Dossiers erstellt? Wenn überhaupt, so gab es dafür nur eine einzige Erklärung: Michelangelo, jener überirdische Künstler, der das Ansehen der Heiligen Mutter Kirche mit seiner Kunst verherrlicht hat wie kein Zweiter, stand im Verdacht der Häresie, und nach seinem Tode scheint der Verdacht sich auf irgendeine Art und Weise bestätigt zu haben, denn der Verdacht allein genügte wohl nicht, das Material im Geheimarchiv zurückzuhalten.

In düstere Gedanken versunken, sichtete Kardinal Jellinek Dokument um Dokument im Schein seiner Lampe, und dabei entglitt ihm ein Pergament und fiel zu Boden. Der Kardinal bückte sich, um den Brief aufzuheben, und während er das tat, fiel der Lichtschein der Lampe in seiner Linken auf das untere Fach eines Regals an der Seite, das leer stand, so daß man auf die andere Seite der Regalwand hindurchblicken konnte. *Deus Sabaoth,* es *konnte* nicht sein, es durfte nicht sein! Auf der anderen Seite des Regals erkannte Jellinek zwei Schuhe, und glaubte er einen Augenblick sich zu irren, hoffte er einen Moment sich zu täuschen in der beklemmenden Atmosphäre des Geheimarchivs, so trog die Hoffnung, als sich die Schuhe auf einmal auf Zehenspitzen entfernten. Jellinek stand zur Salzsäule erstarrt wie das Weib Lots, als der Herr Schwefel und Feuer auf Sodom und Gomorra regnen ließ. »Halt!« rief er erregt. »Wer ist da?«, und mit der Taschenlampe leuchtete er in die Dunkelheit. Jellinek ging um das Regal herum an jene Stelle, wo er die Erscheinung gesehen hatte, er leuchtete die Flucht der *Buste* ab, doch der breite Schein seiner Lampe war zu schwach, um bis in die hinteren Winkel vorzudringen, und so setzte er behutsam, damit er keine Geräusche verursachte, einen Fuß vor den anderen und schlich. »Wer ist da?« rief er – wohl eher, um sich

Mut zu machen als in der Hoffnung, eine Antwort zu erhalten: »Wer ist da? Ist da jemand?«

Jellinek verspürte Angst, ein Gefühl, das er sonst nicht kannte, das aber jetzt in diesem Augenblick durch das Fremdartige, Unbekannte, Unheimliche der Situation geweckt wurde. Mit einer heftigen Bewegung riß der Kardinal die Lampe herum, leuchtete zurück auf die Stelle, von der er gekommen war. Der Lichtfleck tanzte unruhig, und die einzelnen *Buste* warfen lange Schatten an Wände und Decke, welche durch diesen Vorgang zu leben begannen. Manche der Schatten nahmen die Form gewaltiger Pranken an, wirkten wie Ungeheuer, die nach ihm faßten. War es der Anblick dieser Erscheinung oder die stickige Luft des fensterlosen Raumes, daß er auf einmal Stimmen hörte, wild durcheinanderrufend erst, dann mit klarem Klang: »Was siehst du da, Jeremias?«

Und wie selbstverständlich antwortete Jellinek: »Einen zur Blüte erwachten Mandelbaum sehe ich.« Und die Stimme erwiderte: »Du sahst richtig; denn ich wache über meinem Wort, daß es ausgeführt wird.« Und nochmals erschallte die fremde Stimme: »Was siehst du?« Worauf der Kardinal mit wankendem Kopf entgegnete: »Einen angefachten Schmelzofen sehe ich, seine Öffnung schaut nach Norden.« Und die Stimme sagte: »Von Norden her wird das Unheil entfacht gegen alle Bewohner des Landes. Fürwahr, ich rufe alle Stämme der Reiche des Nordens, sie kommen daher, und ein jeder stellt seinen Thron auf ganz dicht bei den Toren Jerusalems. Da ziehe ich sie dann zur Rechenschaft ob all ihrer Bosheit, weil sie mich verließen, anderen Göttern Rauchwerke darbrachten und niederfielen vor ihrer eigenen Hände Machwerk. Dich aber erhebe ich zur befestigten Burg, zur eisernen Säule, zur ehernen Mauer gegen die ganze Welt, gegen Judas Könige und ihre Fürsten, gegen ihre Priester und ihre Menschen!«

Noch während er den eindringlichen Worten lauschte, die ihm wie im Rausch aus der Dunkelheit dröhnten, glaubte der Kardinal in der hintersten Ecke einen Lichtschein zu entdecken, ein zaghaftes Flämmchen gegen die Decke gerichtet, und er wiederholte seinen immer zaghafter klingenden Ruf: »Wer ist da? Ist da jemand?« Aber schon im nächsten Augenblick stieß Jellinek einen Angstschrei aus, so als hätte der, mit dem er die dunkle Einsamkeit dieses Raumes teilte, ihn plötzlich am Ärmel gezupft.

Jellinek leuchtete zur Seite und erkannte die Ursache: Er war gegen einen herausragenden Folianten gestoßen. Und wie das Licht seiner Lampe über den Buchrücken glitt, flammten ihm, einem Menetekel gleich, goldgeprägte Buchstaben aus dem Dunkel entgegen, die da lauteten:

LIBER HIEREMIAS. Das Buch Jeremias.

Der Kardinal bekreuzigte sich. Noch immer hielt sich der Lichtschein im Hintergrund regungslos. Einen Augenblick überlegte Jellinek, ob er nicht einfach fortlaufen, das Mysterium Mysterium sein lassen sollte, und was es wohl änderte, wenn er so handelte; aber dann kam ihm in den Sinn, daß in der Person der geheimnisvollen Erscheinung vielleicht die Lösung allen Unheils liegen konnte, und daß ein anderer vielleicht ebenso dachte. Also schlich er weiter und näherte sich dem Licht bis auf eine Aktenwand. Und während er vorsichtig, die Lampe nach hinten gerichtet, hinter der Aktenwand hervorspähte und nichts anderes wahrnahm als eine auf dem Boden liegende zur Decke gerichtete Handlampe, hörte er aus der entgegengesetzten Richtung ein lautes Geräusch: Die Tür zum Geheimarchiv fiel lärmend ins Schloß, und gleich darauf vernahm Jellinek das Sperren des doppelbärtigen Schlüssels. Der Kardinal hob die Lampe auf, ging zur Tür und fand sie versperrt. Jetzt wußte er, daß das Geheimarchiv weit weniger geheim war, als er glaubte.

Jellinek schloß auf, machte sich durch ein Hüsteln

bemerkbar, und sofort kam der Scrittore gelaufen, der ihn eingelassen hatte. »Haben Sie hier jemanden gesehen?« fragte der Kardinal, bemüht seine Frage eher nebensächlich erscheinen zu lassen.

»Wann?« fragte der Scrittore zurück.

»Gerade eben.«

Der Scrittore schüttelte den Kopf: »Der letzte ging vor zwei Stunden. Ein Mönch des Collegium Teutonicum. Er hat seinen Namen im Eingangsbuch hinterlassen.«

»Und im Geheimen Archiv?«

»Eminenza!« entgegnete der Scrittore entrüstet, so als versündige er sich allein an dem Gedanken.

»Haben Sie nicht die Tür zum Geheimarchiv gehört?«

»Gewiß, Eminenza, ich wußte doch, daß Sie es waren!«

»Gut, gut«, erwiderte Kardinal Jellinek und stellte beide Lampen an ihren Platz. »Ach, übrigens, wie viele Lampen gibt es für das Geheimarchiv?«

»Zwei«, erwiderte der Scrittore, »eine für jeden, der Zugang zum Geheimarchiv hat: eine für Seine Heiligkeit und eine für Sie, Eminenza.«

»Gut, gut«, wiederholte Jellinek. »Und wann haben Sie Seine Heiligkeit oder den Kardinalstaatssekretär zuletzt hier gesehen?«

»Oh, das ist lange, lange her, Eminenza. Ich kann mich nicht erinnern!«

Und dabei bückte er sich und hob eine Pergamentrolle vom Boden auf: »Sie haben etwas verloren, Eminenza!« sagte der Scrittore.

»Ich?« Jellinek starrte auf das Pergament, von dem er genau wußte, daß er es nicht verloren hatte, aber der Kardinal faßte sich schnell: »Geben Sie her, ich danke Ihnen.«

Der Scrittore machte eine höfliche Verbeugung und zog sich zurück. Jellinek setzte sich an einen der Seitentische, und nachdem er sich versichert hatte, daß ihn niemand beobachtete, breitete er die Schriftrolle vor sich aus, eine Urkunde mit der Unterschrift Papst Hadrians VI. Der unbekannte Eindringling mußte sie auf der Flucht verloren haben.

Kardinal Jellinek las gierig, in lateinischer Sprache: »Mit Sorge und Trauer sehen wir, von Gottes Gnaden Stellvertreter Christi auf Erden, Adriano Sesto papa, die schwellende Krankheit der Kirche an Haupt und an den Gliedern. Heiligste Dinge werden mißbraucht zum eigenen Vorteil, und die Gebote der Heiligen Mutter Kirche scheinen zu nichts nütze als zum Übertreten. Sogar Kardinäle und Prälaten der Kurie sind vom rechten Wege abgekommen, ja, sie erscheinen dem Klerus niedrigeren Ranges als Vorbild zur Sünde anstatt zur Frömmigkeit. Aus diesen und anderen Gründen, welche die Betroffenen durch persönliche Botschaft empfangen haben, und um ein Zeichen zu setzen, habe ich eine Reform der Kurie« – hier brach die Schrift ab.

Der Text schien der Entwurf einer Bulle zu sein, die Papst Hadrian VI. jedoch nie erlassen hat, ein Entwurf, der ein zufälliges oder gewaltsames Ende fand. Papst Hadrian, der letzte nichtitalienische Papst für viereinhalb Jahrhunderte, war im September 1523 nach nur wenigen Monaten Regierung gestorben, und man sagt, er sei vergiftet worden von seinem Arzt. Jellinek überlegte, welcher Zusammenhang zwischen diesem Pergament und dem geheimnisvollen Eindringling in das Geheimarchiv bestehen könnte. Gab es überhaupt einen Zusammenhang, oder lief hier ein Vorgang ab, von dem er überhaupt nichts ahnte? Schließlich schob er das Pergament zwischen die Brustknöpfe seiner Soutane und erhob sich.

Der Kardinal nahm den Umweg durch die Sala di merce, um zu sehen, ob der Monsignore den nächsten Schachzug getan hatte. Es schien ihm der beste Weg, um nachzudenken; denn immer und immer wieder quälte der Gedanke sein Gehirn: Was ging hier eigentlich vor? Wer versuchte was zu verheimlichen? Wer versuchte was zu entschlüsseln?

Die Partie auf dem kostbaren Schachspiel in der Salla di merce hatte sich ohne Zutun des Kardinals zur Spanischen Partie entwickelt. Jellinek hatte mit dem Bauern e2 – e4 eröffnet, Monsignore Stickler war e7 – e5 gefolgt, von Jellinek war der Springer g1 – f3, von Stickler ebenfalls der Springer b8 – c6 gesetzt worden. Darauf hatte der Kardinal seinen Läufer f1 – b5 geschickt, und Stickler hatte lange gezaudert. Kein Wunder, es schien dem Monsignore wenig empfehlenswert, symmetrisch zu antworten, also seinen Läufer auf b4 zu bringen; weil auf c3 noch kein Springer stand, konnte Jellinek mit seinem Bauern c3 den Läufer in die Flucht schlagen. Das wollte gut überlegt sein. Nach knapp zwei Wochen hatte Stickler endlich geantwortet und seinen Bauern auf a6 gesetzt, dann hatten beide den Spielfluß beschleunigt, jetzt stand die Partie im 12. Zug, bei dem Jellinek seinen weißen Springer von f3 auf g5 gesetzt hatte. Dieser Vorstoß mußte Stickler wohl überrascht haben, denn der Monsignore zögerte seit Tagen.

In dieser Nacht konnte Jellinek keinen rechten Schlaf finden. Er war entgegen sonstiger Gewohnheit spät zu Bett gegangen, aber der geheimnisvolle Besucher des Geheimarchivs ließ ihn nicht zur Ruhe kommen. Wer außer ihm interessierte sich noch für den Inhalt? Auf welche Spur führte das Pergament Papst Hadrians? Hundertmal hatte der Kardinal im Halbschlaf hundert Theorien erörtert, war er hundert Namen der Kurie durchgegangen, und hundertmal geschah es ohne klärende Antwort. Gegen Mitternacht stand er auf, zog den scharlachroten Schlafrock über; mit in den Taschen vergrabenen Händen ging er im Schlafzimmer auf und ab. Vor dem Fenster lag gegenüber eine Tankstelle, die um Mitternacht ihren Service einstellte. Pfeifend schwang sich der Tankwart auf sein Fahrrad und verschwand. In der Telefonzelle auf dem Bürgersteig redete ein Mann mit ernstem Gesicht, schließlich lachte er kurz auf, verließ die Telefonzelle und ging über die Straße geradewegs auf den Eingang des Palazzo Chigi zu. Jellinek öffnete das Fenster, beugte sich hinaus und sah im Schein der hell erleuchteten Straße, wie der Mann im Hause verschwand. Beobachtungen wie diese hatte der Kardinal schon häufiger gemacht, daß Männer in der Zelle gegenüber telefonierten und dann im Hause verschwanden. Schließlich ging er zur Wohungstür und lauschte ins Treppenhaus. Er hörte Schritte. Sie endeten im Parterre an der Wohnung des Hausmeisters.

Für einen Augenblick schloß er die Augen und versuchte sich vorzustellen, daß Thomas von Aquin, Spinoza, Augustinus, Ambrosius, Hieronymus oder Athanasios oder Basilius, welche sich allesamt durch Rechtgläubigkeit der Lehre und Heiligkeit des Lebens ausgezeichnet haben, eine heimliche Schrift hinterlassen hätten, verfertigt in geistiger Umnachtung ihrer letzten Lebenstage, in welcher sie verhängnisvolle Glaubenslehren von besonderem theologischen Beweiswert aufgestellt hätten, und daß diese nun der Kirche zum Verhängnis werden könnten; aber schon im nächsten Augenblick schlug er sich gegen die Brust wegen der verdammniswürdigen Gedanken und er flüsterte heftig: *«Libera me, Domine, de morte aeterina in die illa tremenda,quando coeli movendi sunt et terra.«*

Noch während er betete, hörte Jellinek Gelächter im Treppenhaus. Giovanna!

ASCHERMITTWOCH

An Aschermittwoch geschah, was schon lange unvermeidlich schien: Die kommunistische Tageszeitung »Unità« berichtete auf der Titelseite über die geheimnisvolle Entdekkung in den sixtinischen Fresken.

In seinem ebenso nüchtern wie erlesen möblierten Büro im Istituto per le Opere Religiose nahm Phil Canisius die Zeitung, schlug damit auf den Tisch und rief in höchster Erregung: »Wie konnte das nur passieren! Es durfte nicht geschehen! Ein Fall für die Rota!«

Im Vatikan, stand zu lesen, herrsche große Unruhe, seit Restauratoren an der Decke der Sixtinischen Kapelle eine geheime Inschrift Michelangelos entdeckt hätten. Es handle sich um rätselhafte Abkürzungen, die bereits von Experten untersucht und gedeutet würden und welche die Kirche in große Schwierigkeiten brächten, denn Michelangelo sei kein Freund der Päpste gewesen.

»Das ist eine gezielte Indiskretion!« empörte sich Canisius und wiederholte: »Ein Fall für die Rota!«

Kardinalstaatssekretär Giuliano Cascone, der wie stets in Begleitung seines Ersten Sekretärs Monsignore Raneri erschienen war, wiegelte ab: »Noch ist nichts bewiesen! Noch wissen wir nicht, wer das schwarze Schaf in der Herde ist.«

»Ich schwöre bei Gott und dem Leben meiner greisen Mutter«, rief Professore Gabriel Manning, »ich habe damit nichts zu tun«, und der Generaldirektor der vatikanischen Bauten und Museen, Professore Antonio Pavanetto, legte ebenfalls einen heiligen Eid ab, von der Veröffentlichung nichts gewußt zu haben. Der eilends herbeizitierte Professore Riccardo Parenti beteuerte sogar, eher würde er seine Zunge abgehackt haben, als ein Sterbenswörtchen zu verraten, bevor nicht der Inhalt der Inschrift geklärt sei.

»Ich will ehrlich zu Ihnen sprechen«, beteuerte Canisius, »es ist mir egal, welche Schmähungen Michelangelo gegen Kirche und Kurie vorzubringen hat – das herauszufinden ist Ihre Sache; aber was mir, uns und dem IOR schadet, ist die Unruhe und das Schnüffeln in geheimen Akten. Denn absolute Geheimhaltung ist das Kapital unserer Bank.«

Das Istituto per le Opere Religiose, kurz IOR genannt, zu Füßen der Privatgemächer des Papstes, hat die Form eines großen lateinischen D, doch sei, heißt es im Vatikan, diese Form rein zufällig entstanden und stehe keinesfalls für die Abkürzung von *Diabolo* – Teufel. Das IOR ist die Bank des Vatikans und seit seiner Gründung unter Papst Leo XIII. in stetem Wandel begriffen. Eingesetzt wurde es zum Sammeln von Geldern für kirchliche Projekte, Papst Pius XII. stand ihm den Status der Anlagenverwaltung zu, und heute arbeitet das IOR als profitables Unternehmen, das gegenüber anderen Banken der Welt den Vorteil genießt, von Steuerlasten befreit zu sein, und nach den Lateran-Verträgen sogar befugt ist, »kirchliche Körperschaften« einzurichten. Artikel 11 schützt die vatikanischen Behörden ausdrücklich vor jeder Einmischung des italienischen Staates, und das hat zur Folge, daß das IOR für Leute mit Geld einen guten Ruf besitzt. Phil Canisius, Doktor des kanonischen Rechts und Leiter des Unternehmens, erklärte es so: Man betrete den Vatikan mit einem Koffer voll Geld, und die italienischen Devisengesetze seien außer Kraft.

Canisius, außer sich vor Zorn, schlug immer wieder die Zeitung auf den Tisch, daß es klatschte, als wollte er die Meldung aus dem Blatt herausschlagen, und ein um das andere Mal wiederholte er: »Der Fall muß vor die Rota gebracht werden. Ich bestehe darauf.« Und Staatssekretär Giuliano Cascone erwiderte mit ebensolcher Empörung, man müsse die Schuldigen zur Rechenschaft ziehen mit der härtesten Strafe des Codex Iuris Canonici, weil sie der Kurie und der Heiligen Mutter Kirche unabsehbaren Schaden zugefügt hätten, und dabei nickte Monsignore Raneri heftig. Auf jeden Fall, bekräftigte Professore Pavanetto, sei nun Eile geboten, das Rätsel zu lösen, auf welche Art auch immer.

»Wie soll ich das verstehen?« erkundigte Professore Manning sich mißtrauisch. »Was soll das heißen: auf welche Art auch immer?«

»Ich will damit sagen: wir können es uns nicht leisten,

weiter im Dunkeln zu tappen und zu warten, bis uns die Wissenschaft eine Lösung anbietet. Wir alle wissen, welchen Schaden die Diskussion um die Echtheit des Turiner Leichentuches angerichtet hat, bevor die Kirche ein Machtwort sprach und eindeutig Stellung bezog.«

»Die Mutter der Wissenschaft«, erwiderte Manning gelassen, »ist die Wahrheit, nicht die Geschwindigkeit. Diese Veröffentlichung mag ungelegen kommen, aber in meinen Forschungen beeinträchtigt sie mich nur insofern, als es nun wohl angebracht erscheint, die Arbeit in Anbetracht des öffentlichen Interesses noch akkurater zu verrichten.«

»Mister«, sagte Canisius – er sagte manchmal »Mister«, was auf seine amerikanische Abstammung zurückzuführen war –, »die Kurie hat Ihnen für Ihre Forschungen eine beachtliche Summe angewiesen. Ich könnte mir vorstellen, daß diese Summe verdoppelt werden könnte, wenn dies Ihre Arbeit beschleunigte oder wenn Sie in den nächsten Tagen irgendeine einleuchtende Erklärung abgeben könnten, so daß das Leben innerhalb der Leontinischen Mauern wieder seinen gewohnten Weg gehen könnte.«

Da kicherte Parenti vor sich hin, und die anderen starrten den Professore an. »Sie wollen wissen, warum ich lache? Die Situation entbehrt nicht einer gewissen Komik. Ich meine, wie es scheint, ist es Michelangelo jetzt schon gelungen, die Kurie in große Verwirrung zu stürzen, noch ehe auch nur eines der Schriftzeichen entschlüsselt worden ist. Nicht auszudenken, was geschieht, wenn die Buchstaben zu reden beginnen!«

»Ich will mich präzisieren«, begann Phil Canisius von neuem. »Falls Sie, Professore Manning, nicht in der Lage sind, das Geheimnis der Inschrift innerhalb einer Woche zu lösen, sähe sich die Kurie gezwungen, weitere Experten zu Rate zu ziehen.«

»Soll das eine Drohung sein?« Manning sprang auf und

fuchtelte aufgeregt mit dem Finger vor dem Gesicht von Canisius herum: »Sie werden mich nicht einschüchtern, Eminenza; ich bin, wenn es um die Wissenschaft geht, weder bestechlich, noch lasse ich mich erpressen!«

Der Kardinalstaatssekretär versuchte zu beschwichtigen: »So war das nicht gemeint, es liegt uns fern, Sie unter Druck zu setzen, Professore, aber Sie müssen verstehen, die außerordentliche Situation zwingt uns zu eiligem Handeln, wollen wir Schaden von der Kirche abwenden.«

Parenti lachte, und in seinem Lachen war Hohn zu erkennen: »Es ist jetzt 480 Jahre her, daß Michelangelo irgend etwas, von dem wir nicht wissen, ob es fromm oder ketzerisch ist, an die Decke geschrieben hat; 480 Jahre stand es dort geschrieben, und es ist anzunehmen, die Hälfte der Zeit war es erkennbar für jeden, der Augen hat zu sehen, und nun soll die Inschrift innerhalb einer Woche entschlüsselt werden. Ich kann mir nicht helfen, ich finde das lächerlich. Unter diesem ungewöhnlichen Zeitdruck hätte ich den Forschungsauftrag nie angenommen.«

»Aber verstehen Sie doch!« flehte Professore Pavanetto, »die Situation ist prekär für die Kirche«, und er wurde bei diesen Worten von Monsignore Raneri durch heftiges Kopfnikken unterstützt.

»Warum eigentlich«, fragte Manning, »warum glauben Sie alle, daß sich hinter der Buchstabenkombination AIFALUBA ein böser Fluch verbirgt oder irgendeine furchtbare Entdeckung? Könnte Michelangelo nicht ebenso ein Bibelzitat, irgendeine Stelle der Heiligen Schrift dort verewigt haben?«

Da kam Cascone ganz nahe an Manning heran. Er sprach leise, beinahe flüsternd: »Professore, Sie unterschätzen das Böse im Menschen. Die Welt ist böse.«

Manning, Parenti und Pavanetto schwiegen betroffen. Das Telefon unterbrach die peinliche Stille.

»Pronto!« meldet sich Canisius. »Für Dich, Eminenza!« Er

reichte den Hörer an Cascone weiter. »Pronto!« sagte dieser unwillig, doch innerhalb eines Augenblickes wandelte sich sein Gesichtsausdruck zu schierem Entsetzen. Der Kardinalstaatssekretär umklammerte den Hörer, und seine Hand zitterte. »Ich komme sofort!« sagte er leise und legte auf.

Canisius und die anderen sahen Cascone an. Der schüttelte nur den Kopf. Sein Gesicht wirkte fahl.

»Schlechte Nachricht?« bohrte Canisius.

Cascone preßte beide Hände vor den Mund. Endlich begann er stockend zu sprechen: »Padre Pio hat sich im Vatikanischen Archiv erhängt.« Und hastig fügte er hinzu: *»Domine Jesu Christe, Rex gloriae, libera animas omnium fidelium defunctorum de poenis inferni et de profundo lacu.«* Und er bekreuzigte sich dreimal.

Die anderen folgten seinem Beispiel und antworteten wie im Choral: *»Libera eas de ore leonis, ne absorbeat eas tartarus, ne cadant in obscurum; sed signifer sanctus Michael, repraesentet eas in lucem sanctam, quam olim Abrahe promisisti, et semini eius.«*

Padre Pio Segoni hing am Fensterkreuz einer abgelegenen Stelle des Archivs. Er hatte seinen breiten Benediktinergürtel um den Hals geschlungen und am halbgeöffneten Fenster festgeknüpft. So hatte er vollendet, was den Umstehenden unbegreiflich schien.

Die Kardinäle Jellinek und Bellini waren bereits da, als Cascone eintraf. Jellinek stieg auf einen Stuhl und machte Anstalten, den Gürtel des Erhängten mit einem Taschenmesser abzuschneiden, aber Cascone hielt ihn davon ab, wies auf die hervorquellenden Augen des Benediktiners und die gerollte Zunge im offenstehenden Mund und meinte: »Sie sehen doch, Eminenza, da ist nichts mehr zu machen. Überlassen Sie das anderen. – Einen Arzt! Professore Montana, wo ist Professore Montana?«

Der Scrittore, der die Leiche entdeckt hatte, antwortete, Professore Montana sei verständigt, er müsse jeden Augenblick da sein. Jellinek faltete die Hände und murmelte in einem fort: *»Lux aeterna luceat ei, lux aeterna luceat ei ...«*

Endlich kam Montana in Begleitung zweier weißgekleideter Fratres. Montana fühlte den Puls des Erhängten, dann schüttelte der den Kopf und gab den beiden Weißgekleideten ein Zeichen, den Toten herunterzuholen. Sie legten Padre Pio auf den Boden. Sein starrer Blick wirkte wild. Die Umstehenden falteten die Hände. Montana schloß Mund und Augen des Toten und begutachtete die dunkelroten Strangulierungsmale. Dann sagte er gelassen: *»Exitus. Mortuus est.«*

»Wie konnte das geschehen?« sagte Kardinal Bellini. »Er war doch ein so fähiger Mann.« Jellinek nickte. Cascone an den Scrittore gewandt: »Haben Sie eine Erklärung, Bruder in Christo? Ich meine, machte Padre Pio auf Sie einen depressiven Eindruck?«

Der Scrittore verneinte, schränkte jedoch ein, hineinschauen könne man in niemanden. Padre Pio habe beinahe Tag und Nacht zwischen den Regalen des Archivs verbracht – daß Gott seiner armen Seele gnädig sei. Keiner der Archivare und Scrittori habe zunächst Verdacht geschöpft, als Padre Pio heute morgen nicht erschienen sei. Für gewöhnlich habe er im Morgengrauen das Achiv betreten und sei erst gegen Mittag in irgendeiner Abteilung der Bibliothek aufgetaucht. Dabei habe er freilich manchmal einen geistesabwesenden Eindruck gemacht, habe Notizen und Signaturen mit sich geführt, die dann in irgendwelchen Schubladen oder Taschen verschwanden; aber über den Inhalt seiner Forschungen habe Padre Pio nie gesprochen, wie er ohnehin sehr schweigsam gewesen sei. Alle Archivare und Scrittori hätten geglaubt, Padre Pio forsche an dem geheimen Auftrag ...

»Geheimer Auftrag?«

Es sei um Michelangelo gegangen und den Inhalt der sixtinischen Fresken.

»Von wem erging dieser Auftrag?«

»*Ich* habe den Auftrag erteilt!« antwortete Kardinal Jellinek, und der Kardinalstaatssekretär wollte wissen: »Gab es schon irgendwelche Ergebnisse?«

Nein, erwiderte der Scrittore, es sei verwunderlich, daß gerade Michelangelo im Vatikanischen Archiv kaum dokumentiert sei, man könne fast meinen, er sei mit einem Bannfluch belegt, und selbst dann wäre dies in der Regel besser dokumentiert.

»Ich könnte dies vielleicht erklären«, mischte sich Jellinek ein, und Cascone sah den Kardinal fragend an, er erwartete eine Antwort. »Ich könnte es erklären, aber der *Codex Iuris Canonici* verbietet es, wenn Sie verstehen, was ich meine.«

»Ich verstehe nichts«, wetterte der Kardinalstaatssekretär. »Nichts verstehe ich, und ich bestehe auf Auskunft *ex officio!*«

»Sie wissen genau, wo Ihre Macht *ex officio* aufhört, Eminenza.« Cascone dachte nach, er schien zu begreifen und gab sich zufrieden. An den Scrittore gewandt, meinte er schließlich: »Sie sagten, die von Padre Pio aufgefundenen Signaturen seien in irgendwelchen Schubladen und Taschen verschwunden. Können Sie das näher erklären?«

In der Hauptsache, antwortete der Scrittore, habe Padre Pio seine Fundsachen in seinem Schreibtisch verwahrt, er habe aber auch ständig irgendwelche Merkzettel in den Taschen seiner Soutane mit sich geführt.

Cascone gab einem der Weißgekleideten einen Wink, die Taschen des Toten zu leeren, der andere, sagte er, solle den Inhalt der Schreibtischschubladen erkunden. Aus der rechten Tasche kam ein weißes Taschentuch zum Vorschein. In der linken steckte ein Zettel, und mit flüchtiger Schrift war darauf gekritzelt »Nicc. III anno 3 Lib. p. aff. 471«.

»Sagt Ihnen das etwas?« fragte Cascone.

Der Scrittore überlegte: »Mir scheint, dabei handelt es sich um eine Signatur aus dem *Schedario Garampi,* das würde bedeuten, um *Buste* aus der Zeit Papst Nikolaus III.«

»Schaffen Sie mir diese *Busta* herbei, so schnell wie möglich!« Der Kardinalstaatssekretär schien erregt.

»Das wird so schnell nicht möglich sein«, erwiderte der Scrittore.

»Warum nicht, Scrittore?«

»Der *Schedario Garampi* ist nicht mehr in seiner ursprünglichen Form archiviert, daß heißt, er erhielt inzwischen eine oder auch mehrere neue Signaturen und befindet sich nun in neuer Konkordanz, so daß es schwierig ist, die entsprechende *Busta* aufzufinden, ohne ihren historischen Bezug oder Inhalt zu kennen. Aber –«

»Aber?«

»Mir scheint diese Signatur im gefragten Zusammenhang ohnehin wenig nützlich; den Papst Nikolaus III. starb um 1280, dürfte also nicht in Verbindung mit Michelangelo stehen. Aber der einzige, der in dieser Situation hilfreich sein könnte, ist Padre Augustinus.«

»Padre Augustinus befindet sich im Ruhestand, und das soll auch so bleiben.«

»Eminenza«, begann Joseph Kardinal Jellinek an den Kardinalstaatssekretär gewandt, »Sie drängen einerseits auf eine möglichst rasche Lösung des Problems, andererseits versetzen Sie den einzigen Mann, der uns der Lösung einen Schritt näher bringen kann, in den Ruhestand. Ich weiß nicht, was ich davon halten soll. Wir brauchen Padre Augustinus.«

»Jeder Mensch ist ersetzlich!« erwiderte Cascone, »auch Augustinus.«

»Das steht außer Frage, Herr Kardinalstaatssekretär. Die

Frage ist nur, ob die Kurie es sich in ihrer gegenwärtigen Situation erlauben kann, auf einen Mann wie Padre Augustinus zu verzichten. Denn das Vatikanische Archiv braucht nicht nur einen Mann, der die Technik der Archivierung beherrscht, es braucht vor allem einen Mann, der all das, was hier aufbewahrt wird, auch geistig verkraften kann.« Und dabei senkte er seinen Blick auf den toten Padre Pio. »Montecassino ist nicht der Vatikan.«

So gerieten die Kardinäle vor dem toten Benediktiner in heftigen Streit, in dessen Verlauf Jellinek drohte, die Nachforschungen des Consiliums zu verlangsamen, wenn es ihm schon *ex officio* nicht möglich sei, den Auftrag zurückzugeben. Und der Streit endete schließlich mit Cascones Zusage, Padre Augustinus zurückzuholen.

DONNERSTAG DARAUF

Die Veröffentlichung der Zeitung »Unità« blieb nicht ohne Wirkung. Im Pressebüro des Vatikan drängten sich die Journalisten.

AIFALUBA, was bedeutet AIFALUBA?

Welche Abkürzung steckt hinter diesem Code?

Wer hat die Inschrift entdeckt? Wie lange ist sie bereits bekannt?

Ist sie gar eine Fälschung, soll sie entfernt werden?

Warum reagiert der Vatikan erst jetzt auf die Entdeckung?

Was wird von der Kurie verschwiegen?

Welche Fachleute sind mit der Angelegenheit befaßt?

War Michelangelo ein Ketzer?

Wenn ja, welche Konsequenzen erwägt die Kurie?

Gibt es einen vergleichbaren Fall in der Kunstgeschichte?

Kardinalstaatssekretär Giuliano Cascone war an diesem Morgen damit beschäftigt, allen Mitgliedern des Consiliums

Schweigen aufzuerlegen. Als Präfekt des Rates für die Öffentlichen Angelegenheiten der Kirche komme es ihm allein zu, irgendwelche Informationen herauszugeben. Dies werde in den nächsten Tagen geschehen. Auf Drängen der Professoren, die Cascone beschworen, alles bisher Bekannte zu veröffentlichen, weil andernfalls zu befürchten sei, daß abenteuerliche Gerüchte in Umlauf gesetzt würden, und auf die eindringliche Mahnung Kardinal Jellineks hin, ließ sich der Kardinalstaatssekretär schließlich zu einer offiziellen Stellungnahme der Kurie überreden.

Bei der Pressekonferenz verlas Cascone eine Erklärung, Fragen beantwortete er mit »Kein Kommentar!« oder mit dem Hinweis, sobald die Forschungen Ergebnisse zeigten, würde sie von dieser Stelle bekanntgegeben.

Joseph Kardinal Jellinek nutzte den Donnerstag nach der ergreifenden Aschermittwochsliturgie, um seine Gedanken zu ordnen. Seit sieben Wochen tappte er nun in der Dunkelheit, und er sah sich einer Lösung weiter entfernt als je zuvor. Vor allem war Jellinek klargeworden, daß das Geheimnis noch andere Geheimnisse in sich barg, auf jeden Fall war er zu der Gewißheit gelangt, daß sich hinter der sixtinischen Inschrift kein bloßer Fluch eines gequälten Menschen verbarg, sondern ein teuflisches Unterfangen mit dem Ziel, auf irgendeine Weise Kirche und Kurie zu schaden. Viele Male hatte Jellinek in der Sixtinischen Kapelle jenen Propheten Jeremias betrachtet, der in tiefer Verzweiflung auf den Boden starrt, wo sich alle Spuren verlieren, und zum wiederholten Male las der Kardinal seine Prophezeiungen aus der Zeit Jojakims und aus der Zeit Zidkias und die Drohsprüche gegen Ägypter, Philister, Moabiter, Ammoniter, Edomiter und gegen Elam und Babel. Mit einem senkrechten Strich hatte er das 26. Kapitel, 1–3, versehen, wo es heißt: »Im Anfang der Herrschaft Jojakims, des Josiasohnes, des Königs von Juda, erging das Wort an Jeremias vom Herrn: So spricht der Herr:

Stelle dich in den Vorhof des Hauses des Herrn, und rede zu den Leuten aus allen Ortschaften Judas, die herbeiströmten, um im Hause des Herrn anzubeten, alle Drohworte, deren Verkündigung ich dir befohlen habe: Lasse kein Wort weg. Vielleicht hören und bekehren sie sich von ihrem bösen Wandel. Dann würde ich das Unheil bereuen, das ich wegen ihrer bösartigen Taten zu schicken plane.«

Aber auch vielfaches Wiederholen der Verse hatte Jellinek nicht weitergebracht, weil alles, was er bisher erfahren hatte, sein Begriffsvermögen bei weitem überstieg und Vermutungen in die eine oder andere Richtung ihn in furchtbare, sündige Gedanken stürzten. Vor allem aber wußte Jellinek bei Gott nicht mehr, wem zu trauen war in der Kurie und wem er mit Mißtrauen zu begegnen hatte. In diesen Tagen der Ungewißheit zweifelte der Kardinal zum erstenmal an den christlichen Idealen, als da sind Nächstenliebe, Glaube und Barmherzigkeit, und er erkannte, daß allein der Zweifel für einen wahren Christenmenschen schon eine Sünde darstellt, und abseits jeder theologischen Spekulation betrachtete er den Fall nun mit ganz anderen Augen: Jellinek zweifelte an sich und seinem Amt, ebenso aber zweifelte er an den übrigen Mitgliedern der Kurie, die in das sixtinische Geheimnis verwickelt waren. Zu sehr hatte der Freitod des Benediktinermönchs seine Sinne verwirrt. Wie Wellenringe, verursacht von einem ins Wasser geworfenen Stein, zerrannen die Zeilen seines Breviers, und selbstauferlegte Bußgebete verflüchtigten sich zusehends bei dem Gedanken, Padre Pio könnte das Rätsel gelöst und die Wahrheit nicht ertragen haben. Auch die Innerlichkeit der Liturgie hatte es nicht vermocht, seine Seele zu erleuchten und seinen Verstand auf den richtigen Weg zu bringen.

Im Augenblick war er dabei, alles in Reihe zu ordnen, was seit der wundersamen Entdeckung der Inschrift geschehen war, nach der Art eines Schachspiels, das gewissen Figuren

Handlungen zugesteht, welche anderen verboten sind, bis auf eine, der alles erlaubt ist, und der Kardinal war sich bewußt geworden, welche Weisheit in den Regeln dieses uralten Spieles liegt und daß die Kurie auch nichts weiter war als ein riesiges Schachspiel mit festgefügten Regeln, ein Abbild des Lebens. Ja, er begriff plötzlich, daß von der allerhöchsten Figur weder die größte Macht noch die größte Gefahr ausgingen und daß allein das Zusammenspiel aller übrigen Figuren Macht und Gefahr bedeutete.

Als Präfekt der Kongregation für die Glaubenslehre, die sich mit neuen Lehren und Glaubensirrtümern beschäftigte, wußte Kardinal Jellinek genau, daß die katholische Kirche viele Angriffsflächen bot, doch was ihn fürchten machte, war die Unkenntnis des Gegners, das Unvorhersehbare, Unbekannte.

Jellinek fühlte sich elend, er verspürte Magenschmerzen, und so legte er sich auf das rote Sofa in seinem Salon und schloß die Augen. Wie war es nur möglich, daß eine 480 Jahre alte Inschrift die gesamte Kurie in Unruhe versetzte? Daß Männer von höchster Autorität auf einmal verrückt spielten? Daß Mißtrauen sich allenthalben breitmachte? Die Furcht der Unwissenden vor den Wissenden?

Und auf einmal stand ihm der Tag vor Augen, als er zum ersten Mal in seinem Leben des Wissens ansichtig wurde. Wissen, das waren für Jellinek Zeit seines Lebens Bücher, Ansammlungen von Büchern, Bibliotheken und Archive. Ja, der Tag stand ihm ganz klar vor Augen, als er, noch keine neun Jahre alt, zum erstenmal ein Bibliothekszimmer betrat. Die Eltern hatten ihren Ältesten aus der Provinz in die große Stadt geschickt zu fremden Leuten; wenngleich Onkel und Tante, waren und blieben sie in den folgenden Jahren doch immer nur fremde Leute.

Joseph kam vom Land, einem kleinen Dorf mit einem Dutzend Höfen. Der kleinste und unansehnlichste gehörte den

Jellineks, die hart zupacken mußten, und davon blieben auch die Kinder, vier an der Zahl, nicht verschont, vor allem Joseph nicht, der Älteste. Dennoch wäre es falsch, seine Kindheit unglücklich zu nennen, sie war so glücklich, wie das Leben eines Kindes sein kann, das keine Wünsche hat, weil es keine Bedürfnisse kennt. Der Lauf der Jahreszeiten bestimmte den Rhythmus seines Lebens, und Sonntage setzten die Akzente. Sonntags gingen die Jellineks in ihren besten Kleidern zur Kirche ins Nachbardorf und danach auch einmal ins Gasthaus, wo der Vater ein Bier und Mutter und Kinder zusammen zwei Limonaden bestellen durften. Alle Sonntage waren aus diesem Grunde etwas Besonderes. Der Pfarrer, die Orgel und das Gasthaus bewirkten bei Joseph ein Hochgefühl, mit dem nichts zu vergleichen war, und seine Mutter, erinnerte er sich, hatte ihm später, als er schon Priester war, erzählt, daß er ihr, kaum schulpflichtig, einmal mit ernstem Gesicht die Frage gestellt habe, warum nicht jeden Tag Sonntag sein könne.

Die ferne Stadt, die er nur von seltenen Besuchen mit seiner Mutter kannte, war für ihn immer das Unbekannte, Fragwürdige, Verführerische gewesen. Um dorthin zu gelangen, mußte man nach einer halben Stunde Fußweges die kleine eingleisige Bahn besteigen, die den Dorfkindern sonst nur dazu diente, Pfennigstücke auf den Geleisen von den Zugrädern plattwalzen zu lassen. Einmal hatte er es mit einem Fünf-Pfennig-Stück probiert und wegen der größeren Münzmasse eine deutlich größere Scheibe ausgewalzt bekommen als seine Freunde; er hatte dafür aber auch Prügel bezogen, als sein Vater davon erfuhr, weil man, wie er sagte, Ehrfurcht vor dem Geld haben müsse und Geld schwer zu verdienen sei und nicht zum Zerquetschen geschaffen.

Joseph begegnete dem Leben in der Stadt mit Mißtrauen; er empfand es als unnatürlich, wenn Häuser, Geschäfte, Automobile und Menschen sich zusammendrängten. Dabei war er von seiner ganzen Konstitution her eher ein Stadt- als ein Landmensch. Er war nicht kräftig, rotbackig und wild, wie man das von einem Landjungen hätte erwarten können, nein, Joseph sah zartgliedrig, beinahe schmächtig aus und war von fahler, heller Hautfarbe und geriet eher seiner Mutter nach, die ebenso aussah. Das mag der Grund gewesen sein, warum zwischen der Mutter und ihrem Ältesten eine besondere Zuneigung herrschte. Die Mutter kam aus der Stadt.

Bis zum Beginn seiner Schulzeit unterschied Joseph Jellinek sich durch nichts von den übrigen Kindern im Dorf, doch das änderte sich, als er zur Schule kam. Die Schule lag im Nachbardorf, und damals gab es noch keinen Schulbus, der die Kinder des Dorfes abgeholt hätte, ja, selbst wenn es einen gegeben hätte, wäre dieser nicht von Vorteil gewesen, weil der ungeteerte, zweispurige Fahrweg für ein derartiges Fahrzeug ungeeignet war. Doch nicht dies erscheint bemerkenswert an Josephs Schulzeit, sondern die Tatsache, daß Joseph Jellinek eine ungewöhnliche Begabung an den Tag legte. Die Schule hatte nur zwei Klassenzimmer für die 1. bis 4. und die 5. bis 8. Klasse, und der Junge lauschte mit Vorliebe dem Unterricht der höheren Klasse, war bald besser als alle Klassenkameraden und übersprang die zweite Klasse. Am Ende der dritten Klasse bat die Lehrerin seine Eltern in die Schule und führte ein langes Gespräch mit ihnen, und an den nächsten Abenden hörte Joseph die Eltern lange reden. Dann sagte seine Mutter, sie hätten sich entschlossen, ihn aufs Gymnasium zu schicken, damit etwas aus ihm werde; bei einer Cousine, mit einem Professor verheiratet, könne er wohnen.

Der Professor, ein Altphilologe, trug einen spitzen grauen Bart und eine Nickelbrille und gebot über einen großstädtischen Haushalt, welcher eine wohlbeleibte Haushälterin und ein keckes Stubenmädchen einschloß. Die Frau des Hauses, Mutters Cousine, war blaßelegant und kühl und erklärte ihm zuallererst die Hausordnung, die, was er bis dahin nicht nicht erlebt hatte, festgeregelte Essenszeiten einschloß. Zwar verfügte Joseph unter dem Dach über ein eigenes, kleines Zimmer, aber ihm fehlte die gemütliche Atmosphäre, die Herzlichkeit seiner Familie. Das große, aufgeräumte Haus, die unbekannten vornehmen Menschen, die neuen Eindrücke, all das wirkte aufregend; ein Raum jedoch faszinierte ihn am meisten, dort fühlte er sich schon bald wie zu Hause, und niemand verwehrte ihm den Zutritt. Dieser Raum war die Bibliothek des Hauses, Bücher mit braunen, roten und goldenen Rücken vom Boden bis zur hohen Stuckdecke, ein Raum, in dem er seinen Gedanken freien Lauf lassen konnte, in dem er auf Entdeckungsreise gehen, in dem er träumen konnte. Vor allem abends, nach dem Essen, suchte der junge Jellinek, übrigens zur Freude des Professors, die Bibliothek auf, und hier hatte er diesen Geruch zum ersten Male wahrgenommen und liebgewonnen, den modrigen Duft von altem Papier und gegerbtem Leder, den Geruch von unerschöpflichem Wissen, das zwischen diesen Seiten gefangen war, das man nur lesen mußte, um es sich anzueignen.

In dieser Bibliothek war es auch gewesen, wo er an einem Tag gegen Ende des Krieges Zuflucht gesucht hatte, als ihn die Nachricht vom Tod seiner Mutter erreichte. Damals hatte er den einzigen Trost gefunden im Buch der Bücher, jenem großen, ledergebundenen, goldgeprägten Folianten, den er immer so gerne zur Hand genommen hatte, in dem schlichten Bekenntnis des Apostels Paulus in seinem 1. Brief an die Korinther:

»Durch dieses Evangelium werdet ihr gerettet, wenn ihr an dem Wortlaut festhaltet, den ich euch verkündet habe...

Denn vor allem habe ich euch überliefert, was auch ich empfangen habe: Christus ist für unsere Sünden gestorben, gemäß der Schrift, und ist begraben worden. Er ist am dritten Tage auferweckt worden, gemäß der Schrift ...«

Vielleicht war dies der Zeitpunkt, an dem er sich entschloß, Priester zu werden.

Viele tausend Bücher hatte der Kardinal inzwischen studiert, den größten Teil zum Vergnügen, einen kleineren Teil in Erfüllung der Pflicht. Und doch war all sein Wissen nicht genug – nicht genug, um ein Rätsel zu lösen, das so geschickt verwoben war in die Geschichte, daß er und all die anderen schlauen Köpfe im Vatikan kapitulieren mußten.

VOR DEM ERSTEN FASTENSONNTAG INVOCAVIT

Um den Fortgang der Dinge besser zu begreifen, müssen wir Rom verlassen, und wir haben uns in eines jener Klöster zu begeben, in denen Schweigen oberstes Gebot ist. Unter den Mönchen jenes Klosters lebte ein gebildeter, frommer Mann, den sie Bruder Benno nannten; er trug eines jener dick bebrillten Gesichter, von denen man sich schwer vorstellen konnte, daß es einmal jung gewesen war. Sein voller Name lautete Dr. Hans Hausmann, aber den hatte noch niemand ausgesprochen in dem ländlichen Kloster; die Konfratres kannten ihn auch gar nicht. Bruder Benno zählte zu jener Spezies, die in Klöstern als Spätberufene bezeichnet werden, weil ihrem geistlichen Leben Ausbildung und Beruf eines weltlichen Lebens vorausgingen. Bruder Benno war ein studierter Kunsthistoriker, er hatte die italienische Renaissance zu seinem Lebensinhalt gemacht, bevor er nach Ende des letzten Krieges plötzlich und unerwartet in ein Kloster eintrat, jenes Kloster, von dem hier die Rede ist. Seither galt der ehedem lebenslustige Wissenschaftler als zurückhaltend, verschlossen und bisweilen seltsam, er mied die ohnehin spärlichen Kontakte zu den übrigen Mönchen und zeichnete sich vor allem durch sein Schweigen aus. Redete er einmal, was selten genug vorkam, so war das Anlaß für alle übrigen Klosterinsassen, zuzuhören und lange über seine Worte nachzudenken.

Während die Mönche beim Ausgang im Garten des Klosters, der an Sonntagen auf eine volle Stunde bemessen war, häufig über ihr vorklösterliches Leben, ihre Jugend und Kindheit, vor allem aber über ihre Eltern erzählten, zu denen die meisten eine tiefe Bindung hatten, hielt Bruder Benno sich spürbar zurück. Nur soviel war bekannt geworden, daß Bennos Vater, ein wohlhabender Kohlenhändler und Spediteur, sich zu Tode soff, als Benno zehn Jahre alt war, was der Familie eher als Gnade denn als Bürde des Schicksals erschien, vor allem der Mutter, die eine schöne und stolze Frau war. Benno hatte ihren herrischen Stolz geliebt wie etwas Übernatürliches, die gebietenden, nach oben gezogenen schwarzen Augenbrauen und die senkrechten Fältchen zu beiden Seiten ihres schmalen Mundes; ja, die Unterwürfigkeit gegenüber der schönen Mutter war ihm ein Bedürfnis und Wollust zugleich. Die Mutter war es auch gewesen, die Benno zum Schöngeistigen gedrängt hatte, das ihr weit mehr am Herzen lag als der Handel mit Hausbrand und Tonnage, und Benno hatte ihr das zeitlebens mit demütiger Verehrung gedankt.

Der junge Hausmann hatte sein Studium in Florenz und Rom absolviert, er sprach fließend Italienisch, was einem alten Lateiner nicht besonders schwer fiel, und hatte seine Doktorarbeit über Michelangelo geschrieben. Eine gewisse finanzielle Unabhängigkeit, die er von Hause her mitbrachte, und ein kleines deutsches Stipendium an der Bibliotheca Hertziana in Rom ermöglichten ihm einen sorgenfreien Berufsbeginn, und gewiß wäre Benno ein bedeutender Kunsthistoriker geworden, doch das Leben ist meist stärker, als es die Träume sind.

Über seinen Wandel zum Mönch wird später noch zu

reden sein, hier sei nur soviel verraten, daß es nicht aus jener unbezähmbaren Begierde des Frommen geschah, welche gemeinhin einem Menschen eigen ist, der sich entscheidet, die Kutte zu tragen.

An jenem Tage, von dem hier die Rede ist, gab es sich, daß einer der Mönche beim Abendessen nach dem Tischgebet aus einer Zeitung vorlas, was sich wöchentlich und nur an diesem Tag wiederholte und für die Mönche für kurze Zeit ein Fenster zur Außenwelt aufstieß. An jenem Tage also wurde neben den üblichen Politik- und Sportmeldungen auch ein Artikel vorgelesen, in welchem von der Entdeckung in den Fresken Michelangelos die Rede war. Bei diesen Worten erstarrte Bruder Benno, er ließ den Löffel fallen, mit dem er seine Suppe gegessen hatte, daß er klirrend auf den steinernen Boden des kahlen Refektoriums fiel und die Konfratres ihn mißbilligend ansahen. Bruder Benno stammelte ein paar unverständliche Worte der Entschuldigung, beeilte sich, den Löffel aufzuheben, und lauschte, ohne mit dem Essen fortzufahren, den Worten des Vorlesers. Seinem Tischnachbarn, einem langen drahtigen Ordensmann mit feuerroter, kahler Kopfhaut, fiel auf, daß Benno an diesem Abend keinen Bissen mehr anrührte, doch konnte er sich nicht vorstellen, daß ein Zusammenhang bestünde zwischen der Zeitungsmeldung und der Askese des Bruders.

Als Bruder Benno aber auch am folgenden Tage die Nahrung verweigerte und bei Tisch nur stumpf vor sich hinstarrte, die Hände in den Ärmeln seiner schwarzen Kutte verborgen, da wagte er es, ihn anzusprechen: »Was hast du, Bruder, du nimmst keinen Bissen zu dir, es scheint, als wäre dir irgendein Leid in das Gesicht geschrieben. Willst du dich mir anvertrauen?«

Ohne den Frager anzusehen, schüttelte Bruder Benno den Kopf. »Ich fühle mich nicht wohl«, log er. »Du weißt schon, Bruder, der Magen oder die Galle. In ein paar Tagen wird es mir besser gehen, du solltest dir keine Sorgen machen.« Dann schwieg er wieder während des ganzen Essens, und er verweigerte jede Nahrung.

Gemeinhin ist es die Versuchung oder die Sünde, die Mönche tagelang zum Schweigen bringt und fasten läßt, und Bruder Bennos Tischnachbar sah auch darin den Grund für das Schweigen des Bruders, und deshalb ließ er den anderen auch am folgenden Tage gewähren – denn was vergällt die Zunge mehr als die Sünde?

Bruder Benno aber erhob sich nach dem Essen schweigend und stieg mit allen Zeichen heftigster Erregung die Treppen zu seiner Zelle empor, die, am Ende eines dunklen Korridors gelegen, sein Refugium darstellte für die Nacht und stille Stunden des Gebetes. Drei mal vier Meter, mehr maß der Raum nicht, von dem nur das Fenster nach draußen als erfreulich zu beschreiben war; ein hölzernes Ungetüm von Bett, ein Kasten, der die Bezeichnung Schrank nicht verdient, und eine Kommode, auf deren kalter Steinplatte eine Porzellanschüssel stand zur Pflege des Leibes, das war die gesamte Möblierung, sieht man von dem Betschemel ab, der vor dem Fenster stand. Bücher, überall auf dem Boden verstreut, gestapelt und geschichtet, verrieten den Studiosus.

Wie an jedem der vorangegangenen Tage zog Bruder Benno aus der obersten Schublade seiner Kommode eine Zeitungsmeldung hervor, jene erregende Meldung über die Sixtinische Entdeckung. Der Mönch hatte sich die Zeitung erbettelt, die Meldung ausgeschnitten, und nun las er sie zum wiederholten Male; er las jedes einzelne Wort nach, dann legte er den Ausschnitt in die Schublade zurück, und wie in tiefer Verzweiflung warf er sich auf seinen Betschemel und faltete die Hände.

Es gab einen Mann, der mehr wußte als alle anderen, doch gehörte er zu jenen, denen die Erkenntnis Schweigen auferlegt hat. Er wußte mehr, als ein Christenmensch höheren Standes wissen konnte, weil er ein halbes Leben an den Quellen des Wissens zugebracht hatte. Vor allem aber wußte er zu schweigen. Er wußte zu schweigen über Dinge, die ein anderer zu seinem Lebensinhalt gemacht hätte, sei es in frommer oder in niederträchtiger Absicht. Dieser Mann war Padre Augustinus.

Augustinus war ein seltsamer Mensch, ein Mensch, der gar nicht so recht in die schwarze Ordenstracht passen wollte. Seine kurzgeschorenen grauen Haare, die widerborstig und senkrecht auf seinem Kopf standen, und das tiefgefurchte Gesicht verliehen ihm etwas Zeckenhaftes. Man konnte sich vorstellen, daß dieser Padre, hatte er sich einmal in eine Sache verbissen, nicht mehr losließ. Man konnte ahnen, daß dieser ebenso unauffällige wie arbeitswütige Ordensmann mit der Energie eines Bullen ans Werk ging, wenn ihm einmal ein Auftrag erteilt war. Und mehr als einmal hatten ihn die Scrittori morgens auf dem blanken Fußboden schlafend entdeckt, ein paar stinkende *Buste* als Kopfkissen gebrauchend, weil der Weg heim ins Kloster ihm zu beschwerlich schien oder nicht mehr lohnte im Morgengrauen, in das sich seine Arbeit hineingezogen hatte. Dabei faßte Augustinus Feldmann seine Arbeit nie als Arbeit auf, eher als Pflichterfüllung zur höheren Ehre Gottes, die ihm gnädigst angetragen worden war. Zu Hilfe kam dem Oratorianer bei seiner Pflichterfüllung ein phänomenales Gedächtnis, über das er nicht von Anfang an verfügte, das er sich in dreißigjähriger Tätigkeit jedoch antrainiert hatte und das es ihm ermöglichte, jede jemals von ihm selbst abgelegte *Busta* zielstrebig aufzufinden. Anders als alternde Dirigenten, denen die Ohren ihre Gefolgstreue versagen, verfügte Augustinus auch im Alter über scharfe Augen, und er brauchte zum Lesen nicht einmal eine Brille.

Er fand Genugtuung darin, daß man ihn nun, nach dem tragischen Tode seines Nachfolgers, dringender brauchte als je zuvor, und Augustinus leistete dem Gesuch des Kardinalstaatssekretärs sofort am nächsten Tag Folge. Doch der Mann, der an diesem Tag an seinem alten Arbeitsplatz erschien, war ein anderer geworden. Er hatte seine vorzeitige Versetzung in den Ruhestand nicht verwunden und war sich bewußt, daß man ihn nach Gebrauch ebenso wieder abschieben würde, wie es schon einmal geschehen war. Kalt und erbarmungslos hatte Cascone sein Flehen übergangen, er könne ohne *Buste* nicht leben, und er war damals zu Tode erschrocken, weil er sich ernsthaft die Frage gestellt hatte, ob sich hinter diesem Kardinalstaatssekretär nicht der Teufel verberge. Jedenfalls erkannte Augustinus an ihm nicht die Spur einer christlichen Tugend.

Natürlich ahnte der Padre, nein, er glaubte sogar zu wissen, warum ihn Cascone so überstürzt aus seinem Amt gejagt hatte. Wer dreißig Jahre an den Quellen des Wissens sitzt, weiß alles. Es gibt da Dinge in den Regalen, welche sind und doch nicht sind, die also existieren, die aber nicht zur Kenntnis genommen werden. Sie sind mit Sperrfrist belegt, welche sicherstellen soll, daß zu Lebzeiten eines Betroffenen niemand davon Kenntnis habe, und es gab nur einen Christenmenschen, der beinahe alle *Buste* dieses Inhaltes kannte: Padre Augustinus. Cascone, der nur von einem Bruchteil dieser Akten wußte, fürchtete, bei der Spurensuche nach der geheimen Inschrift könnten mehr Fakten aufgedeckt werden, als Kurie und Kirche lieb sein konnten.

Rache ist gewiß keine Zierde für eine große Seele, aber spricht nicht der Herr bei Moses: die Rache ist mein, ich will vergelten?

Joseph Kardinal Jellinek bestellte den Oratorianer noch am selben Tage in das Heilige Offizium, wo der Kardinal hinter einem gewaltigen kahlen Schreibtisch thronte. Augustinus mochte diesen Jellinek nicht besonders, aber zumindest hegte er keinen Haß gegen ihn wie gegen Cascone.

»Ich habe Sie kommen lassen, Bruder in Christo«, begann der Kardinal umständlich, »weil ich Ihnen meine Freude aussprechen möchte über die unverhoffte Rückkehr. Gewiß sind Sie der Fähigste, der diesem Archiv je vorstand, und gewiß können Sie uns bei der Lösung unseres Problems am ehesten weiterhelfen. Um ehrlich zu sein, wir sind nicht einen Schritt weitergekommen seit Ihrem Ausscheiden.«

Augustinus gefiel die Ehrlichkeit des Kardinals. Er wollte sagen, warum hat man mich denn Hals über Kopf meines Postens enthoben, warum hat man mir meine *Buste* weggenommen, ohne die, wie jedermann weiß, ein Mensch wie ich nicht leben kann? Aber Augustinus schwieg.

»Sie sind ein sehr gescheiter Mann«, begann der Kardinal von neuem, »lassen Sie uns doch einmal ganz inoffiziell reden, von Mann zu Mann. Wo, glauben Sie, könnte eine Lösung liegen, Padre? Ich meine, haben Sie einen bestimmten Verdacht?«

Augustinus erwiderte: »Alle Vermutungen habe ich bereits im Consilium vorgetragen. Ich habe keinen konkreten Verdacht. Möglicherweise ist die Wahrheit im Geheimarchiv abgelegt; aber dazu habe ich keinen Zutritt.« Die Worte des Oratorianers klangen gekränkt. »Andererseits . . .«

»Andererseits?«

»Die wahren Geheimnisse liegen nicht im Geheimarchiv verborgen, die wahren Geheimnisse sind jedermann zugänglich, nur kennt niemand ihren Standort, und das ist, glaube ich, auch der Grund für die Unruhe und Verwirrung, die seit der Aufdeckung der sixtinischen Inschrift im Vatikan herrscht. Ich will ehrlich sein: In der Kurie gibt es so viele unterschiedliche Interessengruppen und Zusammenschlüsse, da sage ich Ihnen nichts Neues, Herr Kardinal, ich glaube, der eine fürchtet nun die Entdeckung des anderen.«

Wortlos holte Jellinek ein altes Pergament aus seiner Schublade hervor und schob es Augustinus über den Schreibtisch: »Das fand ich eines Abends im Archiv auf dem Fußboden, jemand muß es verloren haben. Können Sie sich vorstellen, wer an diesem Dokument Interesse haben könnte?«

Augustinus las. »Ich kenne das Dokument.«

»Könnte es im Zusammenhang mit dem Freitod Padre Pios stehen?«

»Das kann ich mir nicht vorstellen. Aber eine Besonderheit gibt es in Verbindung mit diesem Pergament. Es zählt zu jenen Dokumenten, die im Archiv auf steter Wanderschaft sind!«

»Bruder in Christo, wie soll ich das verstehen?«

»Ganz einfach, es gibt eine Reihe von Dokumenten, die von mir in bestimmte *Fondi* eingegliedert wurden und die aus diesen *Fondi* verschwunden sind, um an anderer Stelle wieder aufzutauchen. Alle Scrittori haben heilige Eide geschworen, sie hätten mit der Sache nichts zu tun. Jedenfalls zählt dieses Dokument zu jenen, die auf geheimnisvolle Weise ihren Standort verändern. Sie kennen das Chaos des Archivs mit seinen vielerlei Systemen und Signaturen. Garampi hat es seinerzeit Papst Nikolaus III. zugeordnet; aber an dieser Stelle gibt es nicht viel her, weil Papst Nikolaus nur wenige Monate regierte und folglich kein Dokument hinterlassen hat außer diesem. Deshalb gliederte ich es einem besonderen *Fondo* an, in den es besser paßt und in dem es sich weit weniger verloren vorkommen mag. Ich habe nämlich eine eigene Rubrik geschaffen für Dokumente von oder über Päpste, die ein unerwartetes Ende fanden und nur wenige Monate, Wochen oder manchmal sogar nur wenige Tage regierten. Seit Cölestin IV. Wahl im ersten Konklave 1241 war es mehr als ein Dutzend, denen ein solches Ende beschieden war.«

»Eine seltsame Ordnung, Bruder in Christo!«

»Sie mögen das seltsam finden, Eminenza, mir war es nach dem unerwarteten Tod Gianpaolos ein Bedürfnis; denn alle Päpste, die nur kurz regierten, stehen unter dem Verdacht, ermordet worden zu sein.«

»Dafür gibt es nur in den seltensten Fällen Beweise, Padre Augustinus.«

»Eben deshalb habe ich viele Indizien zusammengetragen. Cölestin starb sechzehn Tage nach seiner Wahl, Gianpaolo regierte 33 Tage. Ich will da einfach nicht an göttliche Fügung glauben.«

»Beweise, Padre, Beweise!«

»Ich bin kein Kriminalist, Eminenza, ich bin ein Sammler von Dokumenten.«

Kardinal Jellinek machte eine unwillige Handbewegung; aber Augustinus ließ sich nicht beirren:

»Bis heute ist der Verbleib der Akte ungeklärt, welche Monsignore Stickler Seiner Heiligkeit am Abend vor seinem mysteriösen Tod vorgelegt hat. Und bis heute ist ungeklärt, wohin die roten Pantoffeln und die Brille Seiner Heiligkeit verschwunden sind.«

Jellinek starrte den Oratorianer an. Er spürte kalten Schweiß im Nacken. Als legte der Würgeengel die Hände um seinen Hals, rang der Kardinal nach Luft. »Es werden«, stammelte er, »es werden also nicht nur Dokumente vermißt ...«

»... nein, auch seine Pantoffeln und seine Brille – welchen Sinn das immer ergeben mag.«

»... welchen Sinn das immer ergeben mag«, wiederholte der Kardinal geistesabwesend.

»Ich glaube, da habe ich Ihnen doch wohl nichts Neues

gesagt, Eminenza?« fragte der Oratorianer zaghaft. »Alles bekannte Dinge.«

»Ja«, sagte Jellinek, »alles bekannt, nur merkwürdig.« Jellinek fühlte sich hundelend. Sein Magen rebellierte. Er versuchte tief zu atmen, doch der Versuch mißlang. Eine unsichtbare Klammer umfing seine Brust. Bedeutete nicht allein die Tatsache, daß man ihm, Jellinek, Pantoffeln und Brille sandte, daß Johannes Paul I. tatsächlich umgebracht worden war? Aber wenn ja, dann von wem, aus welchem Grund; und welchen Grund gab es, ihm mit dem gleichen Schicksal zu drohen?

»Ich war damals noch nicht Mitglied der Kurie«, sagte Jellinek, als wollte er sich rechtfertigen. »Aber welchen Grund könnte das Verschwinden der Pantoffeln Seiner Heiligkeit gehabt haben?«

Der Kardinal war unsicher. Wußte Augustinus vielleicht mehr, als er eingestand? Vielleicht wollte er ihn auf die Probe stellen? Was wußte dieser Alleswisser?

Der antwortete: »Das Verschwinden der Akten dürfte geklärt sein, Eminenza. Nachdem sie Monsignore Stickler dem Papst vorgelegt hat, kannte er auch den Inhalt. Nicht sehr schmeichelhaft für die Kurie, Herr Kardinal. Johannes Paul I. war ein Ausbund an Ehrlichkeit, im nachhinein sagten viele ein Ausbund an Naivität. Er war fromm, beinahe heilig und strebte nur nach dem Frommen und Heiligen. Für ihn gab es nur Gut und Böse – und dazwischen gab es nichts. Insofern stimmt es, er war wirklich naiv, weil er das, was zwischen beiden Extremen liegt und das Leben ausmacht, ignorierte. Er vergaß, daß die größten Greuel der Geschichte nicht von Bösen verursacht wurden, sondern im Namen von Weltanschauungen vermeintlich guter Menschen. Der Papst plante eine große Reform der Kurie. Hätte Gianpaolo seine Pläne verwirklicht, wären heute einige Kurienmitglieder nicht mehr in Amt und Würden. Ihr Freund William Stickler kann Ihnen Namen nennen, Eminenza. Rätselhaft bleibt jedoch weiterhin das Verschwinden von Pantoffeln und Brille Seiner Heiligkeit, jedenfalls gibt es dafür keine einleuchtende Erklärung.«

»Und wenn die Dinge irgendwo auftauchten?«

»Kämen sie fraglos aus der Richtung – ich möchte mich vorsichtig ausdrücken –, der das unerwartete Ableben Seiner Heiligkeit nicht ungelegen kam.«

Mit einem Male wurde Kardinal Jellinek das seltsame Verhalten seines Schachpartners Monsignore Stickler verständlich. Hatte er, Jellinek, nicht das rätselhafte Paket ahnungslos in seiner Wohnung herumliegen lassen? Stickler hatte es entdeckt und war entsetzt, ihn als Verschwörer gegen Seine Heiligkeit erkennen zu müssen. Wie aber sollte er sich nun verhalten? »Eine andere Möglichkeit sehen Sie nicht?«

Padre Augustinus schüttelte den Kopf: »Wie anders wollten Sie das Auftauchen dieser Dinge erklären? Oder fiele Ihnen dazu etwas anderes ein?«

»Nein, nein«, erwiderte der Kardinal, »gewiß haben Sie recht. Aber die Sache ist ohnehin hypothetisch.«

Die Unruhe, von der Bruder Benno in dem Kloster des Schweigens befallen war, seit er von der sixtinischen Entdekkung erfahren hatte, hatte sich nicht gelegt, im Gegenteil, Bruder Benno verhielt sich wundersam und auffallend für seine Konfratres. Ohne den wahren Grund zu nennen, bat er den Abt des Klosters um Einsicht in sein Schließfach, in welchem seine persönlichen Papiere, ohne die auch ein Mönch im Leben nicht auskommt, aber auch andere Dinge von bescheidenem persönlichem Wert aufbewahrt wurden. Für diese Dinge stand im Zimmer des Abtes ein großer Rollenschrank mit zahlreichen abschließbaren Fächern. Der Abt konnte sich nicht darin erinnern, daß Bruder Benno je um seine Papiere nachgesucht hatte, aber er ließ ihn gewähren, ohne auch nur eine Frage zu stellen, und gab sich scheinbar dem Aktenstudium hin, während der Besucher unruhig in seinen Papieren wühlte.

Natürlich war inzwischen auch dem Abt das eigentümliche Verhalten des Konfraters nicht entgangen, doch maß er diesem nur geringere Bedeutung bei, denn er kannte Bruder Bennos Vergangenheit und wußte, daß dieser sich in jungen Jahren mit Michelangelo beschäftigt hatte; was Wunder, wenn ihn die Entdeckung besonders interessierte. Zuerst wollte er Benno fragen, ob seine Suche mit der Entdeckung in Zusammenhang stünde, doch er fürchtete, den Konfrater vielleicht in Verlegenheit zu bringen, also hielt er sich zurück in dem Bewußtsein, daß er den Schlüssel zu dem Schließfach besaß.

DIE FOLGENDE NACHT UND DER FOLGENDE TAG

Die folgende Nacht währte länger als alle Nächte zuvor, denn Jellinek fand keinen Schlaf, obwohl eine tiefe Müdigkeit seine Glieder lähmte. Der Kardinal hatte Angst, Angst vor dem Unbekannten, das sich drohend vor ihm auftat, als wollte es ihn verschlingen. Er erhob sich vom Bett, blickte zum wiederholten Male aus dem Fenster auf die gegenüberliegende Telefonzelle, nahm einen Mann wahr, der kurz telefonierte und dann im Haus verschwand, doch mit seinen Gedanken war Jellinek bei Jeremias, den Propheten und Sibyllen, die hervorkamen aus verborgenen Klüften der Erde, halb wachend, halb träumend. In seinen Ohren dröhnten die Wasser der Sintflut, die an den höchsten Bergesspitzen leckte, und er, Jellinek, klein wie ein Kind, umklammerte den nackten Schenkel der Mutter, in der Todesangst Wollust empfindend. Gierig verfolgte er die Erschaffung des Weibes aus Adams Rippe, begehrlich und rund in den Formen und von demütiger Haltung gegenüber dem Schöpfer, die Güte in Person. Aus sicherem Versteck beäugte er Eva, nackt nach dem Apfel greifend, den ihr die Menschenschlange reichte vom Baum der Erkenntnis, und er rief »Giovanna! Giovanna!«, weil ihm nur dieser Name einfiel und der andere ausgelöscht schien aus seinem Gedächtnis.

Unfähig, den Blick zu senken vor den Untaten und sündigen Worten der Propheten, lauschte er in die Nacht und vernahm von Joel das klingende A, und Joel las aus der Schrift Obszönes, Saufen solle das Volk und Weinstöcke und Felder vernichten im Suff, und wo das Korn verdorben und das Öl vertrocknet, sollten sie rauben von anderen, wessen sie gerade bedürften. Und der alte Ezechiel, noch immer eitel wie ein Pfau, überließ seine Schrift dem Wind und bot sich mit entblößtem Geschlecht vorübergehenden Männern zum Verkehr an und überhäufte seine Liebhaber mit Geschenken, und kaum geschehen, rannte er den unzüchtigen Schwestern aus Ägypten hinterher und betastete ihre Brüste. Isaias, der vornehmste unter den Propheten von königlichem Geblüt, tat gar nicht vornehm und tänzelte einher mit Zions Töchtern und bewunderte ihre frechen Blicke, ihre Stirnbänder und Fußspangen, und er ließ sich ein mit sieben von ihnen, daß es eine Wonne war, seinen Taten zu folgen. »Herbei mit den Götzenschnitzern!« rief er in einem fort. »Herbei, herbei, macht euch eure eigenen Gottheiten, Gottheiten so viele ihr wollt, und streut ihnen Weihrauch, und die alten Gebote werft fort, und tretet die Scherben mit Füßen!« Und dann salbte er sich vom Kopf bis zu den Füßen und reichte der delphischen Sibylle die Hand zum Tanze und stampfte mit ihr den Boden, und verzückt verdrehte jene die mandelförmigen Augen und warf ekstatisch den Kopf in den Nacken, daß ihr Stirnband zu Boden fiel und die Gestalt einer Natter annahm. Aber nicht jene in wilder Vereinigung bedrohte die Schlange mit zischelnder Zunge, sondern ihn, den Kardinal, und er begann in seinem Bett nach dem Untier zu treten mit wilden Zuckungen.

Und ein unsagbar Alter mit den Zügen des Jeremias stand auf einer hohen Säule, die bis in den Himmel ragte, und er breitete die Arme aus, als wollte er fliegen, und als er ein Bein hob, damit der Wind die Falten seines Gewandes aufblase, rief Jellinek in höchster Not, er solle es nicht tun, er drohe abzustürzen wie ein Stein. Zu spät. Jeremias ließ sich kopfüber in die endlose Tiefe fallen, und der Wind fuhr knatternd in seine Gewänder. Der Sturz des Propheten schien gedehnt in der Zeit und währte unendlich lange, und irgendwo in der Mitte kamen sich ihre Gesichter ganz nah wie Fische in einem Aquarium, das des fliegenden Propheten und das des träumenden Kardinals, und Jellinek rief: »Wohin fliegst du, alter Jeremias?« und Jeremias antwortete: »In die Vergangenheit!«, und Jellinek fragte: »Was suchst du in der Vergangenheit, Jeremias?«, und Jeremias erwiderte: »Die Erkenntnis, Bruder, die Erkenntnis!«, und Jellinek fragte: »Warum bist du verzweifelt, Jeremias?«, da gab Jeremias keine Antwort. Aber aus der Tiefe, als er schon unsichtbar war, hörte Jellinek die gerufenen Worte des Propheten: »Anfang und Ende sind eins. Das mußt du begreifen!« Da schreckte der Kardinal hoch.

Der Traum erregte den Kardinal in vielfacher Hinsicht. Immer wieder zogen die ekstatischen Tänzer vor seinem Auge vorüber, und es fiel ihm schwer, den Anblick der obszönen Bewegungen der Propheten und Sibyllen zu verdrängen. Des Morgens war er das Treppenhaus hinabgestiegen mit schleifenden Schritten, damit sein Kommen wahrgenommen werden konnte, aber Giovanna war er nicht begegnet. Er konnte sich an diesem Tage nicht auf die vorliegende Arbeit konzentrieren, nicht auf die ketzerischen, von kommunistischen Teufeln beeinflußten Lehren südamerikanischer

Priester, hinter denen das Böse stand, statt dessen versuchte er sich mit strengen Gebeten, stehend in einer Ecke seines kahlen Büros verrichtet, zu purifizieren, aber auch dieses mißlang, und so begab sich der Kardinal zur Sixtinischen Kapelle, um die süchtig machenden Bilder seiner Träume zu betrachten.

Genau in der Mitte, unter der Erschaffung des Weibes nahm Jellinek Aufstellung, warf den Kopf in den Nacken, so wie er es unzählige Male getan hatte, und ließ die Augen schweifen mit der Wollust des Gaffers, und es dauerte nur Augenblicke und die farbiggeile Welt begann sich zu drehen, daß es ihn schwindelte. Und aus weiter Ferne vernahm er die Stimme des Jeremias aus seinen Träumen: »Anfang und Ende sind eins. Das mußt du begreifen!« Jeremias, der Wissendste unter den Propheten, Jeremias, der Prophet mit dem Kopf Michelangelos, dieser Jeremias mußte der Schlüssel sein zu der Inschrift. Hatten seine Traumworte etwas mit der Inschrift zu tun? Welche Bedeutung käme ihnen in diesem Falle zu?

Der Kardinal kniff die Augen zusammen und suchte die Buchstaben des Florentiners. Was wäre, wenn das Ende der Anfang der Schrift wäre? Ausgehend von Jeremias schritt Jellinek unter der persischen Sibylle, unter dem Propheten Ezechiel, unter der erythräischen Sibylle und dem Propheten Joel hindurch und las stockend: A – B – UL – AFI – A, eine Buchstabenfolge, die ebensowenig Sinn machte wie die in entgegengesetzter Richtung gelesene, die aber vielleicht eine neue, ganz andere Interpretation erlaubte.

Also trug der Kardinal seine Entdeckung Padre Augustinus vor, der sich an den Kopf schlug und seine eigene Dummheit verurteilte, weil Jeremias, der Sohn eines Priesters aus Anatot, nur in hebräisch und damit von rechts nach links und nie wie wir von links nach rechts geschrieben habe, und das ergebe eine ganz neue Einsicht. Der

Archivar schrieb die Buchstaben auf einen Zettel. »Sehen Sie doch, Eminenza. Das Wort ergibt einen Sinn!«

ABULAFIA las Jellinek. In der Tat, Abulafia war der Name eines von der Kirche verdammten Kabbalisten, eines Anhängers jener jüdischen Geheimlehre, die um die Mitte des 12. Jahrhunderts in der westlichen Provence entstanden war und von dort nach Spanien und später auch nach Italien ausstrahlte und die der Kirche schweren Schaden zugefügt hatte. »Ein Teufel, der Florentiner«, sagte Kardinal Jellinek. »Nun haben wir zwar einen Namen, aber was sagt schon der Name allein. Ich glaube nicht, daß Michelangelo diesen Namen ohne Absicht an die Decke geschrieben hat.«

»Das glaube ich auch nicht«, meinte Augustinus. »Ich glaube, dahinter steckt mehr, viel mehr sogar. Denn allein die Kenntnis des Namens verrät doch ein ungeheueres Wissen des Florentiners. Zeigen Sie mir irgendeine weltliche Enzyklopädie, die diesen Namen erwähnt! Sie werden ihn nirgends finden. Wenn Michelangelo also den Namen kannte, dann wußte er mehr, dann kannte er nicht nur den Namen, sondern auch Abulafias Lehre, vielleicht sogar sein geheimes Wissen.«

Da betete der Kardinal mit gefalteten Händen: *»Pater noster, qui es in coelis ...«*

»Amen«, sagte Padre Augustinus, und Joseph Kardinal Jellinek berief für den folgenden Tag das Consilium zur Klärung des Falles ein.

In dem Kloster des Schweigens machte Bruder Benno an diesem Tag den Versuch, einen Brief zu schreiben, aber er scheiterte schon an der Anrede. Benno schrieb: »Ew. Heiligkeit, es ist dies der zaghafte Versuch, in meinem armseligen und wahrhaft unnützen Leben, das mir Gott, der Herr, auferlegt hat, etwas Bedeutsames zu tun, und so erdreiste ich mich, Ihnen zu schreiben, in der Hoffnung, daß diese Zeilen Ihnen zur Kenntnis gelangen.« Bruder Benno las diese Zeilen ein ums andre Mal, dann zerriß er das Papier in kleine Fetzen und begann von neuem: »Lieber Heiliger Vater, seit Tagen quält mich die Sorge um jene Entdeckung in der Sixtinischen Kapelle, und es hat mich Mut und Überwindung gekostet, die Anrede niederzuschreiben – vom Inhalt meines Briefes ganz zu schweigen.« Der Bruder hielt inne, er las auch diesen Beginn und befand ihn nicht angemessen; also zerriß er auch ihn und dachte nach. Schließlich erhob er sich, ging den finsteren Zellengang entlang zu dem steinernen Treppenhaus, das zum Zimmer des Abtes führte, und klopfte zaghaft.

»Laudetur Jesus Christus!«

Der Abt trat dem Bruder freundlich entgegen: »Ich habe dich schon seit Tagen erwartet, Bruder. Ich fühle, daß dich irgend etwas plagt«, und er schob ihm einen Stuhl hin. »Sprich dich aus, du kannst mir vertrauen!«

Der Bruder setzte sich und begann zaghaft: »Vater Abt, die Entdeckung in der Sixtinischen Kapelle plagt mich in der Tat mehr, als Sie sich vorstellen können. Ich habe Michelangelo und seine Werke studiert, und der Vorfall erschüttert mein Innerstes.«

»Hast du einen Verdacht über die Bedeutung der Inschrift, Bruder?«

»Verdacht?« Bruder Benno schwieg.

»Aber irgendeinen Grund muß es doch geben für dein seltsames Verhalten!«

»Der Grund« – Bruder Benno machte eine lange Pause – »der Grund ist, ich weiß viel über Michelangelo, vielleicht mehr als jene, die mit der Aufgabe betraut sind, das Geheimnis zu lösen, ich meine, ich könnte bei der Entschlüsselung der Inschrift vielleicht behilflich sein.«

»Aber Bruder, wie stellst du dir das vor?«

»Vater Abt, ich muß nach Rom reisen, ich bitte Sie, sagen Sie nicht nein!«

Das außerordentliche Consilium im Heiligen Offizium begann wie stets nach strengem Ritual mit der Anrufung des Hl. Geistes und der Aufzählung der Anwesenden durch den Vorsitzenden Joseph Kardinal Jellinek sowie der Mahnung *ex officio*, die Angelegenheit unter strengster Geheimhaltung zu diskutieren, da, wie es schiene, schlimmste Befürchtungen sich bewahrheitet hätten: Die Schriftzeichen des Florentiners ergäben, nach hebräischer Schreibweise von rechts nach links gelesen, den Namen Abulafia.

Die Nennung des Namens bewirkte bei den Anwesenden unterschiedliche Reaktionen. Fachleute wie Gabriel Manning, Professor für Semiotik am Athenäum des Lateran, Mario Lopez, Prosekretär der Kongregation für die Glaubenslehre, Frantisek Kolletzki, Prosekretär der Kongregation für das katholische Bildungswesen und Rektor des Collegium Teutonicum, Adam Melcer von der Gesellschaft Jesu und Professore Riccardo Parenti, der Michelangelo-Spezialist aus Florenz, reagierten mit einem leisen Aufschrei, der zeigte, daß sie sich der vollen Tragweite dieser Entdeckung bewußt waren, während die übrigen Kardinal Jellinek anstarrten und auf weitere Erklärungen warteten.

Manning gab sich beschämt, daß nicht er es gewesen sei, der den Namen in der einfachsten retrospektiven Schreibweise erkannt habe, und die Anwesenden begannen damit, die Buchstaben der Inschrift nun in umgekehrter Reihenfolge vor sich auf Zettel zu schreiben. Die Deutung, sagte Manning, sei zweifellos richtig, berge sie doch in sich den Beweis, von dem er beim zurückliegenden Consilium gesprochen habe: Jeremias habe nur von rechts nach links gelesen und geschrieben, und vollziehe man seine Schreibweise nach, so erhalte man ein Sinn ergebendes Wort. Dies sei gleichsam ein Schulbeispiel semiotischer Entschlüsselung.

»Und das bedeutet?« fragte Kardinalstaatssekretär Giuliano Cascone provozierend.

»Gemach, gemach, Eminenza!« entgegnete Joseph Kardinal Jellinek. »Wir wissen nun zunächst einmal, daß Michelangelo einen Hinweis auf die Kabbala geben wollte – mehr nicht.«

»Und deshalb regen wir uns auf? Deshalb berufen Sie dieses Consilium ein? Deshalb wird die gesamte Kurie in Unruhe versetzt?« Cascone tat entrüstet. »Die Kabbala ist eine von vielen Irrlehren, denen es nicht gelungen ist, die Kirche zugrunde zu richten. Wenn Michelangelo ein Anhänger dieser Geheimlehre gewesen sein sollte, nun gut, es wird der Kirche nicht gerade von Nutzen sein, aber wir werden mit der Erkenntnis leben können.«

»Das sind sehr voreilige Schlüsse, Herr Kardinalstaatssekretär!« Gabriel Manning hob mahnend den Finger. »Ein Michelangelo, der diesen Namen an die Decke der Sixtina schreibt, will damit mehr bewirken als die hämische Preisgabe eines Namens!«

»Ach was, Professore, ich schlage vor, wir geben eine offizielle Erklärung heraus mit dem Hinweis, Michelangelo sei vermutlich ein Kabbalist gewesen und habe den Namen eines wenig bekannten Kabbalisten an die Decke geschrieben, um sich an den Päpsten zu rächen. Das wird einigen Wirbel machen, aber die Aufregung wird sich legen, und wir können die Sache zu den Akten legen.«

»Halt!« rief Joseph Kardinal Jellinek. »Das wäre der sicherste Weg, um Spekulationen und Skandalen Tür und Tor zu öffnen; denn unsere Kritiker würden sich gewiß nicht mit dem Namen allein zufrieden geben und weiterforschen und vielerlei Deutungen dieses Namens finden, und diese Diskussion würde kein Ende nehmen.«

Da ergriff Professore Parenti das Wort und sagte, zum einen sei es keinesfalls erwiesen, daß Michelangelo Buonarroti ein Kabbalist gewesen sei, wenngleich die Michelangelo-Forschung schon mehrfach ähnlichen Verdacht geäußert habe, zum anderen sei diese Entdeckung für die Forschung eine Sensation und werde die Wissenschaft Jahre, wenn nicht Jahrzehnte beschäftigen. Und an Chefrestaurator Bruno Fedrizzi gewandt wollte Parenti wissen, ob nicht doch an anderer Stelle mit dem Auftauchen weiterer Schriftzeichen gerechnet werden könne, welche im Zusammenhang mit dem Namen Abulafia stünden.

Fedrizzi verneinte dies. Nach der Entdeckung der bekannten Schriftzeichen sei jede in Frage kommende Farbfläche einer speziellen Prüfung mit Quarzlampen unterzogen worden, und diese Prüfung sei negativ verlaufen. Es sei mit absoluter Sicherheit auszuschließen, daß weitere Schriftzeichen auftauchten.

»Um so mehr«, meinte Erzbischof Mario Lopez, »sollten wir uns mit dem Namenshinweis beschäftigen. Padre Augustinus, was haben Sie uns zu erklären?«

Augustinus wand sich bei seiner Antwort wie die Schlange um den Baum der Erkenntnis. In der Kürze der Zeit sei es nicht möglich gewesen, den Namen Abulafia erschöpfend zu dokumentieren, zumal zu seiner Verwunderung keine *Busta Abulafia* existiere, was er zunächst angenommen habe, da er doch in den Annalen des Vatikan auftauche.

Kardinalstaatssekretär Cascone barsch: »Wollen Sie das bitte präzisieren, Padre Augustinus?«

»Nun ja«, holte der Oratorianer aus, »Abraham Abulafia war zweifellos ein weiser Mann, wenn auch ein verblendeter. Er wurde 1240 in Saragossa geboren und lernte von seinem Vater die Bibel, etwas Mischna und Talmud und ging dann in den Orient, um sich mit philosophischen und mystischen Dingen zu beschäftigen, insbesondere mit kabbalistischen und theosophischen Lehren, und er will dabei Dinge entdeckt haben, die niederzuschreiben nicht gestattet sei. Dabei hat er 26 theoretische Schriften über die Kabbala und 22 prophetische Bücher verfaßt, und dazu sagt er an einer Stelle, er wolle vieles niederschreiben, dürfe es aber nicht, er könne es aber auch nicht gänzlich lassen, und so schreibe er denn und halte ein und komme an anderen Stellen andeutungsweise darauf zurück – dies sei sein Verfahren.«

Zwischenruf von Kardinalstaatssekretär Giuliano Cascone: »Würden Sie Abulafia als Philosophen oder Propheten bezeichnen, Padre?«

»Man muß ihn wohl beides nennen. Als Abulafia 31 Jahre alt war, überkam ihn der prophetische Geist, wie er sagt, er hatte Visionen von Dämonen, die ihn verwirrten, und er sei fünfzehn Jahre wie ein Blinder herumgetappt mit dem Satan zu seiner Rechten – so sagt er. Erst danach begann Abulafia prophetische Schriften zu verfassen, und er benützte dabei allerlei Pseudonyme mit demselben Zahlenwert wie sein Name Abraham. So nennt er sich Zechariah oder auch Rasiel. Aber seine prophetischen Bücher sind fast alle verlorengegangen.«

Joseph Kardinal Jellinek räusperte sich umständlich: »*Ad rem,* Padre Augustinus. Sie deuteten an, daß Abulafia mit dem Vatikan in Kontakt gekommen sei. Wann geschah das und unter welchen Umständen?«

»Das war, soweit ich in Erfahrung bringen konnte, im Jahre 1280.«

Erstaunter Ausruf von Kardinal Jellinek: »Unter Papst Nikolaus III?«

»So ist es. Es war dies eine in vielfacher Hinsicht bemerkenswerte Begegnung, das heißt, zur eigentlichen Begegnung der beiden kam es gar nicht, und da beginnen schon die Merkwürdigkeiten. Ich muß vorausschicken, die Kabbalisten hatten zu dieser Zeit die Lehre verbreitet, wenn die Endzeit gekommen sei, werde der Messias auf Gottes Geheiß zum Papst kommen und die Freiheit seines Volkes fordern, und erst dann werde man den Messias als wirklich gekommen ansehen. Abulafia lebte zu dieser Zeit in Capua, und er stand in hohem Ruf. Als Papst Nikolaus vernahm, Abulafia wolle nach Rom kommen und ihm eine Nachricht überbringen, gab er Befehl, den Ketzer am Stadttor gefangenzunehmen, ihn zu töten und seinen Leichnam vor der Stadt zu verbrennen. Abulafia wußte von dem päpstlichen Befehl, aber er scherte sich nicht darum, betrat die Stadt durch das Tor und erhielt dort die Mitteilung, Papst Nikolaus sei in der vorangegangenen Nacht gestorben. Abulafia wurde 28 Tage im Kollegium der Franziskaner festgehalten, dann ließ man ihn laufen, und seine Spuren verlieren sich. Welche Nachricht Abulafia überbringen wollte, ist bis heute ein Rätsel.«

»Wenn ich Sie recht verstehe«, erwiderte der Kardinalstaatssekretär, »handelt es sich bei dem von Ihnen erwähnten Papst Nikolaus um eben jenen Namen, der sich in der Tasche des toten Padre Pio befand.«

»Ja, die Signatur Nicc. III. bedeutet Papst Nikolaus III. Aber die *Busta* mit eben dieser Signatur ist verschwunden.«

Da erhob Adam Melcer von der Gesellschaft Jesu, der bisher geschwiegen hatte, die Stimme: »Das ist eine mysteriöse Geschichte, die so recht zu all dem paßt, was bisher im Zusammenhang mit der Entdeckung geschehen ist. Ich brauche wohl nicht darauf hinzuweisen, daß der Tod des Papstes bis heute nicht geklärt ist.«

Cascone heftig: »Sie wollen sagen, es gibt Hinweise auf einen gewaltsamen Tod Nikolaus III.?«

Melcer hob die Schultern und schwieg.

Darauf der Kardinalstaatssekretär: »Bruder in Christo, wir sind hier versammelt, um Tatsachen zu ergründen, nicht, um Vermutungen zu äußern. Haben Sie Beweise für einen gewaltsamen Tod Seiner Heiligkeit Nikolaus III., so legen Sie sie auf den Tisch, haben Sie aber nur Vermutungen, so schweigen Sie!«

Da rief der Jesuit in höchster Erregung: »Sind wir denn schon wieder so weit, daß Gedanken unterdrückt werden? Wenn das so ist, Eminentissimus, bitte ich um Dispens!«

Kardinal Jellinek hatte Mühe, die erregten Gemüter zu beruhigen, und forderte eindringlich, zum Gegenstand der Beratungen zurückzufinden. »Ich stelle fest«, rekapitulierte er schließlich, »daß irgendein geheimnisvoller Zusammenhang bestehen muß zwischen dem Kabbalisten Abraham Abulafia, Seiner Heiligkeit Nikolaus III., dem Maler Michelangelo Buonarroti und Padre Pio von den Benediktinern. Die beiden ersten lebten im 13. Jahrhundert, Michelangelo im 16. Jahrhundert und Padre Pio im 20. Jahrhundert. Erkennt einer der hier Anwesenden einen Zusammenhang, der uns einer Lösung näherbringen könnte?«

Aber mit seiner Frage erntete der Kardinal nur Schweigen.

Unter dem Eindruck der neuen Erkenntnisse und zur Besinnung des einzelnen vertagte sich das Consilium auf den Freitag der zweiten Fastenwoche.

AN REMINISCERE

Im Schnellzug nach Rom. Bruder Benno war viele, viele Jahre nicht mehr gereist, und er hatte das Reisen in strapaziöser Erinnerung. Nun saß er in einem luxuriösen Abteil und konnte sich nicht sattsehen an der vorbeifliegenden Bergwelt. Er war allein. Ab und zu versuchte er in seinem Brevier zu lesen, doch schon nach wenigen Sätzen legte er es beiseite. Als Kind hatte er im Zug immer dem Rhythmus der Räder gelauscht und Worte geformt, im Gleichklang der holpernden Räder. Nun war der Rhythmus kaum vernehmbar, das Holpern und Rattern war einem sachten Stoßen gewichen. Unmerklich suchte Bruder Benno nach Wörtern auf diesen behaglichen Rhythmus, und auf einmal hämmerte es in seinem Kopf: »Lukas lügt, Lukas lügt, Lukas lügt«, und so sehr er auch versuchte, die Worte aus seinem Gehirn zu verdrängen und andere Worte zu finden, dieselben Worte kehrten immer wieder zurück wie eine nicht enden wollende Marter.

Während der Zug sich wie ein Wurm bald an steilen Hängen entlang, bald dem Laufe rauschender Flüsse folgend gen Süden wand, kam ihm Michelangelo in den Sinn, der Einzelgänger, der Zurückgezogene, der das Größte menschlicher Kunst geschaffen hat und nie ein Wort darüber verlor, der im Gegenteil zu Verschleierung und Versteckspiel neigte, so daß uns bis heute vieles ein Rätsel ist. Michelangelo, der von sich selbst scherzend verkündete, die Liebe zum Stein habe er mit der Muttermilch eingesogen, weil Francesca, seine Mutter, neunzehn Jahre bei seiner Geburt, den Jungen einer stämmigen Amme zur Aufzucht übergab, der Frau eines Steinmetzen. Michelangelo, der, ein Kind der Renaissance, sich der Renaissance nie unterordnete, sich selbst seine eigene Überwelt schuf, eine ekstatische Schöpfungswelt aus Antike, Neuplatonismus und Dantes unendlicher Vorstellungskraft.

Er war ein Ungeliebter, oft Geschlagener nach dem frühen Tod der jungen Mutter, und er wurde vom Vater Lodoviso, einem rastlosen Bürgervorsteher, nur widerwillig in Schule und Lehre gegeben. Letztere bei den Brüdern Domenico und David Ghirlandajo, den höchstgelobten Meistern der Stadt Florenz. Eigenbrötlerisch und spröde überwand er nie den Liebesentzug durch den Tod der Mutter, und Frauen gerieten ihm stets zu Göttinnen und Heiligen. Mönchisch wie ein Klosterbruder, wie er, Benno, selbst, lebte Michelangelo ein Leben lang, freilich nicht aus moralischem Zwang, eher aus Andacht und sublimiertem Liebesgefühl, wobei ihm Dantes Beatrice Vorbild war, und schuf so jugendlich-mütterliche Pietà-Figuren, Madonnen und Sibyllen von ungewöhnlicher

Zartheit. Die Vergangenheit, seine eigene Vergangenheit und die seiner Ahnen, war ihm bedeutsam, ja, er legte Adelsstolz an den Tag, und Vatervisionen lassen sich in den meisten seiner männlichen Darstellungen erkennen.

Michelangelo zählte vierzehn Jahre, als er Stift und Pinsel mit dem Meißel vertauschte, zur Freude Lorenzo de Medicis, der prachtvoll an der Spitze des Staates Florenz stand und den Jüngling bei sich aufnahm. Irgendwann in diesen jungen Jahren geschah dann das Unvorhersehbare, das sein ganzes Leben prägte: Im Streit schlug ihm sein Mitschüler Torrigiani mit der Faust ins Gesicht und zertrümmerte sein Nasenbein, was nicht ohne sichtbaren Makel blieb. Ja, sein Gesicht war seit diesem Tag verunstaltet. Welchen Schmerz über das Körperliche hinaus muß dieses Ereignis einem Schönheitsanbeter wie Michelangelo Buonarroti bereitet haben!

So dachte Bruder Benno, während der Schnellzug gen Süden brauste, und er dachte an den Neunzehnjährigen, der im Dom von Florenz den Bußpredigten des Dominikanermönches Savonarola lauschte, welcher den Luxus der hohen Herren geißelte und den Hochmut der geistlichen Prälaten, was allein eine Sünde war wider den Glauben. Ein Grobian auf der Kanzel, scheute Savonarola sich nicht, Korruption in Staat und Kirche und die gegenwärtige Theologie anzuprangern, die zur Bedeutungslosigkeit herabgesunken sei. Klein, hager und mit dem Gesicht eines Asketen, schleuderte er seinen Zuhörern, die ihn zu Tausenden verfolgten, apokalyptische Visionen ins Gesicht, die Schrecken verbreiteten und durchaus glaubhaft erschienen in einem Land, das von Kriegen heimgesucht und von Verschwörungen gegen die Regierenden gebeutelt wurde. Er predigte den Zorn Gottes und den Untergang von Florenz: »*Ecce ego abducam aquas super terram.*« Der junge Michelangelo muß es mit Schrecken vernommen haben, und die Bilder vom Zorne Gottes und von den Wassern, die über die Erde kommen, tauchten Jahre später an der Decke der Sixtinischen Kapelle in eben jener Eindringlichkeit wieder auf, mit der sie der Dominikaner-Prior prophezeite.

Im wesentlichen blieb Michelangelo Autodidakt, er lernte aus dem Vorhandenen, bewunderte die antiken Skulpturen im Garten der Medici, die Werke Donatellos und Ghibertis, von dem er sagte, er habe mit seiner Kunst das Tor zum Paradies aufgestoßen; Ghirlandajo, den Lehrmeister, vernachlässigte er mehr und mehr. Seine ersten Werke als Bildhauer sind verschollen, aber berühmt wurde seine Pietà, die Skulptur einer jungmädchenhaften Madonna mit dem toten Jesus auf ihrem Schoß, ein Auftrag des Kardinals von San Dionigi, von der Schönheit einer griechischen Göttin, in Carrara-Marmor vollendet mit dem filigranen Gespür der Hände eines Goldschmiedes. Angeredet ob der blühenden Mädchenschönheit der Madonna – im selben Alter hat man sich Michelangelos Mutter bei ihrem Tod vorzustellen –, meinte der Künstler, eine keusche Frau altere nicht, sie sei viel frischer als eine unkeusche, und um wieviel schöner und frischer müsse erst eine Jungfrau sein, in deren Seele sich nicht die geringste sündhafte Begierde verirrt habe. Es dürfe deshalb nicht verwundern, wenn er die heiligste Jungfrau im Verhältnis zum Sohne viel jünger darstelle, als es die Rücksicht auf das gewöhnliche Älterwerden des Menschen verlangt hätte. Der Zweiundzwanzigjährige empfand Stolz über das Geschaffene und verewigte – zum ersten und einzigen Mal in seinem Leben – den Namen auf seinem Kunstwerk.

Ein Künstler ist Abbild seiner Zeit und seiner Umgebung, und Michelangelo fand bei seiner Rückkehr nach Florenz eine veränderte Lage vor: Savonarolas Anhängerschaft war Tag um Tag gewachsen, Bußprozessionen zogen durch die Stadt, und immer mehr Menschen schlossen sich ihnen an. Pest und Hunger forderten zahllose Opfer, und dazwischen gellte Savonarolas hohe Stimme und forderte Buße und sittenstrenges Verhalten. Savonarola selbst nannte sich ein Werkzeug Gottes, aber in den Augen der meisten seiner Anhänger war der Dominikaner ein Prophet.

Dreimal mahnte der Papst aus Rom, seine harten Worte gegen Kirche und Papst von der Kanzel zu unterlassen, schließlich sprach Alexander Borgia die Exkommunikation aus; doch die trieb den Bußprediger zu noch härteren Worten. Für ihn war die päpstliche Bulle kein Anlaß zu schweigen, im Gegenteil, nun geißelte er auch den Verfall der Sitten am päpstlichen Hof – und dies unter Berufung auf sein Gewissen. Fra Girolamo beschuldigte den Papst der Simonie, des Verkaufs von geistlichen Ämtern, schließlich wurde er auf Betreiben seiner Gegner verhaftet, gefoltert und zu Geständnissen gepreßt, die er, kaum der Folter entronnen, widerrief. Doch dem Prozeß der Inquisition entging er dadurch nicht. Der Papst wollte ihn in Rom haben, schickte dann aber einen Abgesandten nach Florenz, der das Todesurteil sprach. Am Himmelfahrtstage des Jahres 1498 wurde Savonarola auf dem Platz vor dem Regierungssitz verbrannt.

Michelangelo stand nicht unter den Gaffern zu Füßen des Scheiterhaufens, er hielt sich in Rom auf. Aber auch wenn er das schaurige Schauspiel nicht mit eigenen Augen erlebte, muß den empfindsamen Künstler die menschliche Schlechtigkeit berührt haben, die auch vor den Frömmsten der Frommen nicht haltmacht. Aber die Frommen und Frömmsten waren es, die Michelangelo Arbeit und Brot gaben. So entstand ein Zwiespalt.

Michelangelo arbeitete mehr als Bildhauer denn als Maler. Drei Madonnen-Rundbilder sind das geringe Malergebnis dieser Jahre. Ob er sich vor der Übermacht Leonardos, Perugios und Raffaels fürchtete, wir wissen es nicht, und so nahm es nicht wunder, als Papst Julius II. Michelangelo nach Rom rief zum wiederholten Male, um sich seiner Kunst als Skulpteur zu bedienen. Papa Giulio war mehr Krieger als

Hirte, mehr Politiker als Priester, mehr wild als sanft, und was in dieses Bild eines Menschen überhaupt nicht paßt: Er liebte die Kunst wie das Schwert und bewunderte die Werke großer Künstler; und einer von ihnen machte Julius auf den jungen Florentiner aufmerksam. Ohne zu wissen wozu, ließ er Michelangelo hundert Skudi anweisen, als Reisegeld, damit er ihn kennenlernen könne, und erst später kam ihm die Idee mit dem Grabmal, seinem eigenen Monument in St. Peter. Doch die Zusammenarbeit zwischen Papst und Michelangelo geriet zum Verhängnis, in dem sich Gleichgültigkeit des Oberhirten und Eigensinn des Künstlers die Waage hielten und die darin gipfelte, daß Michelangelo tönte, wenn er länger in Rom bliebe, müsse er sein eigenes Grabmal schaffen und nicht das des alten Papstes, und mit Zorn in der Seele verließ er Rom.

Er hatte Schulden machen müssen, um Stein und Arbeiter zu bezahlen, und Condivi, einer seiner Schüler, sprach später von der »Tragödie des Grabmals«, und der Künstler selbst kommentierte: »Hätte ich lieber in meiner Jugend Schwefelhölzer machen gelernt, dann befände ich mich nicht in solcher Verzweiflung.« Der Papst hingegen fand böse Worte, Manieren dieser Art Menschen seien ihm nicht unbekannt, aber wenn er zurückkehre, würde Michelangelo dies ungestraft tun, und die Florentiner fürchteten allen Ernstes, der Papst würde um des Bildhauers willen einen Krieg anfangen. Michelangelo aber trug sich damals ernsthaft mit dem Gedanken, nach Konstantinopel zu fliehen und dort von des Sultans Gnaden sein Leben zu beschließen. Arbeit gab es genug, der Sultan plante eine Brücke über das Goldene Horn von Konstantinopel nach Pera zu bauen. Schließlich kam man sich auf halbem Wege entgegen, der Papst und Michelangelo trafen sich in Bologna, das Julius II. gerade mit fünfhundert Rittern erobert hatte. Seine Heiligkeit gab dort eine vier Meter hohe Bronzestatue in Auftrag, die erst beim zweiten Guß gelang und von der wir nur soviel wissen, daß sie schon drei Jahre später von der zurückkehrenden Herrscherfamilie, den Bentivoglis, zerschlagen wurde. Die Reste fanden für den Guß eines Kanonenrohres Verwendung.

Nach seiner Rückkehr nach Rom beschäftigte sich der Florentiner weiter mit dem Grabmonument, aber Papst Julius versuchte den Künstler davon abzubringen. Von den vierzig geplanten Skulpturen schaffte Michelangelo gerade den Moses, der Marmor, den Michelangelo hinter St. Peter, wo er auch wohnte, lagerte, wurde gestohlen, und eines Tages überraschte der Papst den verzweifelten Bildhauer mit dem Auftrag, die Sixtinische Kapelle auszumalen, ein Bauwerk seines Onkels, des schändlichen Sixtus IV., das er vor fünfundzwanzig Jahren selbst eingeweiht hatte. Michelangelo wollte nicht, er mußte.

Schon über dem Entwurf zerstritten sich die beiden aufs neue, und es spricht für Michelangelos Unnachgiebigkeit und Härte, daß der Papst schließlich entnervt aufgab und den Florentiner nach eigenem Gutdünken werken ließ, wenn er nur male. Michelangelo entschied sich für die Schöpfungs- und Urgeschichte – aber auf welch eigenwillige, seltsame Art und Weise!

So dachte Bruder Benno auf seiner Reise, während der Zug den Rhythmus der Räder wiederholte: »Lukas lügt, Lukas lügt ...«

MONTAG NACH REMINISCERE

Am oben genannten Tag suchte Jellinek nach langer, reiflicher Überlegung Monsignore William Stickler, den Kammerdiener des Papstes, auf und berichtete von dem Paket mit dem verfänglichen Inhalt, das ein Unbekannter bei ihm abgegeben hatte, vermutlich ein und derselbe Mann, der wenig später in seine Wohnung eingedrungen war, um ihn vor weiteren Nachforschungen in Sachen sixtinischer Inschrift zu warnen.

Der Monsignore hörte sich Jellineks Bericht schweigend an, dann griff er wortlos zum Telephon, wählte eine Nummer und sagte: »Eminenza, im Fall Jellinek ist eine merkwürdige Wendung eingetreten. Sie sollten sich seine Geschichte selbst anhören.«

Wenig später erschien Kardinal Giuseppe Bellini, und Jellinek wiederholte seine Erzählung, wie er ohne sein Zutun in den Besitz von Pantoffeln und Brille gelangt war.

»Und warum das späte Geständnis?« erkundigte sich Bellini.

»Ein Geständnis ist nur unter dem Eindruck von Schuld möglich. Der – wenn auch mysteriöse – Besitz dieser Gegenstände rief bei mir keine Schuldgefühle hervor, Herr Kardinal. Als Beweis mag dienen, daß ich das Paket nicht einmal beiseite räumte, als Monsignore Stickler zum Schachspiel kam. Hätte ich nur irgendeine Ahnung gehabt von der Bedeutung dieses Paketes, so hätte ich es doch wohl versteckt, aber keinesfalls herumliegen lassen. Vergessen Sie eines nicht: Ich gehörte damals noch nicht der Kurie an, als Papst Gianpaolo starb.«

Unvermittelt fragte Kardinal Giuseppe Bellini: »Auf welcher Seite stehen Sie, Eminenza Jellinek?«

»Auf welcher Seite? Wie soll ich das verstehen?«

»Sie mögen schon gemerkt haben, Herr Kardinal, die Kurie ist keine Einheit, und nicht jeder ist jedem gewogen. Das ist ganz natürlich bei so vielen Menschen unterschiedlicher Nationalität und Herkunft. Sie müssen jetzt auch nicht antworten. Nur soviel will ich sagen: Ich darf Sie doch als Freund betrachten?«

Jellinek nickte; dann fuhr Kardinal Bellini fort:

»Papst Gianpaolo ist einem Komplott zum Opfer gefallen,

für mich gibt es da keinen Zweifel, und das Verschwinden verschiedener Dinge ist nur *ein* Hinweis, glauben Sie mir.«

»Ich kenne die Gerüchte«, antwortete Jellinek, »aber ich muß gestehen, daß ich ihnen bisher skeptisch gegenüberstand. Der unerwartete Tod eines Papstes gibt zu vielen Spekulationen Anlaß.«

»Und das seltsame Paket?«

»Das zwingt mich in der Tat zum Umdenken, denn dahinter steckt fraglos eine erklärte Absicht. Gehen wir davon aus, daß Gianpaolo tatsächlich ermordet worden ist, dann mußte ich das Paket als Drohung auffassen, und da die Drohung keine Wirkung zeigte, schickte man mir einen Boten, der diese Drohung aussprach.« Und an Stickler gewandt fragte Jellinek: »Was waren das für Akten, die verschwunden sind, Monsignore?«

Bellini fiel Jellinek ins Wort: »Dem Kammerdiener des Papstes ist auferlegt zu schweigen. Aber es ist kein Geheimnis, der Akt enthielt Namen von Mitgliedern der Kurie.«

»Ich verstehe«, antwortete Jellinek.

Bellini dachte nach, dann sagte er: »Sie sind ein mutiger Mann, Eminenza Jellinek. Ich wüßte nicht, wie ich an Ihrer Stelle handeln würde. Ich glaube, ich wäre eher ein Petrus als ein Paulus, und es ist bei Gott keine Schande, ein Petrus zu sein.«

So gingen sie auseinander. Nein, Jellinek wußte auch nach diesem Gespräch nicht, ob er Bellini trauen konnte, und er war sich auch nicht klargeworden, welcher Partei oder Gruppierung der Kurie Bellini angehörte, wer seine Gegner, wer seine Freunde waren, und er beschloß, auch weiterhin Mißtrauen zu bewahren gegenüber allem und jedem.

Bruder Benno verbrachte die Nacht nach seiner Ankunft in Rom in einer der billigen Pensionen an der Via Aurelia. Am nächsten Tag suchte er das Oratorium auf dem Aventin auf.

Abt Odilo empfing den fremden Ordensmann mit jener Zuvorkommenheit, die das Kloster seit Jahrhunderten auszeichnet, und bot Bruder Benno an, während seines Aufenthaltes in Rom hier zu nächtigen, und dieser nahm dankend an – »für ein paar Tage«, wie er meinte.

Der Fremde erzählte dem Gastgeber, daß er das Oratorium von einem früheren Romaufenthalt her kenne; aber das sei lange her, während des Krieges habe er in der Bibliothek des Oratoriums Studien betrieben.

»Wann war das genau, Bruder in Christo?«

»Gegen Ende des Krieges, als die Deutschen schon in Rom standen.«

Der Abt erschrak.

»Es war ein unrühmliches Ende«, fuhr Bruder Benno fort, »ich will nicht daran denken, noch in den letzten Wochen erreichte mich die Einberufung; die Kunst und meine Forschungen ...«

»Und nun sind Sie zurückgekommen, um Ihre Forschungen wieder aufzunehmen.«

»Ja«, antwortete Bruder Benno, »im Alter knüpft man oft an Dinge an, die man in jungen Jahren nicht zu Ende geführt hat.«

»Wie wahr!« erwiderte der Abt und fügte hinzu, »ich nehme an, Bruder in Christo, Sie wollen sich der Bibliothek des Oratoriums bedienen.«

»So ist es, Vater Abt.«

»Ich fürchte nur, die Bibliothek hat sich seit dieser Zeit ziemlich verändert.«

»Das soll mich nicht stören. Ich finde mich sicher zurecht.«

Die Sicherheit, mit der der fremde Bruder sprach, machte Abt Odilo mißtrauisch. Eine Bibliothek verändert im Verlauf von Jahrzehnten ihr Gesicht. Wie wollte der Fremde wissen, wie es heute in der Bibliothek aussah? Wie konnte er so selbstsicher behaupten, er werde sich zurechtfinden? Während sie schweigend die Stufen zur Bibliothek hinaufstiegen, begann der Abt zu zweifeln, ob es gut gewesen war, den fremden Bruder so einladend zu empfangen.

Oben angekommen wies er die *Scrittori* der Bibliothek an, den fremden Bruder zuvorkommend zu behandeln, und Bruder Benno begrüßte jeden einzelnen mit Handschlag, dann überließ er ihn seiner Arbeit.

Am Abend, nach dem Nachtgebet, begab sich Abt Odilo in einen abgelegenen Teil des Oratoriums, wo im Keller eines Eckturmes zahllose uralte Akten lagerten. Aber nicht die Akten interessierten den Abt, sondern ein Stapel roher Holzkisten. Nachdem er sie gezählt und geprüft hatte, ob alle verschlossen waren, verließ er den Keller, ohne irgend etwas anzurühren.

DIENSTAG NACH REMINISCERE

Am späten Vormittag trafen sich im Hotel »Excelsior«, einem der vornehmsten Häuser von Rom, dessen Eingang auch heute noch von altmodisch uniformierten Dienern bewacht wird, sieben unauffällig grau gekleidete Herren. Zwischen Plüsch und Spiegeln strebten sie einem der vielen Salons zu, die für Konferenzen und ähnliche Zusammenkünfte zur Verfügung stehen. Kein Schild an der Tür wies darauf hin, welcher Art die Zusammenkunft war, aber gerade diese Geheimhaltung ließ darauf schließen, daß es sich um ein äußerst wichtiges Treffen handeln mochte.

Die unauffälligen Herren waren die Präsidenten und Vizepräsidenten der Bank von Italien, der Continental Illinois National Bank + Trust Company of Chicago, der Chase Manhattan New York, der Credit Suisse in Genf, der Hambros Bank in London und der Banca Unione von Rom. Phil Canisius vom Istituto per le Opere Religiose, der bewußt auf den weißen Priesterkragen verzichtet hatte und ebenso grau gekleidet war wie die anderen, blickte betroffen drein. Die Herren forderten eine Erklärung, und das folgende ist so wiedergegeben, wie es später in Erfahrung gebracht werden konnte.

»Die einzige Erklärung, die ich Ihnen heute geben kann«, sagte Canisius, »ist die: vorläufig ist der Name Abulafia absolut unerklärlich!«

»Ach was!« Jim Blackfoot, Vizepräsident von Chase Manhattan, schnaubte ärgerlich. »Was interessiert uns Ihre merkwürdige Inschrift. Uns interessiert, was sie zu tun gedenken, um weitere Diskussionen und Geheimnistuereien im Vatikan zu unterbinden.«

Und Urs Brodmann von der Credit Suisse wandte ein: »Mein Unternehmen legt nicht den geringsten Wert darauf, auf irgendeine Art und Weise in die Schlagzeilen zu geraten.«

»Aber meine Herren!« Canisius tat beschwichtigend. »Davon kann überhaupt keine Rede sein. Vorläufig ist die ganze Angelegenheit noch Sache der Wissenschaftler. Sie suchen die Bedeutung des Namens Abulafia zu ergründen, den Michelangelo an die Decke der Sixtina geschrieben hat. Mehr nicht.«

»Ich würde sagen, das genügt«, erwiderte Antonio Adelman von der Banca Unione, einer der angesehensten Bankiers Roms, dessen Wort unter seinesgleichen Gewicht hatte. »Es gibt nichts Empfindlicheres als den Geld- und Papiermarkt. Jedenfalls registrieren wir bereits die ersten Rückrufe. Also tun sie etwas, Canisius, und tun Sie es so schnell und so diskret wie möglich!«

Phil Canisius gab sich betroffen. Obwohl er im Prinzip der gleichen Ansicht war wie die Bankiers, versuchte er zu beschwichtigen und meinte, wenn jede Auffindung einer Inschrift den Geldmarkt ins Wanken brächte, müsse der wissenschaftlichen Forschung jede Möglichkeit genommen werden.

»Ich wiederhole noch einmal«, erwiderte Blackfoot, »hier geht es nicht um die Inschrift, mag sie von Michelangelo stammen oder von Raffael oder da Vinci oder sonstwem, hier geht es einzig und allein um das Vertrauen in unsere Bankverbindungen. Unsere gemeinsamen Geschäfte entbehren nicht einer gewissen Pikanterie, daran muß ich Sie nicht erinnern, Eminenza Canisius, und bisher galt das IOR als eine Adresse der Verschwiegenheit. Ich fürchte, das könnte sich ändern, wenn alle Welt nach einer Lösung dieser Inschrift sucht.«

Douglas Tenner von der Hambros Bank pflichtete ihm bei: »Erinnern Sie sich nur an den unerwarteten Tod des letzten Papstes und in Verbindung damit an die Gerüchte um seine Ermordung. Es dauerte drei Jahre, bis der Markt sich davon erholte. Nein, Canisius, unser aller Geschäft ist das Vertrauen in die Festigkeit des Vatikans, und dieses seltsame Schauspiel trägt nicht gerade zur Festigkeit bei. Wenn Sie verstehen, was ich meine.«

»Was reden wir lange herum«, ereiferte sich Neil Proudman; er war Vizepräsident der Continental Illinois und mit Canisius seit vielen Jahren bekannt. »Das IOR ist die allererste Adresse, wenn es darum geht, Gelder reinzuwaschen, und wir alle, die wir hier versammelt sind, horten gerne, was Sie waschen, aber wir wissen alle, daß dies ein illegales Geschäft ist, und flöge es auf, so wäre das für unser aller Ruf – ich möchte es einmal so sagen – nicht gerade förderlich. Ich bin beauftragt, Ihnen mitzuteilen: sollte sich die Lage im Vatikan nicht innerhalb kurzer Zeit beruhigen, dann sähe sich unsere Gruppe leider veranlaßt, unser Geschäft mit Ihnen einzustellen.«

So weit wollten die anderen nicht gehen, aber sie kündigten ähnliche Überlegungen an.

Zu der Zeit, da die Bankpräsidenten im Hotel Excelsior tagten, befand Joseph Kardinal Jellinek sich im Geheimarchiv des Vatikan und suchte nach Hinweisen auf Abraham Abulafia. Hinter dem Namen, dessen war er sicher, lag mehr verborgen als der Hinweis auf einen Kabbalisten und Ketzer; aber dieses Forschen glich der Suche nach der Stecknadel im Heuhaufen. Gierig fraß Jellinek sich durch zahllose *Buste*, er entzifferte Handschriften mit brennenden Augen, und der fremde Geruch der Vergangenheit betäubte ihn wie ein Gift. Und obwohl ihn Jahrhunderte trennten von den Urkunden und Akten, wurden die Menschen, denen er in den Pergamenten begegnete, Gegenwart.

Vor allem dieser Michelangelo kam ihm näher und näher, so daß der Kardinal bisweilen laut mit ihm redete und Antwort auf die Fragen gab, die jener rhetorisch in seinen Briefen stellte. Auch gewöhnte er sich allmählich an den rüden Ton, an die Flüche und Schimpfkanonaden des Florentiners gegen Papst und Kirche, bei denen er anfangs noch zusammengezuckt war. Die Suche nach dem Schlüssel zu Abulafia geriet zunehmend zum Abenteuer wie eine Reise in ein unbekanntes Land mit Orten und Begegnungen. Manche dieser Orte suchte Jellinek begierig auf, verlor aber die Orientierung und war froh, andere Spuren zu entdecken. Um manchen, der ihm begegnete, machte er einen großen Bogen, während er sich mit anderen lange beschäftigte. Kurz, der Kardinal war berauscht von seiner Aufgabe, und keine Macht der Welt, nicht einmal die Aussicht auf eine höchst widerwärtige Entdeckung hätte es vermocht, seinen Tatendrang zu bremsen; denn er war sich bewußt, nur er, der Zugang zur *Riserva* hatte, konnte das Geheimnis um Abulafia lösen.

Spät, es mag schon gegen Mitternacht gewesen sein, betrat Kardinal Jellinek die Salla di merce und tat den 15. Zug. Er rückte seine Dame von c5 auf d4. Jellinek war gespannt, was nun geschehen würde.

Für den folgenden Tag bat Kardinal Jellinek Professore Parenti, Bruno Fedrizzi, den Chefrestaurator, und den Generaldirektor der vatikanischen Bauten, Professore Pavanetto, zum Lokaltermin in der Absicht, die bildlichen Darstellungen zu deuten, um vielleicht auf diese Weise dem Geheimnis auf die Spur zu kommen.

Parenti winkte ab: »Generationen von Kunsthistorikern haben sich an dieser Deutung bereits versucht, und jeder kam zu einem anderen Ergebnis, ohne den Beweis für seine Erklärung erbringen zu können.«

Die vier reckten die Hälse nach oben, und ohne seinen Blick abzuwenden, meinte Jellinek: »Dann haben also auch Sie Ihre eigene Interpretation für die gesamte Darstellung.«

»Natürlich«, entgegnete Parenti, »aber wie alle anderen ist auch meine Erklärung nur subjektiv.«

Unvermittelt fragte der Kardinal: »War Michelangelo ein gläubiger Mensch, Professore?« Und er beeilte sich hinzuzufügen: »Die Frage mag Sie überraschen an diesem Ort.«

Parenti sah Jellinek an: »Herr Kardinal, die Frage überrascht mich weniger, als meine Antwort Sie überraschen mag, denn ich behaupte: nein, Michelangelo war im Sinne der Heiligen Mutter Kirche ein schlechter Christ. Nicht, weil er die Päpste haßte. Darüber hinaus scheint irgend etwas sein Leben und Denken verändert oder in andere Bahnen gelenkt zu haben.«

»Man sagt«, kam ihm Professore Pavanetto zu Hilfe, »er sei ein Anhänger des Neuplatonismus gewesen und habe in jungen Jahren Kontakte zu Ficino gepflegt!«

»Ficino?« wandte Fedrizzi ein. »Wer ist Ficino?«

Marsilio Ficino, erklärte Parenti, sei ein Humanist und Philosoph gewesen, der an einer von den Medicis gestifteten Platonischen Akademie gelehrt und alle philosophischen

Gedanken auf Plato zurückgeführt habe, weshalb man von Neuplatonismus spreche.

»Ein Ketzer also?«

Parenti hob die Schultern: »Ficino war Priester, er wurde der Ketzerei angeklagt, aber freigesprochen. Er sagte, die menschliche Seele sei aus Gott und strebe nach Wiedervereinigung mit ihrem Urgrund. Für viele Männer der Kirche war das damals Ketzerei.«

»Aber ein Mann, der die Worte der Bibel so genau kennt, kann kein Ketzer sein«, warf Pavanetto ein.

»Das ist ein Trugschluß!« erwiderte Parenti. »Die Geschichte hat doch gezeigt, daß gerade die größten Feinde der Kirche Bibelkenner waren. Ich brauche keine Namen zu nennen.«

»Vergessen wir einmal die aufgefundene Inschrift«, begann Jellinek an Professore Parenti gewandt. »Wie würden Sie einem Laien die Darstellungen der Deckenmalerei Michelangelos erklären?«

Parenti antwortete: »Nun gut, ich will versuchen, meine persönliche Meinung hintanzustellen, und mich zunächst an allgemeine Deutungen halten. Aus Briefen zwischen dem Künstler und dem Papst wissen wir, daß Michelangelo sich nicht den Wünschen Julius II. gebeugt hat und daß der Papst Michelangelo schließlich in der Darstellung freie Hand ließ. Es gibt ernst zu nehmende Experten, die zweifeln, ob Michelangelo Buonarroti selbst für diese Ikonographie verantwortlich sei, ob nicht der theologische Entwurf eines Unbekannten dahinterstünde.«

Jellinek ernst: »Und wer käme dafür in Frage?«

»Diese Frage kann bis heute niemand beantworten, Herr Kardinal.«

»Und wie hätten wir uns einen derartigen theologischen Entwurf vorzustellen, Professore?«

»Ein Beispiel. Ein britischer Forscher meinte, in der

Anordnung der Propheten und Sibyllen lägen die zwölf Glaubenssätze des apostolischen Glaubensbekenntnisses verborgen, weil gewisse Aussagen mit ihrer Lehre oder ihrem Erscheinungsbild oder ihrem Leben übereinstimmten. Für Zacharias stehe: *Credo in Deum Patrem omnipotentem creatorem coeli et terrae* – für Joel: *et in Jesum Christum, Filium eius unicum, Dominum nostrum* – für Isaias: *qui conceptus est de Spiritu Sancto, natus ex Maria Virgine* – für Ezechiel: *passus sub Pontio Pilato, crucifixus, mortuus et sepultus descendit ad inferos* – für Daniel: *tertia die resurrexit a mortuis* – für Jeremias: *ascendit ad coelos, sedet ad dexteram Dei Patris omnipotentis* – für Jonas: *inde venturus est iudicare vivos et mortuos* – für die delphische Sibylle: *credo in Spiritum Sanctum* – für die erythräische: *sanctam Ecclesiam catholicam, sanctorum communionem* – für die cumäische: *remissionem peccatorum* – für die persische: *carnis resurrectionem* – für die libysche: *et vitam aeternam.*«

»Eine verwegene Interpretation!« meinte Jellinek, während die anderen nachdenklich schwiegen. »Vor allem eine Interpretation von jener Art, mit der alles und nichts bewiesen werden kann.«

Parenti erwiderte: »So ist es in der Tat. Analysiert man Text und Darstellungen, so entdeckt man verblüffende Übereinstimmungen.«

»Zum Beispiel?« fragte Fedrizzi.

»Bei Daniel, der hier für die Auferstehung steht, heißt es wörtlich im zwölften Kapitel: ›Du nun gehe dem Ende entgegen. Ruhe finden wirst du, zu deinem Lose wirst du am Ende der Tage auferstehen!‹ Und bei Isaias, der die Geburt Christi symbolisiert, ist im 9. Kapitel zu lesen: ›Denn geboren wird uns ein Kind, ein Sohn uns geschenkt, auf dessen Schulter die Herrschaft ruht.‹ Und Jonas, der das Jüngste Gericht darstellt, beschreibt im 3. Kapitel das Gottesgericht über Ninive. Auch bei den übrigen Propheten lassen sich ähnliche Übereinstimmungen feststellen; was die Interpretation jedoch in Frage stellt, ist die Darstellung der Sibyllen. Mag man der Pythia von Delphi noch die Allwissenheit des Heiligen Geistes zugestehen, so verlangen die übrigen nach einer gewissen Gedankenakrobatik, die ich Michelangelo absprechen möchte.«

Pavanetto despektierlich: »Sie würden Michelangelo diese Intelligenz nicht zutrauen?«

»Nicht die Fähigkeit«, antwortete Parenti, »wohl aber den Willen.«

»Hat aber nicht Michelangelo sich mehrfach solcher eigenbrötlerischer Geheimnistuerei bedient?« fragte Jellinek nach.

Und Parenti antwortete: »Das ist wahr. Michelangelo war alles andere als ein nüchterner Mensch; er lebte in seiner eigenen, schwer faßbaren Welt, und es besteht kein Zweifel, daß der Künstler mit der Bibel – genauer: mit dem Alten Testament – höchst eigenmächtig und mit scheinbarer Willkür umgegangen ist. Er überfrachtet gewisse Begebenheiten, während er andere ganz ignoriert und ausläßt wie zum Beispiel den Turmbau zu Babel, ein szenisches Motiv, das bei anderen Künstlern viel Beachtung fand.«

»Der Mord Kains!« wandte Pavanetto ein.

»Fehlt ebenfalls, obwohl er für Kain und seinen Stamm von höchster Bedeutung ist.«

»Ich glaube«, meinte Jellinek, »man muß Michelangelos Bibelbetrachtung zu trennen wissen von der eines Theologen, nur so können wir uns überhaupt dem Inhalt der Fresken nähern. Ja, je mehr ich mich mit den Darstellungen beschäftige, desto mehr kommt mir zu Bewußtsein, daß Michelangelo mit gewollter Naivität ans Werk gegangen ist. Wie sehen Sie das, Professore?«

»Ich möchte es einmal so formulieren: Michelangelos Interpretation der alttestamentarischen Schöpfungs- und

Heilsgeschichte ist nach dem Geist, nicht nach dem Buchstaben entstanden. Betrachten wir nur einmal die Schöpfung« – Parenti zeigte zum vorderen Teil der Decke –, »bevor Gott ruhte am siebenten Tag, schuf er acht Werke der Schöpfung. Bei Michelangelo sind es neun, für ihn sind die Schaffung Adams und Evas, von denen es in der Bibel nur heißt: als männlich und weiblich erschuf er sie, zwei getrennte Ereignisse, und dies ohne darstellerische Notwendigkeit. Er malt die sieben Tage der Schöpfung ohnehin nur in fünf Fresken. Betrachten wir das erste, die Trennung des Lichtes von der Finsternis durch Gottvater, so beginnt schon das Rätselraten.«

»Ich hoffe«, unterbrach Kardinal Jellinek, »Sie werden uns eine Erklärung geben, warum Gottvater weibliche Brüste hat!«

»Ich bitte um Entschuldigung, Herr Kardinal, ich kann es nicht, und bis heute gibt es dafür keine einleuchtende Erklärung. Klarer ist dagegen die zweite Darstellung, die Erschaffung von Sonne, Mond und Erde, wenngleich nicht unumstritten. Gott braust wie im Sturm heran, die Arme weitausgestreckt, wobei Michelangelo sich auf Isaias zu beziehen scheint, der das *bracchium domini,* den Arm des Herrn, mit seiner durchsetzenden Macht betont. Während seine Rechte die Sonnenscheibe berührt, scheint der Florentiner mit der Schaffung der Erde und der Pflanzen Schabernack zu treiben, indem er Gott, nur im Hinterteil kenntlich, um die Sonne fliegen läßt. Aber vermutlich wollte Michelangelo bei dieser gewagten Darstellung an die Stelle der Schrift bei Moses erinnern, wo Moses Gott bittet, seine Herrlichkeit sehen zu lassen und Gott ihm nur seine Rückansicht zugesteht.«

»Videbis posteriora mea!« murmelte Jellinek und wie selbstverständlich fügte er die Textstelle hinzu: »Exodus 33,23.«

Parenti nickte und fuhr fort: »Uneinig sind sich die Gelehrten wegen der Kinder, die aus den Gewandfalten Gottes hervorlugen. Die einen behaupten, es handele sich um die Vorverkündigung von Jesus und Johannes, andere meinen, es seien Engel, wie in den Psalmen verkündet, die seine Werke lobten. – Im dritten Fresko schwebt der Vatergott über den Wassern, von Engelsknaben begleitet. Es ist das wohl eindeutigste und klarste. Das vierte zeigt die Erschaffung Adams, wohl die berühmteste Szene: wie Gott lebenspendend den auf der Erde lagernden Menschen am schlaffen Zeigefinger berührt. Unter dem Arme Gottes lugt bereits das Weib hervor. Aber es gibt auch eine andere und sogar wahrscheinlichere Theorie, daß es sich bei der jugendlichen Frauensperson um Sophia handele, die Braut Salomos.«

Jellinek zitierte die Textstelle aus dem Gedächtnis: »›Ihrer adeligen Herkunft macht sie Ehre, da sie mit Gott zusammenwohnt, und der Herr des Weltalls hat sie liebgewonnen. Denn in das göttliche Wissen ist sie eingeweiht, und wählt aus unter seinen Werken. Wenn aber Reichtum ein begehrenswerter Besitz ist im Leben, was ist reicher als die Weisheit, die das All kunstvoll ausstattet?‹ «

»Bravo, bravissimo!« applaudierte Pavanetto, »mir scheint, Sie können das Alte Testament auswendig, Herr Kardinal!«

Jellinek machte eine abwehrende Handbewegung.

»Sie sehen«, nahm Riccardo Parenti seine Rede wieder auf, »manche Darstellungen Michelangelos lassen eine einfache, vordergründige Deutung zu, aber ebenso eine hintergründige, und das wird auch die Erklärung des Namens ABULAFIA erschweren. – Das fünfte Fresko, die Erschaffung Evas, bestätigt im übrigen eher die Theorie, wonach Sophia anstelle Evas aus dem Mantel Gottes hervorluge, denn diese Eva ist so ganz anders: rundlich-weiblich, mit langem Haar, während das vorangegangene Wesen von zarter Figur ist und kurze Haarpracht trägt. Was besonders auffällt an dieser

Darstellung: Entgegen der Schrift berührt Gottvater diese Frau nicht, und das Paradies, das von allen Künstlern mit üppig blühender Vegetation, mit Früchte tragenden Bäumen und belebt von Tieren dargestellt wird, begegnet uns als eine kahle Landschaft; und selbst der Baum, an den Adam schlafend gelehnt liegt, ist nur ein Stumpf, in halber Höhe abgesägt, und man fragt sich, ob Michelangelo damit sein eigenes, unerfreuliches Paradies beschreiben wollte. Die Welt beim folgenden Sündenfall jedenfalls ist öde und leer. Die Menschenschlange am Baume der Erkenntnis bildet die Mitte des Bildes, und entgegen der Darstellung der Bibel greifen Eva *und* Adam nach den verbotenen Früchten, und aus der Höhe erscheint rotgewandet der Erzengel und weist die beiden Menschen mit dem Schwert aus dem Paradies. Vergleicht man die Adamsgestalten der Erschaffung und der Vertreibung, so wird die hohe Kunst Michelangelos deutlich: Dort ein strahlender, gottgleicher Adam, hier ein vermenschlichter, geschlagener.«

»Gibt es eine Erklärung, warum Michelangelo Kain und Abel ausließ?« erkundigte sich Jellinek.

»Nein«, erwiderte Parenti, »auch hier zeigen sich offenbar Abneigung und Zuneigung für gewisse Figuren. Dafür erscheint Noah gleich dreimal: beim Opfer, bei der Sintflut und in seiner Trunkenheit. Seltsamerweise vertauscht Michelangelo dabei sogar die Chronologie, das Opfer steht *vor* der Sintflut. Das Opfer ist eine der detailgetreuesten Darstellungen der gesamten Deckenmalerei. Sie nimmt Bezug auf die Textstelle: ›Noah baute einen Altar für den Herrn, und von allen reinen Tieren und reinen Vögeln brachte er Opfer auf ihm dar.‹ Wir sehen Noah mit himmelwärts gerichteter Rechter, Noahs Frau redet auf ihn ein, im Vordergrund rechts ein Jüngling, der dem geschlachteten Widder das Herz herausgeschnitten hat, ein anderer trägt Holz herbei, ein dritter entfacht das Feuer. Zweifelsfrei fand diese Handlung *nach* der Flut statt, aber für Michelangelo kommt die Sintflut erst jetzt.«

Fedrizzi sagte mit nach oben gerecktem Kopf: »Ich weiß nicht warum, aber mich beeindruckt dieses Fresko am meisten.«

»Es ist gewiß das ergreifendste«, antwortete Parenti, »weil es eine ganze Reihe menschlicher Schicksale zeigt.«

»Auf sehr eigenwillige Weise übrigens«, fügte Jellinek hinzu.

»Eigenwillig, inwiefern eigenwillig?«

»Nun, diese Darstellung zeigt die Errettung Noahs vor der Sintflut nur im Hintergrund, als kleine Nebensächlichkeit sozusagen. Das Hauptmotiv des Freskos ist die Vernichtung der Menschheit, von der es in der Schrift heißt: ›Das Ende allen Fleisches habe ich beschlossen, denn voll Gewalt ist die Erde. Ich will alle Lebewesen vertilgen mitsamt der Erde.‹«

»Und das neunte Fresko, Professore, welcher Sinn steht hinter der Darstellung von Noahs Trunkenheit?«

»Hier begegnen wir wiederum einem der Geheimnisse Michelangelos. Der Künstler bezieht sich dabei auf eine kurze Textstelle im neunten Kapitel der Genesis, in der es heißt, Noah habe als erster einen Weinberg gepflanzt, vom Weine getrunken und sich in seinem Rausch entblößt. Michelangelo greift diese Szene auf und zeigt Noah links bei der Arbeit in seinem Weinberg. Im Vordergrund ist er, Krug und Weinschale neben sich, bereits betrunken, und ganz rechts zeigt Ham, der Vater Kanaans, auf die Blößen des Vaters, während die Söhne Sem und Japhet den Vater zudekken, ihre Blicke abgewendet. Vermutlich sah Michelangelo in dieser Szene das Urbild von Irrtum, Schuld und Verstrikkung des Menschen.«

Betroffen senkten die Männer die Köpfe.

»Halten Sie es für möglich«, erkundigte sich Kardinal Jellinek an Parenti gewandt, »daß in den alttestamentarischen Darstellungen Michelangelos der Schlüssel zu der geheimnisvollen Inschrift verborgen ist?«

Der Professore blieb die Antwort lange schuldig, schließlich hob er den Kopf zur Decke und sagte: »Was heißt für möglich halten! Bei Michelangelo ist alles möglich. Nach der Wahrscheinlichkeit und aus einem Gefühl heraus würde ich jedoch die Lösung eher bei den Propheten und Sibyllen suchen, nicht nur, weil fünf von ihnen diesen seltsamen Namen ABULAFIA tragen, ihr zwölffaches Erscheinen an der Decke ist so dominierend, daß . . .«

»Ich weiß, was Sie sagen wollen«, unterbrach Pavanetto, »die Propheten und Sibyllen erscheinen dem Betrachter bedeutsamer als die scheinbar nur dazwischengestreuten Darstellungen des Alten Testamentes.«

Die anderen pflichteten Pavanetto bei.

»Richten Sie Ihr Augenmerk auf die Auswahl der Propheten. Michelangelo stellt Isaias, Jeremias, Ezechiel, Zacharias, Jonas, Joel und Daniel dar, schenkt aber bedeutenderen wie Moses, Josua, Samuel, Natan und Elias keine Bedeutung. Das verblüfft, und man fragt nach den Ursachen dieser Auswahl. Ist es pure Willkür, oder verbirgt sich dahinter eine Ursache?«

»Die messianische Weissagung!« rief Jellinek. »Sie alle haben den Messias geweissagt, im Gegensatz zu den anderen Propheten.«

Parenti lächelnd: »Und Jonas? Trifft das auch auf Jonas zu?«

Jellinek: »Nein.«

»Also ist Ihre Theorie falsch. Wie wollten Sie die Anwesenheit Jonas' rechtfertigen? Ich glaube, die einzige Erklärung für diese spezielle Auswahl ist, daß Michelangelo der prophetischen Schrift gegenüber dem prophetischen Wort den Vorzug gegeben hat, daß er Propheten auswählte, die eigene prophetische Bücher hinterlassen haben oder in diesen Büchern auftreten.«

»Und die Sibyllen?«

»Die Sibyllen sind zweifellos unbiblische Gestalten, und ihre Anwesenheit ist eines der großen Rätsel der sixtinischen Decke. Michelangelo hat sich nie dazu geäußert. Man könnte sagen, es sind weibliche Propheten, aber während sie vom irdischen Geist durchdrungen sind, sind die Propheten vom kosmischen Geist inspiriert. Hier regt sich zweifellos Michelangelos neuplatonische Bildung. Gemeinsam sind Propheten und Sibyllen jedoch die kindhaften Prophetengeister im Hintergrund. Sie können uns gewiß die Stelle bei Paulus nennen, Herr Kardinal!«

Jellinek nickte und begann aus Paulus 1. Korinther zu zitieren: »›Als Propheten sollen zwei oder drei reden, und die übrigen mögen es prüfen. Wenn aber einem anderen, der dasitzt, eine Offenbarung zuteil wird, so soll der erste schweigen. Denn ihr könnt alle, einer nach dem anderen, prophetisch reden, damit alle lernen und alle ermahnt werden. Die Geister der Propheten sind den Propheten untertan . . .‹«

»So schreibt Paulus. Vergleichen wir nun die zwölf Propheten und Sibyllen, so sind nur Jonas, Jeremias, Daniel und Ezechiel mit Attributen versehen, die sie namentlich kenntlich machen. Hätte Michelangelo sie nicht mit Namensschildern gekennzeichnet, so wären sie schwer zu identifizieren. Jonas dagegen ist an Walfisch und Rizinusstaude zu erkennen, Jeremias an seiner Trauer und Verzweiflung, die auf seine eigenen Worte Bezug nimmt: ›Ich sitze nicht im Kreise der Fröhlichen, einsam sitze ich im Banne deiner Gewalt, denn du erfüllst mich mit Zorn. Warum soll ewig dauern mein Schmerz, meine Wunde unheilbar sein, ohne Aussicht auf Genesung?‹ – Daniel ist kenntlich an den zwei Büchern. Er schreibt, wie er selbst sagt, Passagen aus dem Buche des Jeremias ab. Ezechiel trägt eine Art Turban, über den es in der

Schrift heißt: ›Halte deine Tränen nicht zurück, Totenklage veranstalte nicht, binde dir deinen Turban um, und Sandalen lege an deine Füße an ...‹ Die übrigen sind sehr frei behandelt in Aussehen und Haltung.«

Sodann kam der Professore auf jene nackten Männergestalten über den Köpfen der Propheten und Sibyllen zu sprechen, den sogenannten Ignudi, die bei vielen Betrachtern Befremden hervorrufen. Die Ignudi seien Engel, sagte Parenti, Engel wie sie das Alte Testament beschreibt: männlich, flügellos, kräftig und schön. Ihre sinnliche Nacktheit habe Michelangelo offenbar aus einer Stelle der Genesis bezogen, wo zwei Engel im Hause Lots übernachten und die Männer von Sodom die schönen Jünglinge begehren. Ihr paarweises Auftreten habe Michelangelo dagegen aus der Beschreibung der Bundeslade im 2. Buch Moses übernommen. Der Inhalt der Tondi genannten Rundschilde, erklärte Parenti, von denen eines der Zerstörung anheim gefallen sei, sei in seiner Bedeutung mit hoher Wahrscheinlichkeit erkannt. Es handle sich um Allegorien der zehn Gebote.

Als letztes verwies Parenti auf die Dreiecke über den Fenstern, die sogenannten Lünetten. Diese, meinte der Professor, stellten zweifelsfrei den Stammbaum des erwählten Volkes dar, beginnend mit Abraham, Isaak und Jakob bis hin zu Joseph, insgesamt vierzig Personen. Und dies sei, in groben Zügen, der Inhalt der sixtinischen Decke.

Da schwiegen die Zuhörer, und ein jeder dachte nach.

»Worüber denken Sie nach, Eminenza?« fragte Pavanetto.

»Ich überlege, ob Michelangelo das Alte Testament – denn nur mit diesem gibt er sich ab –, ob Michelangelo das Alte Testament verfälscht oder nur eigenwillig interpretiert hat oder welchen anderen Zweck er mit seiner Darstellung verfolgen wollte.«

»Mir stellt sich«, entgegnete Pavanetto, »nachdem wir dies alles gehört haben, eine ganz andere Frage: War Michelangelo ein so bedeutsamer Bibelkenner, oder nahm er bei einem Theologen Nachhilfeunterricht?«

Parenti antwortete: »Davon ist nichts bekannt.«

»Der Eindruck trügt«, unterbrach Jellinek, »denn sehen wir einmal von der Genesis ab, die jedes Kind in der Schule lernte, waren Michelangelo nur die Propheten Isaias, Jeremias und Ezechiel gegenwärtig, er kannte darüber hinaus die Psalmen, während er aus den historischen Büchern nur einige wenige Details aus den Büchern der Makkabäer kennt. Insgesamt gesehen ist das nur ein Bruchteil des Alten Testamentes.«

»Ich glaube«, meinte Parenti, »aus den stilistischen Unterschieden der Freskomalerei ist herauszulesen, daß Michelangelo sich erst während der Arbeit an dem Deckengemälde intensiver mit der Bibel beschäftigt hat. Dazu muß man wissen, daß der Künstler entgegen der Chronologie gemalt hat, daß er also mit Noahs Trunkenheit begonnen und sich von hier aus nach vorne gearbeitet hat. Allein die Darstellungsweise Gottvaters läßt diesen Schluß zu. Betrachten Sie einmal den von Michelangelo zuerst gemalten Gottvater in der Szene von Evas Erschaffung, und vergleichen Sie ihn mit dem Gottvater der Erschaffung Adams oder dem der folgenden Szenen, so erkennen Sie eine neue, andere Darstellungsweise Gottes. Das gleiche gilt auch für die Propheten und Sibyllen, von denen die zuerst gemalten zwar nicht von minderer Schönheit sind, aber die später entstandenen weisen mehr biblische Details auf, so als habe Michelangelo diese Einzelheiten gerade bei der Bibellektüre erfahren.«

»Und die geheimnisvolle Inschrift?« frage Jellinek gespannt.

Fedrizzi, der Restaurator, antwortete: »Die Inschrift muß von Anfang an konzipiert worden sein, allein schon aus formalen Gründen wegen der Aufteilung der Buchstaben über die gesamte Längsseite. Darüber hinaus können wir, wie ich an anderer Stelle schon ausgeführt habe, sicher sein, daß die Inschrift keine spätere Zutat ist, da die verwendete Farbe dieselbe Zusammensetzung hat wie die der Freskomalerei.«

Jellinek blickte betroffen zu Boden. »Also trug sich Michelangelo von Anfang an mit dem Gedanken, der sixtinischen Decke ein Geheimnis anzuvertrauen. Ich meine, die Inschrift ist nicht aus einer plötzlichen Wut oder einer einmaligen Stimmung heraus entstanden.«

»Nein«, erwiderte Fedrizzi, »mein Befund beweist gerade das Gegenteil.«

EBENFALLS AM MITTWOCH DER ZWEITEN FASTENWOCHE

Viele Entdeckungen der Menschheit verdanken wir nicht dem menschlichen Gehirn, sondern dem schlichten Zufall, und nicht anders geschah das auch in diesem Fall, an dem sich inzwischen die unterschiedlichsten Leute aus den verschiedensten Gründen interessiert zeigten. Es traf sich, daß Augustinus dem Abt seines Klosters auf dem Aventin von der Aufregung berichtete, welche die sixtinische Inschrift verursacht habe und die ohne Zutun des Florentiners größte Verwirrung in der Kurie schaffe. »Ich weiß nicht«, schloß er, »welchen Zauber Michelangelo auf die Nachwelt ausübt, aber seit diese Inschrift entdeckt worden ist, werden die Geister der Vergangenheit lebendig.«

Der Abt, ein kleiner, kahlköpfiger alter Mann mit Namen Odilo, hörte die Worte seines Mitbruders und sprach: »Mein Gelübde, Bruder, gebietet mir Ehrlichkeit, es hat mir aber auch die Obhut dieses Klosters auferlegt, und nun zweifle ich, welchem Gelübde ich den Vorzug geben soll. Spreche ich die Wahrheit, und berichte ich dir alles, was ich weiß, so ist die Wahrheit furchtbar, schweige ich wider besseres Wissen, so nütze ich diesem Kloster, vielleicht sogar der Kirche.

Ich trage eine schwere Bürde. Was soll ich tun, Bruder Augustinus?«

Augustinus verstand die Worte seines Abtes nicht und meinte, ein jeder müsse mit seinem eigenen Gewissen vereinbaren, worüber er reden und was er verschweigen wolle.

»Hör zu, Bruder«, begann der Abt, »im Keller dieses Klosters lagern Dokumente, welche die reine Seele dieses Ordens, ja der Kirche beflecken. Ich fürchte, sie könnten in den Strudel der Nachforschungen gerissen werden, und deshalb will ich dir, Bruder, die Wahrheit sagen. Komm!«

Augustinus stieg mit dem Abt die enge, steinerne Treppe des Eckturmes hinab. Die Kühle, die ihnen entgegenschlug, wirkte zunächst wohltuend in der Hitze des Frühlings; doch je tiefer sie stiegen, desto feuchter und beklemmender wirkte die Luft. Vor einer engen spitzbogigen Tür aus Eisen zog Abt Odilo einen Schlüssel hervor und sperrte auf. Die Tür knarzte trocken, wie eine Tür knarzt, die lange nicht mehr geöffnet wurde. Mit der Linken tastete er nach einem Lichtschalter und setzte eine elektrische Beleuchtung in Betrieb, die aus nackten Glühlampen bestand. Sie verbreiteten einen diffusen Schimmer auf ein endlos scheinendes Gebäude mit hölzernen Regalen an den Seiten und Kisten und Kästen, welche Bücher und Aktendeckel enthielten und ein heilloses Durcheinander bildeten.

»Du warst nie hier, Bruder?« erkundigte sich der Abt und ging voraus, vorbei an einem eingestürzten Bücherregal.

»Nein«, erwiderte Augustinus, »ich wußte überhaupt nicht, daß dieses Gewölbe existiert. Was wird hier aufbewahrt?«

Der Abt blieb stehen, griff einen Folianten, pustete eine dicke Staubschicht vom Einband und schlug den Deckel auf.

»Da, sieh!«, und er begann zu lesen: »Auf Lichtmeß im Jahre des Herrn Eintausendsechshundertsiebzigsieben stellte die Confoederatio Oratorii S. Philippi Nerii 89 Priester und 240 Laien ohne Gelübde, welche die Räte des Evangeliums befolgen und sich der Wissenschaft und den frommen Werken der Seelsorge widmen. Sind zu verköstigen 329 Seelen auf ein Jahr mit folgenden Mitteln, welche erworben durch eigene Wirtschaft, fromme Spenden und achtmaligen Erbfall ...«

»Das ist die Buchführung des Klosters!« rief Padre Augustinus aus.

»Ganz recht«, antwortete der Abt, »von der Gründung des Oratoriums im Jahre 1575 durch Filipo Neri bis zum Ende des letzten Krieges. Seither gibt es neue Räumlichkeiten für die Buchhaltung.«

Abt Odilo ging auf einen Stapel grobschlächtiger Holzkisten zu. Ihre Deckel waren zugenagelt. Odilo zog ein Taschenmesser hervor, und nach kurzer Zeit gelang es ihm, den ersten Deckel aufzuhebeln. »Was du jetzt sehen wirst«, meinte er, während er sich an zwei weiteren Deckeln zu schaffen machte, »gehört nicht gerade zu den Ruhmestaten unseres Ordens und nicht zu denen der katholischen Kirche.« Dann brach er mit einer Kraft, die man dem kleinen Mann nicht zutrauen konnte, den ersten Deckel auf.

»Jesus Maria!« entfuhr es Padre Augustinus. Goldbarren, Schmuck und Edelsteine lagen zu Haufen durcheinander wie Talmi, daß Augustinus vorsichtig fragte: »Ist das alles echt?«

»Das ist wohl anzunehmen, Bruder«, erwiderte der Abt und machte sich an der zweiten Kiste zu schaffen. »Die Kisten, die du hier siehst, sind voll davon.«

»Aber das sind doch Millionen!«

»Zig Millionen, Bruder, so viele Millionen, daß es unmöglich ist, das Zeug zu veräußern, ohne aufzufallen.« Odilo hatte in der Zwischenzeit die zweite Kiste geöffnet, aber Augustinus, in Erwartung weiterer Schätze, war enttäuscht: »Personalpapiere, Pässe und Dokumente!«

Odilo hielt dem Bruder einen grauen Paß vors Gesicht. Er

schwieg, und jetzt erkannte Padre Augustinus das Hakenkreuz auf der Vorderseite. Auch die anderen Dokumente trugen Stempel mit Hakenkreuzen.

»Was hat das zu bedeuten?« Augustinus wühlte in den Dokumenten. Es mochten ein paar hundert gewesen sein.

»Du hast nie von der Klosterroute gehört, Bruder?«

»Nein, was ist das?«

»Dann ist dir wohl auch die Geheimorganisation ODESSA kein Begriff?«

»ODESSA? Nein, nie gehört.«

»Nach dem Ende des letzten Weltkrieges gab es in Europa ein großes Kommen und Gehen. Viele, die vor den Nazis ins Exil geflohen waren, kehrten in ihre Heimat zurück, umgekehrt versuchten viele Nationalsozialisten, ins Ausland zu fliehen. Aber die Grenzen in Europa waren geschlossen, und überall suchte man nach den alten Nazis. Damals entstand die ODESSA – ODESSA ist die Abkürzung von ›Organisation der ehemaligen SS-Angehörigen‹. Diese alten Nazis haben, als sie merkten, daß das Dritte Reich verloren war, Geld und Kunstschätze gehortet und zum Teil in andere Länder gebracht, von denen aus sie sich abzusetzen gedachten. Viel Geld floß damals in die Kassen des Vatikan. Ich will gar nicht behaupten, daß man von Anfang an wußte, von dem die Gelder stammten und für welche Zwecke sie bestimmt waren, aber als man in der Kurie das Ganze durchschaute, war es zu spät, und Vatikan und ODESSA waren gemeinsam an Geheimhaltung interessiert. Der Trick, den sich die alten Nazis ausgedacht hatten, war genial, aber er wäre nicht ohne Einwilligung der Kurie möglich gewesen. Zunächst traten diese Leute irgendwo, wo sie sich gerade aufhielten, in Deutschland, Österreich, Frankreich oder Italien in ein Kloster ein. In den Klöstern hielten sie sich aber nur ein paar Tage auf, dann gingen sie, meist mit einem Empfehlungsschreiben des Abtes, in ein anderes Kloster und von dort nach kurzer Zeit wieder in ein anderes. So verwischten sich allmählich ihre Spuren. Am Ende landeten alle ...«

»Lassen Sie mich einen Verdacht äußern!« unterbrach Padre Augustinus. »Am Ende landeten alle hier in diesem Oratorium, als Ordensleute verkleidet.«

»Genauso war es.«

»Mein Gott. Und was geschah mit diesen Leuten?«

»Der Vatikan stellte ihnen falsche Papiere aus, er legitimierte ihre Ordenstracht, gab ihnen neue Namen und neue Adressen, was, im nachhinein betrachtet, manchmal einer gewissen Ironie nicht entbehrte, weil die Adressen jene der bischöflichen Ordinariate in Wien, München oder Mailand waren. Was hätte der Vatikan auch anderes tun sollen. Man war froh, daß die falschen Mönche ins Ausland wollten, meist nach Südamerika, so war man sie los. Gesteuert wurde die gesamte Aktion von einem gewissen Monsignore Tondini und seinem blutjungen Adlatus Pio Segoni. Tondini leitete das Vatikanische Auswanderungsamt, später auch Internationale Katholische Auswanderungskommission genannt, Segoni vermittelte zwischen den gestrandeten ›Mönchen‹ und den vatikanischen Behörden und kassierte dafür Geld und Wertgegenstände.«

»Pio Segoni, sagten sie, sagten Sie wirklich Pio Segoni?«

Der Abt nickte. »Deshalb habe ich dich hier herunter geführt. Kein Mensch würde glauben, daß dieses Oratorium Endpunkt der sogenannten Klosterroute war und daß hier ein Mann saß, der den Nazis Geld und Gold abnahm unter dem Deckmantel christlicher Nächstenliebe. Gewiß, Padre Pio hat sich nicht selbst bereichert, jedenfalls glaube ich das nicht, aber sein Tun gereichte nicht gerade zur höheren Ehre Gottes.«

Der Staub und die abgestandene Luft legten sich über die Lungen der Männer. Augustinus versuchte, nur mit kurzen Zügen zu atmen. »Ich frage mich nur«, sagte er schließlich, bemüht, den Mund möglichst wenig zu öffnen, »ich frage mich nur, warum Sie mir das alles gezeigt haben.«

»Gewiß«, erwiderte der Abt, »ich bin vielleicht der einzige, der von den Pässen und den Schätzen in diesem Keller weiß, denn mir wurde das Wissen von meinem Vorgänger übergeben unter dem Siegel der Verschwiegenheit. Ich bin ein sehr alter Mann, Augustinus, und so wie ich diese Last auf mich nehmen mußte, so hast nun du diese Last zu tragen. Ich weiß, du kannst schweigen, Bruder in Christo, und ich weiß, du bist den Dokumenten dieser unseligen Zeit am nächsten. Sie lagern allesamt im Vatikanischen Archiv, und ich mußte fürchten, du würdest im Zuge der Recherchen um die sixtinische Inschrift von selbst auf das Geheimnis stoßen oder von anderer Seite darauf gestoßen werden. Jetzt, da du das Geheimnis kennst, mußt du mit deinem Wissen leben.«

AM FREITAG DER ZWEITEN FASTENWOCHE

Das Consilium am Freitag der zweiten Fastenwoche beschäftigte sich in der Hauptsache mit dem pseudepigraphischen Charakter der kabbalistischen Hauptwerke und ihren Berührungspunkten mit der katholischen Kirche, ohne jedoch zu irgendwelchen Ergebnissen zu führen, die geeignet schienen, den Namen Abulafia an der Decke der Sixtinischen Kapelle zu erklären. Dafür legte Padre Augustinus ein Dokument aus dem Pontifikat Papst Nikolaus' III. vor, in dem davon die Rede war, daß Abraham Abulafia bei seinem Aufenthalt im Franziskanerkloster eine geheime Schrift abgenommen worden sei, ein sündhaftes Pamphlet gegen den Glauben. Die Suche nach diesem Pamphlet sei jedoch ergebnislos verlaufen, vermutlich sei es verbrannt worden.

Diese Mitteilung setzte die Mitglieder des Consiliums in heftige Aufregung, und man diskutierte mehrere Stunden, welchen Inhaltes das Papier des jüdischen Mystikers wohl gewesen sein konnte, und Mario Lopez, Prosekretär der Kongregation für die Glaubenslehre, gab zu bedenken, daß, so Michelangelo sich auf diese Urkunde beziehe, das Dokument im 16. Jahrhundert noch präsent gewesen sein müsse und es seither wohl keinen Grund gegeben habe, dieses zu vernichten, jedenfalls sei der Name Abulafia nicht wieder in den Annalen des Vatikan aufgetaucht. Danach vertagte sich das Consilium auf einen nicht festgesetzten Termin, bis neue Ergebnisse vorlägen.

Am Abend trafen sich Jellinek und Monsignore Stickler nach langer Pause in der Wohnung des Kardinals zum Schachspiel; aber weder der eine noch der andere schien so recht bei der Sache zu sein. Das Spiel verlief mechanisch, Zug um Zug, ohne die sonst übliche Raffinesse und Eleganz, was darauf zurückzuführen war, daß ihre Gedanken um eine andere Sache kreisten.

»Gardez!« sagte Stickler eher beiläufig, indem er seinen Turm der weißen Dame in den Weg stellte – nach gerade neun Zügen –, und der Kardinal ergriff die Flucht.

»Ich glaube«, meinte er schließlich, »wir sind mit unseren Gedanken bei derselben Sache.«

»Ja«, antwortete Stickler, »so scheint es.«

»Sie –«, Jellinek zögerte, »Sie sind Bellini zugetan, Monsignore?«

»Was heißt zugetan. Ich stehe auf seiner Seite, wenn Sie das meinen, und das hat seinen Grund.«

Der Kardinal blickte auf.

»Wissen Sie«, fuhr Stickler fort, »der Vatikan ist ein Staatsgebilde im Kleinen mit einer Regierung und mit Parteien, die einander bekämpfen und miteinander koalieren, und da gibt es Mächtige und weniger Mächtige, Bequeme und Unbequeme, Sympathische und Unsympathische, vor allem aber gibt es Gefährliche und Ungefährliche. Es wäre ein Fehler zu glauben, im Vatikan herrsche die Frömmigkeit. Ich habe drei Päpsten gedient, ich weiß, wovon ich rede. Von der Frömmigkeit zum sündhaften Wahn ist nur ein kleiner Schritt, und man vergißt zu leicht, daß die Kurie aus Menschen besteht und nicht aus Heiligen.«

»Was hat Bellini mit der Sache zu tun?« fragte Jellinek unvermittelt.

Der Monsignore schwieg eine Weile, dann sagte er: »Ich vertraue Ihnen, Herr Kardinal, ich muß Ihnen schon deshalb vertrauen, weil wir, wie es scheint, dieselben Feinde haben. Bellini steht an der Spitze einer Gruppe, die überzeugt ist, daß Gianpaolo keines natürlichen Todes gestorben ist, und entgegen allerhöchster Anweisung aus dem Kardinalstaatssekretariat die Nachforschungen in diesem Falle bis heute weiterführt. Das Paket mit den Utensilien des Papstes war gewiß als massive Drohung gedacht, damit Sie ihre Nachforschungen einstellten, wir können es aber auch als Beweis dafür werten, daß beim Tode des letzten Papstes nicht alles mit rechten Dingen zugegangen ist.«

»Sie kennen die Namen der Beteiligten an diesem Komplott? Welches Interesse könnten diese Männer an der Beseitigung des Papstes gehabt haben?«

Monsignore William Stickler nahm seinen König aus dem Spiel, zum Zeichen, daß er die Partie für beendet betrachtete, dann sah er dem Kardinal ins Gesicht und sprach: »Ich bitte um Ihr Schweigen, Eminenza, aber da wir nun einmal in einem Boot sitzen, will ich Ihnen sagen, was ich weiß.«

»Cascone?« frage Jellinek.

Der Monsignore nickte. »Das Dokument, das beim Tode Gianpaolos auf so mysteriöse Weise verschwand, enthielt genaue Anweisungen für eine Umbildung der Kurie. Verschiedene Posten sollten neu besetzt, andere aufgelöst werden. An der Spitze der Veränderungen standen drei Namen:

Kardinalstaatssekretär Giuliano Cascone, der Leiter des Istituto per le Opere Religiose Phil Canisius und Frantisek Kolletzki, der Prosekretär der Kongregation für das katholische Bildungswesen. Ich möchte einmal so sagen: Hätte Gianpaolo nicht in der darauffolgenden Nacht den Tod gefunden, so wären diese drei Herren heute nicht mehr auf ihren Posten.«

»Aber kann ein Kardinalstaatssekretär so einfach abberufen werden?«

»Es gibt weder ein Gesetz noch eine Vorschrift, die das verbietet, auch wenn es seit Menschengedenken nicht vorgekommen ist.«

»Ich muß gestehen, ich hielt Cascone und Canisius immer für Rivalen.«

»Sind sie auch. In gewissem Sinne sind beide Rivalen und einander fremd. Cascone ist ein hochgebildeter Mann, der seinen Status zu zelebrieren gewohnt ist; Canisius ist ein Bauer von Abstammung, und ein Bauer ist er bis heute geblieben. Er kommt aus der Nähe von Chicago und wollte immer etwas werden, aber zu mehr als einem Bischof in der Kurie hat er es nicht gebracht, und selbst die Bischofswürde schmeichelt ihm. Das IOR war ziemlich unbedeutend, als er es übernahm, aber Canisius machte es mit einer gewissen Begabung zu einem vielgeachteten Finanzinstitut, immer in der Absicht, in der Hochfinanz eine Rolle zu spielen. Er hat einen Instinkt für Geld, er würde die Tiara des Papstes nach Amerika verkaufen, wenn man ihn ließe. Seine Geldgeschäfte haben Canisius zu einem mächtigen Mann gemacht in der Kurie – natürlich zum Mißvergnügen des Kardinalstaatssekretärs, der ja selbst die weltliche Macht des Vatikans verkörpert. Ich glaube, die beiden hassen sich in ihrem Innersten, aber es muß ihr gemeinsames Interesse sein, das Geheimnis zu bewahren. Verstehen Sie?«

»Ich verstehe. Und Bellini ist demnach mit Cascone, Kolletzki und Canisius verfeindet?«

»Nicht erklärtermaßen, Eminenza. Bellini war nur der erste in der Kurie, der am natürlichen Tode Gianpaolos Zweifel hegte und dies auch offen aussprach. Deshalb meiden Cascone, Kolletzki und Canisius Kardinal Bellini. Vor allem aber meiden sie mich. Denn sie ahnen, daß ich den Inhalt des verschwundenen Papieres kenne und weiß, daß die Posten dieser Männer zur Disposition standen. Ich glaube, für diese drei war es das größte Unglück, daß Seine Heiligkeit mich wieder zum Kammerdiener erwählt hat.«

»Weiß Seine Heiligkeit von dieser Geschichte?«

»Ich bin gehalten zu schweigen, Eminenza, auch Ihnen gegenüber.«

»Sie müssen nicht antworten, Monsignore, aber ich kann es mir denken.«

AM TAGE NACH OCULI

Am Tage nach Oculi machte Kardinal Jellinek im Geheimarchiv des Vatikans eine unheimliche Entdeckung.

Er hatte sich aus Gründen, die ihm selber unerfindlich blieben, nie mehr in den Bereich des Archivs vorgewagt, wo ihm vor nunmehr drei Wochen jener geheimnisvolle Besucher begegnet war, obgleich seitdem ein vager Gedanke in ihm bohrte und nagte, daß er irgend etwas dort übersehen habe, einen Mosaikstein, der nicht ins Bild paßte, aber sich für die Lösung seines Puzzles als Eckstein erweisen könnte. Doch auf irgendeine Weise hatte ihn das letzte Gespräch mit Monsignore Stickler in seinem Mut bestärkt, und er sagte sich, daß die Füße, die er in der Bibliothek gesehen hatte, wirklich die Füße eines ungebetenen Besuchers und nicht die eines Geistes gewesen seien, wie auch der unheimliche

Bote, der ihm das Paket mit der Brille und den roten Schuhen zugetragen hatte, kein übernatürlicher, sondern ein irdischer, gedungener Agent gewesen war. Und auch die Halluzination, die er in der Bibliothek erlebt hatte, erschien ihm im nachhinein eher als Folge nervlicher Anspannung denn als Akt einer höheren Instanz.

Und so, schwankend zwischen rationaler Erklärung und irrationaler Furcht, begab er sich leisen doch festen Schrittes in die Höhle der Bibliothek.

Zuerst fiel ihm der uralte Lederband nur ins Auge, weil er halb aus dem Regal hervorragte, so als habe jemand ihn in aller Hast zurückgelegt. Doch als er ihn in die Hand nahm, sah er, nun bei Tage, in punzierten Lettern, deren Gold schon abgestoßen und zum Teil von der Zeit verdunkelt war, dieselbe Schrift, die ihm in seiner Vision erschienen war: LIBER HIEREMIAS.

Es gab, bei Gott, keinen Grund, dieses Buch des Propheten im Geheimarchiv aufzubewahren. Jellinek kannte seinen Beginn beinahe auswenig: »Worte des Jeremias, des Sohnes des Hilkia aus dem Priestergeschlechte zu Anatot im Lande Benjamin: An ihm ist der Weg des Herrn zur Zeit des Königs Josia von Juda, des Sohnes Amons, im 13. Jahr seiner Königsherrschaft erfolgt ...« Doch zu seinem Erstaunen war der Inhalt dieses Buches ein anderer. Unter dem Vorsatzblatt ›Das Buch Jeremias‹ fand sich ein zweites mit der Aufschrift ›Buch des Zeichens‹, ohne einen Autor zu nennen. Die erste Textseite des Buches war zerschlissen, der obere Teil fehlte ganz: aber was geschrieben stand, war den Worten des Jeremias nicht unähnlich und doch ganz anders. »Ich sagte: Hier bin ich«, stand dort zu lesen, »dann wies Er mir den rechten Weg, weckte mich aus meinem Schlummer und inspirierte mich, etwas Neues zu schreiben. Nichts Ähnliches habe ich je erlebt, und ich stärkte meinen Willen und wagte es, über meine Fassungskraft emporzudringen. Sie nannten mich

Häretiker und Ungläubiger, weil ich beschlossen hatte, Gott in Wahrheit zu dienen und nicht wie jene, die im Dunkeln tappen. In den Abgrund gesunken, wären sie und ihresgleichen entzückt gewesen, mich in ihre Eitelkeit und ihre dunklen Machenschaften zu verstricken. Aber Gott verhinderte, daß ich den wahren Weg mit dem falschen vertauschte.«

Seltsam prophetische Worte, aber nicht Worte des Propheten Jeremias, der zum selben Thema die Worte spricht: »Des Herrn Wort erging an mich: Noch ehe ich dich gebildet im Mutterleib, habe ich dich ausersehen, ehe aus dem Mutterschoße du kamst, habe ich dich geweiht, dich zum Völkerpropheten bestimmt.«

Schien dies schon zusammenhanglos, so verstörte die folgende Entdeckung den Kardinal nur noch mehr: Zwischen den abgegriffenen und zerlesenen Buchseiten lag ein Brief, unterzeichnet mit ›Pio Segoni OSB‹. Es dauerte eine Weile, bis Jellinek die Tragweite des Vorhandenseins dieses Schriftstückes begriff, noch ehe er den Brief gelesen hatte. Padre Pio! In der Tat, Pio mußte der Unbekannte gewesen sein, den er an Septuagesima im Geheimarchiv überrascht hatte. Er mußte sich mit dem Ersatzschlüssel, den er als Leiter des Vatikanischen Archivs verwahrte, Zugang verschafft haben. Der Kardinal war fassungslos.

Er las den Brief: »Wer immer diese Spur entdeckt an eben dieser Stelle, soll wissen, daß er dem Geheimnis auf der Spur ist. Er soll aber auch wissen, so er dem Glauben der Heiligen Mutter Kirche treu ergeben ist, daß es bis hierher noch Zeit ist, umzukehren und alle weiteren Nachforschungen einzustellen, bevor es zu spät ist. Mir, Pio Segoni, hat Gott der Herr die unerträgliche Bürde auferlegt, mit diesem Wissen zu leben. Ich kann es nicht. Der Allerhöchste möge mir verzeihen. Pio Segoni OSB.«

Jellinek legte den Brief in den Einband zurück, schlug das Buch zu und lief, seine Entdeckung mit beiden Händen umklammernd, zur Tür. »Augustinus!« rief er, »kommen Sie schnell.« Augustinus erschien von irgendwoher aus dem Archiv. Wortlos legte der Kardinal den ledernen Einband vor Augustinus auf ein Pult, er schlug ihn auf und reichte dem Archivar den Brief. Der las; dann sagte er tonlos: »Heilige Mutter Gottes.«

»Ich fand den Brief in diesem Buch versteckt«, sagte Jellinek. »Was hat Pio mit der sixtinischen Inschrift zu tun?«

»Was hat das Buch Jeremias im Geheimarchiv zu suchen?« entgegnete Augustinus mit einem Blick auf die Signatur.

»Das Buch Jeremias ist nicht das Buch Jeremias, dieses seltsame Buch trägt nur das Titelblatt dieser Schrift. Blättern Sie einmal um.«

Augustinus kam der Aufforderung nach. »Das Buch des Zeichens?« Der Padre sah Jellinek an.

»Sagt Ihnen das etwas?«

»Aber gewiß, Eminenza. Das Buch des Zeichens stammt von Abulafia. Es heißt auf hebräisch *Sefer ha-'oth* und wurde im Jahre 1288 aufgezeichnet. Es muß nach seinem seltsamen Zusammentreffen mit Papst Nikolaus III. entstanden sein.«

»Der tote Padre Pio trug einen Zettel mit der Signatur von Papst Nikolaus in der Tasche. Ich habe ihn mit eigenen Augen gesehen.«

»Das macht die Situation nicht gerade besser durchschaubar.« Augustinus strich mit der Hand über das Buch, dann faßte er die Seiten mit Daumen und Zeigefinger seiner Linken und ließ sie durch die Finger gleiten.

»Falls es sich wirklich um dieses Buch handelt, erscheint mir die Sache doppelt rätselhaft. Es gibt vermutlich mehrere Kopien von diesem ›Buch des Zeichens‹, und ich halte auch dieses nur für eine Kopie. Das freilich könnte nur durch einen genauen Vergleich der einzelnen Ausgaben geklärt werden, und ich weiß nicht, ob uns das wirklich weiterbrächte.«

»Aber irgendeinen Sinn muß es doch haben, daß Padre Pio gerade dieses Buch als Schlüssel und Zugang zu der sixtinischen Inschrift sah!«

»Aber welchen? Wo könnte die Lösung liegen?« Der Kardinal schlug seine Hände vor das Gesicht. »Dieser Michelangelo war ein Teufel«, zischte er, »ein Teufel.«

»Eminenza«, begann Augustinus zaghaft, »wir sind in unseren Nachforschungen, wie es scheint, an einer Stelle angelangt, an der wir fortfahren, aber unsere Arbeit auch einstellen können. Vielleicht sollten wir den Rat des toten Padre befolgen und aufgeben, vielleicht sollten wir an dieser Stelle die Angelegenheit auf sich beruhen lassen und bekanntgeben, der Florentiner habe mit dem Hinweis auf Abraham Abulafia, einen Kabbalisten, die Kirche schmähen wollen, er habe sich rächen wollen für das Unrecht, das ihm die Päpste angetan haben.«

Da fiel Jellinek dem Padre ins Wort: »Das, Bruder in Christo, wäre der falsche Weg; denn Sie können sicher sein: stellten wir unsere Nachforschungen ein, so übernähmen andere diese Aufgabe und machten sich auf die Suche nach dem wahren Geheimnis, und irgendwann einmal käme die Wahrheit ans Licht.«

Augustinus nickte. Er fragte sich, ob er dem Kardinal von der Enthüllung des Abtes im Keller des Oratoriums berichten sollte. Gab es da vielleicht eine Querverbindung? Aber im nächsten Augenblick schon verwarf er den Gedanken, ein Zusammenhang zwischen Michelangelo und den Nazis erschien ihm wirklich absurd.

»Sie zweifeln an meinen Worten, Padre?« erkundigte sich Jellinek.

»O nein, ganz gewiß nicht«, erwiderte Augustinus, »aber Furcht überkommt mich, wenn ich an die Zukunft denke.«

Die Welt schien stehengeblieben in der Bibliothek des Oratoriums; kaum etwas hatte sich verändert, und Bruder Benno war sicher, hier würde sich auch in Zukunft nichts verändern. Bruder Benno tat geschäftig, suchte in der Kartei nach Signaturen, blätterte in Büchern und machte Notizen, schließlich ging er zielsicher auf eines der Regale zu und hielt inne.

»Bruder in Christo«, rief er einen der Bibliothekare herbei, »hier an dieser Stelle erkenne ich eine Veränderung, hier scheint eine neue Abteilung angelegt worden zu sein.«

»Nicht, daß ich wüßte«, gab der Angeredete zurück, »jedenfalls kann ich mich nicht an irgendeine Veränderung in dieser Bibliothek erinnern, und ich bin hier schon über zehn Jahre.«

»Bruder«, sagte Benno lächelnd, »ich habe hier vor vierzig Jahren gearbeitet, und damals lagen an dieser Stelle die *Buste* mit dem Material über Michelangelo. Es waren sehr interessante Dokumente.«

»Buste Michelangelos?« Der Frater rief nach einem zweiten, dieser nach einem dritten, schließlich standen drei Mönche kopfschüttelnd vor dem Regal, in dem nun Predigtbücher aus dem 18. Jahrhundert aufgestellt waren. Ein Bruder zog eines der Bücher heraus, schlug es auf und las den endlosen Titel: *Theologia Moralis Universa ad mentem praecipuorum Theologorum et Canonistarum per Casus Practicos exposita a Reverendissimo ac Amplissimo D. Leonardo Jansen, Ordinis Praemonstratensis.* Nein, sagte er, Akten über Michelangelo habe er an dieser Stelle nie gesehen.

Beim Abendessen im Refektorium saß der Gast, wie es klösterlicher Brauch war, an der Seite des Abtes, und Odilo fragte, wie er mit seiner Arbeit vorankomme, ob er gefunden habe, was er suche.

Er habe, antwortete Benno, Schwierigkeiten, sich zurechtzufinden, denn obwohl er das System der Klosterbibliothek noch genau im Kopf habe, sei ausgerechnet das, was er suche, nicht mehr an seinem Platz, ja, wie es scheine, sei es sogar verschollen.

Die Rede des Gastes schien den Abt neugierig zu machen. Es sei ihm, sagte er mit einer kleinen Verbeugung, eine Ehre, dem Forscher dienlich sein zu können, aber interessieren würde ihn doch, was Bruder Benno eigentlich suche.

Bruder Benno antwortete, er habe sich damals, bei seinem ersten Rom-Aufenthalt, mit Teilproblemen der sixtinischen Deckenfresken beschäftigt, und in diesem Kloster seien wichtige Dokumente aus der Entstehungszeit der Malereien eingelagert gewesen.

Da schüttelte der Abt erstaunt den Kopf und gab seiner Verwunderung Ausdruck, daß dieses Material ausgerechnet in diesem Oratorium aufbewahrt worden sein solle.

Die Erklärung, erwiderte Bruder Benno, sei einfach und einleuchtend: Ascanio Condivi, ein Schüler und Vertrauter Michelangelos, habe zahlreiche Dokumente und Briefe seines Meisters vor fremdem Zugriff bewahren wollen, und da er mit dem damaligen Abt des Oratoriums befreundet gewesen sei, habe er hier den sichersten Ort für die Aufbewahrung gesehen.

Der Abt schwieg, er schien nachzudenken; nach einer Weile sagte er, er erinnere sich dunkel, vor Jahren schon einmal von einem Priester nach den *Buste* Michelangelos gefragt worden zu sein.

Bruder Benno schob seinen Teller von sich und sah den Abt an. Er wirkte erregt und bestürmte seinen Gastgeber, sich zu erinnern, wer dieser Priester gewesen und woher er gekommen sei.

Das sei lange her, beteuerte Abt Odilo, schon zu Zeiten des vorletzten, nein, des letzten Papstes; er müsse verstehen, daß er der Sache damals keine Bedeutung beigemessen habe, aber wenn er sich recht erinnere, dann habe der Priester gesagt, die *Buste* würden im Vatikan benötigt, mehr sei ihm nicht im Gedächtnis geblieben.

Während zwei Mitbrüder das Geschirr von den Tischen abräumten, fragte Abt Odilo zögernd, ob der Bruder nun, da er das Gesuchte nicht gefunden habe, nach Hause zurückkehren wolle, aber Bruder Benno bat darum, die Gastfreundschaft des Oratoriums noch ein paar Tage in Anspruch nehmen zu dürfen.

Der Abt willigte ein, aber Bruder Benno spürte, daß ihm seine Anwesenheit nicht recht war und daß er ihn lieber heute als morgen los gewesen wäre.

AM TAG NACH LAETARE
UND AM NÄCHSTEN MORGEN

Kardinal Jellinek las den Brief zum wiederholten Male: »Eminenza, die Wirren in Verbindung mit der sixtinischen Entdekkung veranlassen mich, Ihnen mitzuteilen, daß ich Ihnen vielleicht einen Hinweis geben kann. Bitte rufen Sie mich an. Antonio Adelman, Presidente.«

Was wollte der Bankier von ihm? Was konnte er schon zu dem Problem beitragen? Aber in dieser Situation mußte der Kardinal nach jedem Strohhalm greifen. Er hatte das Gefühl, auf der Stelle zu treten. Manchmal glaubte er vor einer Nebelwand zu stehen, nahe vor einem Ziel, das er nicht sehen konnte. Er dachte im Kreis, fühlte, daß er einer Lösung auf der Spur war, aber er kam keinen Schritt weiter. Und dieses Buch, das er da gefunden hatte, es war gewiß faszinierend, nur, was hatte das alles mit Michelangelo zu tun?

Jellinek trug seinem Sekretär auf, den Wagen zu holen; er wolle in die Albaner Berge fahren. Vielleicht würde es vertane Zeit sein. Aber die Hoffnung nährt sich von der Geduld. Der

Sekretär kehrte zurück und meinte, der Kardinal sollte das Officium nicht durch den Vordereingang verlassen, eine Meute Journalisten halte das Portal besetzt. Daraufhin ließ der Kardinal den blauen Fiat am hinteren Eingang vorfahren – vergeblich, wie sich herausstellen sollte; denn als der Kardinal auf die Straße trat, wurde er sofort von zwei Dutzend Reportern umringt. Sie redeten wild auf ihn ein, hielten ihm Mikrophone entgegen:

»Warum gibt der Vatikan keinen Kommentar zu der Entdeckung?«

»Wann darf die Inschrift fotografiert werden?«

»Steckt hinter der Inschrift ein geheimer Code?«

»Was hat Michelangelo zu diesem Schritt bewogen?«

»War Michelangelo ein Feind der Kirche?«

»Was geschieht mit den Fresken?«

»Geht die Restaurierung weiter?«

Der Kardinal versuchte sich einen Weg durch die Meute zu bahnen, entgegnete, er habe nichts zu sagen, gebe keinen Kommentar ab, für alle Fragen sei das Pressebüro des Vatikans zuständig. Mühsam gelang es dem Sekretär, die Wagentür hinter Jellinek zu schließen, dann fuhr er los. Er hörte noch, wie sie hinter dem Wagen herriefen: »Wir finden alles heraus. Sie können nichts geheimhalten, Eminenza. Nicht einmal ›*specialissimo modo*‹.«

Sie hatten sich auf den Nachmittag in Nemi verabredet. Der malerische Ort lag hoch über dem gleichnamigen See in den Albaner Bergen, und das Lokal, das sie für ihr Treffen ausersehen hatten, hieß ›Specchio di Diana‹. In dem ruhigen Stübchen im ersten Stock, wo in einem Glasschrank die ledergebundenen Gästebücher des Lokales aufbewahrt werden – sogar Johann Wolfgang von Goethe hat sich hier verewigt –, begegneten sie sich zum ersten Mal, der Kardinal und der Bankier. Sie kannten sich dem Namen nach.

Antonio Adelman, Präsident der Banca Unione von Rom,

war ein Mann von gut sechzig Jahren, frühzeitig ergraut und mit feingeschnittenen Zügen und einem wachen, intelligenten Blick. »Sie haben sich sicher gewundert«, begann er sogleich, »daß ich Sie um diese Unterredung gebeten habe, Eminenza, aber seit ich von dem Problem erfahren habe, daß Sie beschäftigt, denke ich ständig darüber nach, ob ich mit meinem Wissen nicht wenigstens einen Mosaikstein liefern kann zur Entschlüsselung des Rätsels.«

Der Ober in einer langen weißen Schürze servierte Nemi-Wein in hohen Karaffen. »Sie finden einen aufmerksamen Zuhörer«, erwiderte Jellinek, »obwohl oder gerade weil ich mir überlegt habe, welcher Hinweis gerade von Ihrer Seite kommen könnte. Ich höre!«

»Eminenza«, begann der Bankier umständlich, »falls Sie es noch nicht gewußt haben sollten: ich bin Jude, und die Geschichte, die ich Ihnen zu berichten habe, beruht einzig und allein auf dieser Tatsache.«

»Und was hat das mit Michelangelo zu tun, Signore?«

»Ja, das ist eine lange, verwirrende Geschichte. Ich muß da weiter ausholen.«

Die beiden Männer prosteten sich zu und tranken.

»Sie wissen, Eminenza, nach dem Sturz Mussolinis und der Unterzeichnung des Waffenstillstandes mit den Alliierten besetzten die Deutschen im September 1943 Rom. Gleichzeitig landeten die Amerikaner im Süden des Landes bei Salerno, und in Rom herrschte Furcht, was nun geschehen würde, vor allem bei den 8000 Juden der Stadt. Ich war ein junger Mann damals und Lehrling in der Bank meines Vaters. Meine Eltern fürchteten, es könnte den römischen Juden genauso gehen wie den Juden von Prag, und deshalb sagte mein Vater, wenn es uns gelänge, die ersten drei Tage zu überstehen, hätten wir eine Chance. Am Abend dieses 10. September – ich werde den Tag nie vergessen – schlichen wir, mein Vater, meine Mutter und ich, von unserer Wohnung zur Garage eines nichtjüdischen Freundes meines Vaters und versteckten uns in einem alten Lieferwagen. Nachts lauschten wir auf jeden Schritt, auf jedes Geräusch, immer in der Angst entdeckt zu werden. Nach drei Tagen wagte ich mich zum ersten Mal aus unserem Versteck, der Hunger trieb mich hervor, und ich erfuhr, daß die Nazis die Juden unbehelligt lassen wollten für den Preis von einer Tonne Gold.«

»Ich habe davon gehört«, sagte Jellinek. »Angeblich brachten sie nur die Hälfte zusammen und versuchten, die restliche Hälfte beim Papst zu borgen.«

»Es war nicht einfach, soviel Gold zusammenzubekommen, denn die meisten reichen Juden waren bereits geflüchtet. Einer unserer Glaubensbrüder wandte sich an den befreundeten Abt des Oratoriums auf dem Aventin und bat, das fehlende Gold beim Vatikan zu beschaffen. Der Papst willigte ein, das Gold als Leihgabe zur Verfügung zu stellen. Am 28. September fuhren wir mit mehreren Privatautos vor der Gestapo-Zentrale in der Via Tasso vor und lieferten das Gold ab. Nach Erfüllung dieser Forderung wiegten sich die römischen Juden in Sicherheit. Aber das war ein Irrtum. Es gab Hausdurchsuchungen, die Nazis raubten Kunstschätze aus unserer Synagoge, und dabei fiel ihnen auch die einzige Adressenkartei der jüdischen Gemeinde in die Hände. Wenige Tage später, es war gegen zwei Uhr nachts, hörte ich lautes Klopfen an der Wohnungstür. Unser Nachbar rief leise: ›Die Deutschen kommen mit Lastwagen!‹ Wir flohen erneut in die Garage, die uns schon einmal als Zuflucht gedient hatte. Zwei Tage harrten wir aus, am dritten Tag verließ mein Vater unser Versteck, er wollte ein paar wichtige Dinge aus unserer Wohnung holen. Vater kam nie zurück. Später hörte ich, am folgenden Tag sei vom Bahnhof Tiburtina ein Zug mit tausend Juden in Richtung Deutschland abgefahren.«

Jellinek schwieg betroffen.

»Rom«, fuhr Adelman fort, »ist eine große, verwirrende Stadt, und die meisten unserer Gemeindemitglieder konnten sich irgendwo in Kirchen und Klöstern verstecken, einige fanden sogar im Vatikan Unterschlupf. Ich selbst überlebte zusammen mit meiner Mutter im Oratorium auf dem Aventin. Eminenza, jetzt fragen Sie natürlich: was hat das alles mit der geheimnisvollen Inschrift auf der sixtinischen Decke zu tun? Aber die Geschichte ist nicht ohne Ironie: In eben jenem Oratorium, das während der Naziherrschaft uns Juden Unterschlupf bot, fanden, als der ganze Spuk vorbei war, ehemalige SS-Angehörige Unterschlupf. Das erfuhr ich freilich erst sehr viel später. Die Organisation der ehemaligen SS-Angehörigen ODESSA benutzte das Oratorium auf dem Aventin als Brückenkopf für die Emigration ihrer Mitglieder.«

»Das glaube ich nicht!« rief Kardinal Jellinek. »Das kann ich einfach nicht glauben.«

»Ich weiß, es klingt unwahrscheinlich, Herr Kardinal, aber es ist so. Das Unternehmen geschah mit allerhöchster Billigung, es war sogar im Vatikan bekannt.«

»Wissen Sie eigentlich, was Sie da sagen?« Jellinek war erregt. »Sie wollen allen Ernstes behaupten, die katholische Kirche habe Naziverbrechern mit Wissen des Papstes zur Flucht ins Ausland verholfen?«

»Nicht aus freien Stücken, Eminenza, nicht freiwillig – und damit komme ich zum Thema: Es ging damals das Gerücht, die Nazis hätten irgend etwas Wichtiges in der Hand gehabt gegen die Kirche, etwas so Verheerendes, daß der Kirche nichts anderes übrig geblieben sei, als sich den Forderungen der ODESSA zu beugen. Und in Zusammenhang damit fiel der Name Michelangelo. Es sei, so war zu hören, eine Sache, die mit Michelangelo zu tun habe.«

Der Kardinal starrte in das Weinglas vor sich auf dem Tisch. Er schien wie gelähmt. Ein paar Augenblicke schwiegen beide, dann sagte Jellinek – und seine Worte waren ein zerfahrenes Gestammel: »Wenn ich Sie recht verstehe – das würde bedeuten – ich kann mir das einfach nicht vorstellen – mein Gott, wenn Sie recht hätten, würde das bedeuten, daß die Nazis sich Michelangelos bedienten. Herr Gott, Michelangelo ist seit vierhundert Jahren tot! Wie kann Michelangelo als Erpressungsgrund gedient haben? Welchen Schaden sollte er der Kirche zufügen können?«

»Genau das kann es bedeuten«, erwiderte Adelman, und er fuhr fort: »Sie müssen das verstehen, Eminenza, damals, als ich von der Angelegenheit erfuhr, lag das zwanzig Jahre zurück, und so ungeheuer mir die ganze Sache vorkam, ich kümmerte mich nicht weiter darum. Ich hatte einen Schlußstrich unter das Vergangene gezogen. Ich wollte auch nicht mehr an diese unselige Zeit erinnert werden; aber nun, als ich von der Michelangelo-Inschrift erfuhr, kam mir die Geschichte in den Sinn, die mir der alte Abt des Oratoriums viele Jahre später erzählt hat, und ich dachte, vielleicht hilft sie Ihnen weiter. Das geschieht nicht ganz uneigennützig. Ich bin Bankier und mache mit der Vatikanbank Geschäfte, ich wünsche nichts mehr als eine baldige Lösung des Problems; denn Bankgeschäfte bedürfen der Ruhe, unruhige Zeiten sind immer schlecht fürs Geschäft – wenn Sie verstehen, was ich meine.«

»Ich verstehe«, sagte Kardinal Jellinek wie geistesabwesend, »unruhige Zeiten sind schlecht fürs Geschäft.«

Nach diesem Gespräch war Jellinek zu keinem klaren Gedanken mehr fähig, die beiden verabschiedeten sich, und der Kardinal nahm im Fond seines dunkelblauen Fiat Platz. »Nach Hause«, sagte er zu seinem Chauffeur, und er war nicht bereit, mit dem Fahrer auch nur ein Wort zu wechseln.

Es dämmerte, und die ewige Stadt vor ihnen in der weiten Ebene begann in tausend Lichtern zu blinken. Jellinek blickte durch die Windschutzscheibe in die Ferne. Er dachte an die Warnung Pios, die Recherchen einzustellen, solange noch Zeit sei, aber schon im nächsten Augenblick packte ihn die Wut über seine eigene Feigheit, und er ballte die Faust, daß es schmerzte: Er mußte das Geheimnis lösen – er wollte es.

Zur selben Zeit saß Padre Augustinus im Vatikanischen Archiv über dem seltsamen Buch Jeremias, in dem sich Abulafias Buch des Zeichens verbarg. Er betrachtete die Signatur und schüttelte den Kopf. Die Signatur war wesentlich jünger als das Buch, es mußte sogar erst nach dem Ende des Zweiten Weltkrieges dem Archiv eingegliedert worden sein. Was aber hatte es dann im Geheimarchiv zu suchen? Augustinus mühte sich, die kleine Schrift der lateinischen Übersetzung zu lesen.

»Der Geringsten einer, ich, der Unbekannte, habe mein Herz nach den Wegen der geistigen Expansion erforscht und dabei drei Arten fortschreitender Erkenntnis gefunden: die allbekannte, die philosophische und die kabbalistische. Der allbekannte Weg wird von den Asketen begangen, welche alle möglichen Kunstgriffe benutzen, um aus ihren Seelen alle Bilder der vertrauten Welt auszuschließen. Wenn ein Bild der vergeistigten Welt ihre Seele betritt, dann steigert sich ihre Imagination so sehr, daß sie prophezeien können, und sie verfallen dabei in einen Trancezustand.

Die philosophische Art beruht auf dem Erwerb von Kenntnissen in der Wissenschaft, die man in Analogie zur Naturwissenschaft und schließlich zur Theologie setzt, um ein Zentrum einzukreisen. Auf diese Weise gelangt der Erkennende zu der Erkenntnis, daß bestimmte Dinge von Prophetie erfüllt sind, und er glaubt, sie kämen von der Erweiterung und Vertiefung des menschlichen Verstandes. In Wirklichkeit aber sind es die Buchstaben, die, vom Denken und seiner Phantasie ergriffen, ihn in ihrer Bewegung beeinflussen. Wenn ihr mir aber die schwere Frage stellt: Warum sprechen wir Buchstaben aus und bewegen sie und versuchen mit ihnen Wirkungen zu erzielen, so liegt die Antwort beim dritten Weg, die Spiritualisation herbeizuführen, und ich will hier berichten, was ich auf diesem Gebiete erfahren habe.«

Augustinus las gierig. Seine Augen folgten Seite um Seite den kleingedruckten Zeilen, die so schwierig zu entziffern waren, und er vergaß dabei ganz den Grund, wonach er forschte.

»Gott ist mein Zeuge«, schrieb Abulafia, »wenn ich nicht vorher schon Stärke im jüdischen Glauben und darin, was ich von Tora und Talmud gelernt hatte, gewonnen hätte. Aber das, was mir meine Lehrer auf philosophischem Wege beigebracht hatten, genügte mir nicht, bis ich einen Gottesmann, einen aus den Reihen der Wissenden traf, einen Kabbalisten mit dem uralten Wissen der Vergangenheit, das erhebend ist und furchtbar zugleich, je nach dem Glauben, dem ein jeder anhängt. Er lehrte mich die Methode der Permutationen und Kombinationen von Buchstaben und die Zahlenmystik und befahl mir, darin zu verweilen. Und einmal wies er mir Bücher vor, die ganz aus unverständlichen Buchstabenkombinationen bestanden und mystischen Zahlen, die nur ein Eingeweihter verstand und nie ein gewöhnlicher Sterblicher verstehen wird, weil sie auch gar nicht für diese bestimmt sind. Wenig später reute ihn seine Tat, das Lockmittel, mich zu höherer Ekstase anzutreiben, er nannte sich töricht und dumm und versuchte sich mir zu entziehen; aber angezogen von seinen tausend Heimlichkeiten verfolgte ich ihn Tag und Nacht, und ich stellte fest, daß seltsame Dinge in mir vorgingen. Wie ein Hund schlief ich vor seiner Tür, bis er sich meiner erbarmte und sich in ein tiefes Gespräch mit mir einließ, bei dem ich erfuhr, daß es dreier Prüfungen bedürfe, bevor mir der Erleuchtete alles Wissen weitergeben könne. Schon die Prüfungen, drohte er, forderten absolutes Schweigen, eine Art Feuerprobe, und ich will schweigen darüber. Nicht schweigen will ich aber über Dinge, die den Papst und seine Kirche betreffen, und ich habe mir vorgenommen, das Unterste zu oberst zu kehren und zu verkünden, daß Lukas, der Evangelist, lügt – ob in verwerflicher Absicht oder wider besseres Wissen, vermag ich nicht zu sagen. Doch sei hier *expressis verbis* verkündet, daß . . .«

Augustinus blätterte um, aber der Anschluß fehlte, ja, der Bibliothekar stellte fest, daß die folgende Seite aus dem Buch gerissen war. Augustinus blätterte Seite um Seite um, in der Hoffnung, das fehlende Blatt zu finden, aber am Ende des Buches angelangt, mußte er erkennen, daß irgend jemand sich irgendwann an dem Buch vergriffen und das wahre Geheimnis dieses Buches entfernt hatte.

Der Padre fuhr mit der Hand über Stirn und Augen, als wollte er sich die Müdigkeit aus dem Gesicht wischen. Dann stand er auf und ging langsam vor seinem Lesepult auf und ab. Seine Schritte hallten in dem leeren Archiv. Die Hände in mönchischer Art in den Ärmeln seiner Kutte verborgen, rekapitulierte er das Gelesene, von dem ihm vieles unverständlich blieb, und er dachte lange über die Stelle nach, in der es heißt, Lukas, der Evangelist lüge. Was meinte Abulafia mit dieser Behauptung?

Lukas war einer der frühen Heidenchristen gewesen, ein Mitarbeiter des Apostels Paulus, dessen Taten er später in seiner Apostelgeschichte verewigte. Er schrieb auch nicht das erste der Evangelien; das war, wie man inzwischen wußte, Markus, dessen Bericht um das Jahr 60 nach Christus verfaßt wurde und der Lukas wie auch Matthäus als Quelle diente, während das zuletzt entstandene Johannes-Evangelium sich kaum mit den übrigen überschnitt. Alle Evangelien berichteten indes, wenn auch in unterschiedlicher Weise, dieselbe Geschichte vom Leben und Tod Jesu und der Erscheinung des auferstandenen Herrn. Worauf konnte Abulafia sich beziehen, wenn er ausgerechnet Lukas als Lügner hinstellte? An diesem Punkt blieb Padre Augustinus bei seiner Überlegung stecken.

Um der Lösung näher zu kommen, sah der Padre nur eine Möglichkeit, ein zweites ›Buch des Zeichens‹ aufzufinden, in dem diese Seite nicht entfernt war. Aber wo sollte er ein zweites Buch finden? Die Auflagen der Bücher waren damals so gering, daß oft nur ein einziges Exemplar erhalten ist. Hinzu kam, daß ein kabbalistisches Buch wie dieses nicht ohne weiteres Aufnahme in einer geistlichen Bibliothek fand.

Am Morgen des nächsten Tages trafen sich Jellinek und Padre Augustinus. Aber während der Kardinal dem Padre nichts Neues sagte, war Jellinek erstaunt über das Fehlen der entscheidenden Seite. Was beide jedoch nicht begreifen wollten, war, in welchem inneren Zusammenhang dies alles stehen sollte.

»Manchmal«, meinte Jellinek, »glaube ich, wir sind nahe daran, Michelangelos Geheimnis zu lüften; aber schon im nächsten Augenblick beginne ich zu zweifeln, ob wir diesem Fluch überhaupt jemals auf die Spur kommen werden.«

AM FEST DES HL. JOSEF

Am frühen Morgen suchte Bruder Benno das kahle Pilgerbüro in den Kolonnaden des Vatikan auf. Er wolle den Papst sprechen. Der Priester am Schalter verwies ihn auf Mittwoch, an diesem Tag finde die Generalaudienz statt, aber bei dieser Generalaudienz sei es nicht möglich, mit dem Heiligen Vater persönlich zu sprechen, und, nein, auch für Geistliche und Ordensbrüder würden keine Ausnahmen gemacht.

»Aber ich *muß* seine Heiligkeit sprechen!« rief Bruder Benno verärgert aus, »die Sache ist von großer Wichtigkeit.«

»In diesem Fall bringen Sie Ihre Angelegenheit schriftlich vor!«

»Schriftlich? Das ist unmöglich», erwiderte Benno, »die Angelegenheit darf nur dem Papst bekannt werden!«

Der Priester musterte sein Gegenüber vom Scheitel bis zur Sohle, aber noch ehe er etwas sagen konnte, meinte Benno: »Es geht um die Entdeckung in der Sixtinischen Kapelle.«

»Dafür ist Professore Pavanetto zuständig, der Generaldirektor der vatikanischen Bauten und Museen, oder auch Kardinal Jellinek, er leitet die Untersuchungen.«

»Hören Sie«, begann Bruder Benno von neuem, »ich muß Seine Heiligkeit, den Papst, sprechen, und es ist von großer Wichtigkeit. Ich habe vor Jahren ohne Schwierigkeiten mit Papst Gianpaolo gesprochen, und dazu bedurfte es eines einzigen Telefonanrufes, und heute soll das ein solches Problem sein?«

»Ich werde Sie im Sekretariat der Glaubenskongregation anmelden. Vielleicht ist Kardinal Jellinek bereit, Sie zu empfangen, dann können Sie ihm Ihre Wünsche vortragen.«

»Wünsche?« Bruder Benno lachte bitter.

Der Sekretär des Kardinals vertröstete Bruder Benno auf die kommende Woche. Dies sei der früheste Termin, Kardinal Jellinek zu sprechen.

Benno beharrte auf der Wichtigkeit seiner Informationen.

»Ach, wissen Sie«, entgegnete der Sekretär, »zur Zeit suchen Scharen von Kunsthistorikern um Termine nach, und ein jeder glaubt die Lösung in der Tasche zu haben, am Ende aber erzählen sie doch alle nichts Neues. Die meisten wollen sich mit ihren Theorien profilieren, ihren Namen ins Gespräch bringen. Nehmen Sie mir meine ehrlichen Worte nicht übel, Bruder Benno. Und wegen des Termines – nächste Woche – vielleicht.«

Bruder Benno bedankte sich höflich und verließ das Heilige Offizium auf demselben Wege, wie er gekommen war.

Am Montag nach Judica traf sich das Consilium zu einer neuerlichen Sitzung. Auf dem großen ovalen Sitzungstisch lag das ›Buch des Zeichens‹ in der Hülle des ›Buches Jeremias‹.

Nach Eröffnung der Sitzung und Anrufung des Heiligen Geistes bestürmten die Eminentissimi und Reverendissimi Herren Kardinäle und Bischöfe, die hochgeachteten Monsignori und Mönche Kardinal Jellinek, wo das ›Buch des Zeichens‹ gefunden worden sei, und der Kardinal berichtete, daß ihm im Geheimarchiv ein Buch aufgefallen sei, das nicht dorthin gehörte, weil es keiner Geheimhaltung unterliege, das ›Buch Jeremias‹. Bei näherer Betrachtung habe es sich jedoch herausgestellt, daß vom ›Buch Jeremias‹ nur der Buchdeckel und wenige Seiten vorhanden waren und daß dieses ein Buch aus der Feder des Kabbalisten Abulafia barg.

Zwischenruf des Kardinals Giuseppe Bellini: »Jenes Abulafia, der an der Sixtinischen Decke verewigt ist?«

»Eben jener Abulafia, den zu verbrennen Papst Nikolaus III. befohlen hatte.«

»Dann ist es also gar nicht verlorengegangen.« Die Anwesenden redeten wild durcheinander, und Pio Luigi Zalba von den Marienserviten bekreuzigte sich mehrmals heftig. Jellinek blickte hilflos drein.

»Wie soll ich Ihnen das erklären«, begann er umständlich. »Wie es den Anschein hat, ist die wesentliche Seite dieses Buches verschwunden, sie fehlt, sie ist herausgerissen.«

Da begann Kardinal Bellini zu toben, er halte das Ganze für ein abgekartetes Spiel, irgendwelche Mitglieder des Consiliums kennten längst die Lösung des Geheimnisses, und selbst wenn diese Lösung furchtbar und nicht zuträglich sei für den Glauben und vor den Gläubigen verheimlicht werden müsse, so hätten die Mitglieder dieses Consiliums ein Recht darauf, die Hintergründe zu erfahren.

Jellinek heftig: »Wenn Sie, Bruder in Christo, damit andeuten wollen, daß *ich* die Seite entfernt haben könnte, so weise ich diese Unterstellung aufs schärfte zurück. Als Präfekt dieses Consiliums ist mir an nichts mehr gelegen als an einer Aufklärung der Angelegenheit. Welches Interesse sollte ich im übrigen haben, die wahre Lösung zu vertuschen?«

Kardinalstaatssekretär Giuliano Cascone mahnte Bellini zur Mäßigung und gab zu bedenken, ob die fehlende Seite im ›Buch des Zeichens‹ überhaupt von so großer Bedeutung sei und die Lösung des Problems wiedergebe. »Hat Padre Augustinus uns nicht das letzte Mal ein Pergament vorgelegt, des Inhaltes, daß dem Juden Abulafia eine Geheimschrift abgenommen worden sei, Herr Kardinal? Ist es nicht viel wahrscheinlicher, daß Michelangelos Geheimnis sich auf dieses Pamphlet bezieht? Und ist es nicht ebenso wahrscheinlich, daß diese Schrift längst vernichtet wurde?«

Und Kardinal Frantisek Kolletzki, Prosekretär der Kongregation für das katholische Bildungswesen, wandte ein: »So ein Buch wie dieses des jüdischen Mystikers gab es doch nicht nur einmal. Für einen Mann wie Padre Augustinus dürfte es nicht schwer sein, ein anderes Exemplar aus irgendeiner Bibliothek der Welt zu besorgen.«

»Bisher«, erwiderte Augustinus, »sind alle Versuche fehlgeschlagen. Ein ›Buch des Zeichens‹ ist nirgends archiviert.«

»Weil es ein jüdisches Buch ist! Wir sollten uns bei jüdischen Bibliotheken erkundigen!«

Ungeachtet dieser Diskussion erhob sich Joseph Kardinal Jellinek, zog einen Brief aus seiner Soutane hervor, hielt ihn in die Höhe und sprach: »Anstelle der fehlenden Seite im ›Buch des Zeichens‹ habe ich diesen Brief gefunden. Er stammt von einem Mann, den wir alle kennen, von Padre Pio Segoni, Gott möge seiner armen Seele gnädig sein.«

Mit einem Male wurde es still. Alle starrten auf das einzelne Blatt in der Hand des Kardinals. Der las langsam, mit kurzen Pausen zwischen den einzelnen Wörtern die Warnung des Benediktiners, die Nachforschungen an dieser Stelle einzustellen, bevor es zu spät sei.

»Pio wußte alles, er wußte alles!« sagte Kardinal Bellini leise. »Mein Gott!«

Jellinek gab den Brief weiter, und ein jeder las das Schreiben für sich.

»Wollen Sie uns einmal erklären, was in diesem ›Buch des Zeichens‹ geschrieben steht«, meinte der Kardinalstaatssekretär, »wenigstens bis zu jener Seite, die auf so mysteriöse Weise verschwunden ist?«

Es gehe vor allem um die kabbalistische Erkenntnislehre, antwortete Kardinal Jellinek, und diese sei weder für die Heilige Mutter Kirche noch für den vorliegenden Fall von Wichtigkeit. Doch gegen Ende des Buches berichte Abulafia von seinem Lehrmeister, der ihm nach dem Bestehen dreier Prüfungen sein überkommenes Wissen weitergegeben habe. Und unter diesem Wissen befänden sich auch Dinge, den Papst und die Kirche betreffend, und diese gipfelten in dem Hinweis, daß Lukas, der Evangelist, lüge.

»Lukas lügt?« Kardinal Kolletzki schlug mit der Hand auf den Tisch.

»Behauptet Abulafia.«

»Nähere Angaben, irgendein Hinweis?«

»Auf der folgenden Seite. Und diese Seite fehlt.«

Ein langes Schweigen machte sich im Consilium breit. Schließlich meldete sich Kardinalstaatssekretär Giuliano Cascone zu Wort:

»Wer sagt uns eigentlich, daß auf der fehlenden Seite die Erklärung zu finden ist, Brüder in Christo. Und selbst wenn – wer sagt uns, daß dies der Hinweis Michelangelos auf Abulafia sein soll? Mir scheint, wir sind da einem Schabernack des Florentiners auf den Leim gegangen.«

»Immerhin«, sagte Padre Augustinus, »war der Schabernack, wie Sie sich auszudrücken belieben, Eminenza, für Padre Pio bedeutsam genug, sich das Leben zu nehmen.«

Zum Abschluß vertagten sich die Herren Kardinäle, Bischöfe und Monsignori auf unbestimmte Zeit, bis eine Kopie des ›Buches des Zeichens‹ gefunden sei.

Spät abends trafen sich Cascone und Canisius im Kardinalstaatssekretariat.

»Ich wußte es«, sagte Cascone, »und du hast gezweifelt, daß uns diese lächerliche Inschrift gefährlich werden könnte. Nachforschungen waren immer verhängnisvoll für die Kurie. Denke an Gianpaolo!«

Canisius verzog sein Gesicht, als empfände er Schmerz bei der Erwähnung des Namens.

»Hätte Gianpaolo«, begann der Kardinalstaatssekretär erneut, »nicht auf einmal in irgendwelchen geheimen Akten herumzustöbern begonnen – er könnte heute noch am Leben sein. Wäre es wirklich zu diesem leidigen Konzil gekommen, die Folgen wären nicht auszudenken gewesen. Gianpaolo hätte die Kirche in eine Glaubenskrise gestürzt. Nein, unvorstellbar!«

Canisius nickte. Er hielt die Hände auf dem Rücken und ging vor Cascone, der in einem rotbespannten Barockstuhl Platz genommen hatte, auf und ab. »Allein das Thema des Konzils«, sagte er, »wäre verheerend gewesen für die Kirche. Ein Konzil über ein fundamentales Glaubensthema! Undenkbar! Ein Glück, daß er seine Pläne nicht mehr offiziell bekanntmachen konnte.«

»Welch ein Glück!« wiederholte Cascone und schlug, während er sich verneigte, ein Kreuzzeichen.

Mit einem Male blieb Canisius stehen. »Das sixtinische Consilium muß so schnell wie irgend möglich beendet werden«, sagte er, »die Situation ist ähnlich wie damals bei Gianpaolo. Überall wird herumgeschnüffelt. Dieser Jellinek paßt mir nicht und dieser Augustinus noch weniger!«

»Hätte ich geahnt, was diese Inschrift alles nach sich zieht, sei versichert, ich hätte die Buchstaben abkratzen lassen.«

»Du hättest diesen Augustinus niemals zurückholen dürfen!«

Cascone wurde heftig. »Ich habe ihn entlassen, als ich erfuhr, daß er Material sammelt über alle Päpste, die nur kurze Zeit regierten, darunter auch Material über Gianpaolo. Aber dann kam der Selbstmord Pio Segonis dazwischen – ich *mußte* ihn zurückholen. Ich hätte mich mit meiner Abneigung gegen ihn nur verdächtig gemacht.«

»Ich sehe in der gegenwärtigen Situation nur eine Möglichkeit: Du solltest das Consilium *ex officio* auflösen. Das Consilium hat seinen Zweck erfüllt. Michelangelo mag sich mit dem Namenszug eines Ketzers an der sixtinischen Decke gerächt haben – diese Erklärung muß genügen. Weder Kirche noch Kurie werden daran Schaden nehmen.«

Kardinalstaatssekretär Giuliano Cascone versprach es.

MARIÄ VERKÜNDIGUNG

»Sie haben mich rufen lassen, Vater Abt?«

»Ja«, sagte Abt Odilo, hieß den Mitbruder eintreten in seine Privatbibliothek und beeilte sich, die Tür hinter Padre Augustinus zu schließen. »Ich möchte noch einmal mit dir reden.«

»Wegen der Dinge, die im Keller lagern?«

»Genau deshalb.« Abt Odilo schob Augustinus einen Stuhl hin. »Jetzt, da du die Zusammenhänge kennst, mußt du Sorge tragen, daß sie nicht gefunden werden. Die Nachforschungen um den Tod Pios beunruhigen mich mehr und mehr, und ich fürchte, sie könnten zwangsläufig zu einer Entdeckung unseres Geheimnisses führen. Du hast sicher schon bemerkt, daß wir einen Gast im Oratorium haben!«

»Diesen deutschen Benediktiner? Warum haben Sie ihn aufgenommen?«

»Es ist Christenpflicht, Bruder, wir nehmen jeden Ordensbruder auf, solange Platz ist. Ich wußte ja nicht, daß er so seltsame Nachforschungen anstellen wollte. Er behauptet, *Buste* mit Michelangelo-Material zu suchen. Bei der heiligen Jungfrau Maria, ich habe ihm gesagt, es gibt kein Michelangelo-Material hier, nicht in diesem Oratorium, selbst wenn es irgendwann früher einmal welches gegeben haben mag. Aber ich habe das Gefühl, Bruder Benno mißtraut mir, so wie ich Bruder Benno mißtraue. Du verfügst über genug Wissen, um herauszufinden, ob er wirklich ein Wissenschaftler ist oder ob er in Wirklichkeit hinter etwas ganz anderem her ist.«

Augustinus nickte.

Tags darauf setzte der Archivar sich nach dem Abendessen zu dem fremden Bruder an den Tisch. Wie verabredet ließ Abt Odilo die beiden allein.

Ob er dem Gast vielleicht bei seiner Arbeit behilflich sein könne?

Bruder Benno dankte für das Angebot und erklärte, was er schon dem Abt erklärt hatte, daß er nach *Buste* mit Michelangelo-Material suche, er selbst habe es vor langer Zeit in Händen gehabt. Ob dieses Material vielleicht gar irgendwann im Vatikanischen Archiv gelandet sei?

»Nicht, daß ich wüßte.« Augustinus schüttelte den Kopf. »Sagen Sie, Bruder, wobei handelt es sich bei diesem Material, worüber gingen damals Ihre Forschungen?«

Bruder Benno holte tief Luft: »Sie müssen wissen, Bruder in Christo, ich trug damals noch nicht die Kutte, ich war ein junger Kunsthistoriker. Ein damals nicht operables Augenleiden, das mich eine dicke Brille zu tragen zwang, ersparte mir die Wehrmacht, und mit einem deutschen Stipendium konnte ich während des Krieges hier arbeiten und forschen. Ich hatte mich Michelangelo verschrieben, diesem rätselhaftesten aller Genien, und in diesem Zusammenhang forschte ich über die sixtinische Decke. Glauben Sie mir, Bruder in Christo, ich hielt mich so oft in der Sixtinischen Kapelle auf und reckte meinen Kopf so lange in die Höhe, daß ich am Ende Krämpfe hatte wie Michelangelo, als er das Deckengemälde malte. In der Bibliothek des Oratoriums befanden sich damals Briefe Michelangelos archiviert, hochinteressantes Material, das manchmal Aufschluß gab über die Bedeutung seiner Malerei und über seine eigene Geisteshaltung.«

»Michelangelo hat alle seine Briefe und Zeichnungen kurz vor seinem Tode verbrannt. Das ist in Historikerkreisen allgemein bekannt, Bruder.«

»Stimmt, aber es stimmt auch wieder nicht. Michelangelo hat alles, was ihm unwichtig erschien, verbrannt. Aber er hinterließ seinem Schüler und Freund Ascanio Condivi eine verschlossene Eisentruhe, in der, wie es hieß, nur sein Testament gelegen habe.« Bruder Benno setzte ein gekünsteltes Lächeln auf und schüttelte den Kopf: »Das entspricht nicht den Tatsachen, Bruder Augustinus. Ich habe mit eigenen Augen Briefe aus dieser Truhe gesehen, und zwar befanden sie sich hier in diesem Oratorium, Briefe, in denen Michelangelo sich vor allem mit Glaubensfragen auseinandersetzt. Ich habe mich in diese Unterlagen vertieft und erstaunliche Entdeckungen gemacht, die in der sixtinischen Decke ihre Bestätigung fanden. Großer Gott, eine aufregende Zeit! Damals waren Gerüchte im Umlauf, die Deutschen wollten die Vatikanstadt besetzen, alle Kunstschätze und Akten sicherstellen und Papst und Kurie in den sicheren Norden bringen. Hitler, so hieß es, wollte nicht, daß der Papst in die Hände der Alliierten fällt und so unter ihren Einfluß gerät. Der Papst sollte nach Deutschland oder nach Liechtenstein gebracht werden. Die Nazis waren schon dabei, Kunstexperten auszuheben, die mit der Planung und Ausführung des Abtransportes der Kunstwerke beauftragt werden sollten, Experten, die neben Italienisch auch das Lateinische und das Griechische beherrschten, und auf einer dieser Listen stand auch mein Name. Papst Pius XII., dem dieser Plan zu Ohren kam, sagte, freiwillig würde er den Vatikan nicht verlassen; wenn die Nazis ihn fortbringen wollten, dann nur mit Gewalt, und er wolle auch kein einziges seiner Kunstwerke herausgeben. Damals wurde der Vatikan bereits von der Gestapo bewacht, und einige dieser Männer waren mit einer Abteilung der SS auch hier im Oratorium einquartiert. Zum Zeitvertreib für die Soldaten hielt ich Vorträge, und ich muß sagen, ich hatte aufmerksame Zuhörer. Eines Abends sprach ich über Michelangelo, ich berichtete von meinen Entdeckungen, über Michelangelos Haß auf die Päpste und seine kabbalistischen Neigungen. Mit der Begeisterung des jungen Forschers erzählte ich von den Unterlagen, die ich gefunden hatte und die der Kirche gefährlich werden konnten, und versprach, die Originale bei einer meiner nächsten Vorlesungen vorzuzeigen. Schon am Abend bemerkte ich das unerwartet große Interesse dieser Männer an meiner Arbeit, am nächsten Morgen, der Tag war noch grau, wurde ich von einem Uniformierten geweckt, der mir den Einberufungsbefehl überbrachte. Einsatz: Heimat. Überstürzt mußte ich meine Sachen packen, ich wollte noch einmal in die Bibliothek zurück, aber die war verschlossen, und ein SS-Obersturmbannführer hinderte mich am Eintreten, ich hätte da nichts mehr verloren. So war es mir nicht einmal mehr möglich, das Original eines Michelangelo-Briefes zurückzulegen, den ich zum Kopieren entnommen hatte.«

Padre Augustinus schüttelte den Kopf. »Und wann«, fragte er, »haben Sie sich entschlossen, die Kutte zu tragen?«

»Kein halbes Jahr später. Ich wurde bei einem Bombenangriff verschüttet. Nach drei Tagen, als die Luft knapp zu werden begann und ich den Tod vor Augen hatte, gelobte ich, einem Orden beizutreten, wenn ich da lebend herauskäme. Wenige Stunden später wurde ich befreit.«

»Und nun?«

»Ich muß den Papst sprechen, und Sie müssen mir dabei helfen!«

»Hören Sie, Bruder in Christo, der Papst ist mit diesem Thema überhaupt nicht befaßt. Er wird es ablehnen, Sie zu empfangen und mit Ihnen über dieses Thema zu diskutieren. Reden Sie mit Kardinal Jellinek!«

»Jellinek? Bei Kardinal Jellinek hat man mich auch vertröstet.«

»Kardinal Jellinek leitet das Consilium, das sich mit diesem Problem beschäftigt. Ich vertraue ihm, und er vertraut mir. Es wird für mich keine Schwierigkeit sein, Sie mit ihm zusammenzubringen. Ich werde das für Sie erledigen, halten Sie sich zur Verfügung.«

AM MONTAG DER KARWOCHE

Kardinal Jellinek empfing Bruder Benno im Heiligen Offizium. Der Kardinal trug eine schlichte dunkle Soutane, mit Purpur abgesetzt; sein Gesicht war ernst und ließ zwei tiefe Querfalten auf der Stirn erkennen. Seine weißen Haare unter dem roten Käppchen waren streng gescheitelt wie die eines pflichtbewußten Beamten. Der Mund über dem zwiegeteilten Kinn wirkte schmal und verschlossen. Diesem Gesicht war nicht anzusehen, welche Gedanken diesen Mann bewegten. Die ganze Erscheinung hinter dem großen antiken Schreibtisch war dazu angetan, einem ungebetenen Gast Ehrfurcht einzuflößen.

»Padre Augustinus hat mir von Ihnen erzählt.« Jellinek

reichte ihm die Hand. »Sie müssen die Reserviertheit der Kurie in dieser Angelegenheit verstehen. Zum einen handelt es sich um eine delikate Angelegenheit, andererseits glauben Hunderte, irgend etwas zur Sache beitragen zu können. Zu Beginn hörten wir uns alle Argumente an, aber nicht ein einziges trug etwas zur Lösung bei. Deshalb unsere Zurückhaltung, Sie verstehen.«

Bruder Benno nickte. Steif saß er dem Kardinal gegenüber. »Ich trage eine Last auf meinem Herzen, die mich seit vielen Jahren zu zermalmen droht. Ich glaubte mit meinem Wissen in einem abgeschiedenen Kloster leben zu können. Ich glaubte so stark zu sein, dieses Wissen nie einem Christenmenschen verraten zu müssen, weil, würde es erst einmal verraten, das Geheimnis immer neues Unglück nach sich ziehen würde. Aber dann hörte ich von der Entdeckung in der Sixtinischen Kapelle und den Nachforschungen, die betrieben wurden, und ich sagte mir: Vielleicht kannst du beitragen, den Schaden zu begrenzen, wenn du die Drohung des Michelangelo den richtigen Männern erklärst. Ich versuchte den Papst zu sprechen, nicht um mich wichtig zu machen, sondern wegen der Wichtigkeit meiner Aussage.«

»Der Papst«, unterbrach Jellinek, »ist mit der Angelegenheit nicht befaßt. Deshalb müssen Sie mit mir vorliebnehmen. Ich leite das Consilium *ex officio,* das zu diesem Zweck installiert worden ist. Sagen Sie, Bruder, wollen Sie ernsthaft behaupten, daß Sie die Bedeutung des Namens Abulafia, den der Florentiner Michelangelo in sein gigantisches Deckengemälde verschlüsselt hat, kennen?«

Bruder Benno zögerte mit seiner Antwort. In diesem Augenblick schossen ihm tausend Dinge durch den Kopf, sein ganzes Leben, das so verhängnisvoll erschien; dann sagte er: »Ja.«

Jellinek sprang auf und trat hinter seinem Schreibtisch hervor, er kam ganze nahe an den Bruder heran, und während er, stehend, sich zu dem Sitzenden niederbückte, meinte der Kardinal mit leisem, beinahe drohendem Tonfall: »Sagen Sie das noch einmal, Bruder in Christo!«

»Ja«, erwiderte Bruder Benno, »ich kenne die Zusammenhänge, und das hat seinen Grund!«

»Erzählen Sie, Bruder, erzählen Sie!«

Und dann schilderte Benno dem Kardinal sein Leben, so wie er es schon Padre Augustinus berichtet hatte, seine Kindheit in einem großbürgerlichen Haus, sein Augenleiden, das ihn schon in jungen Jahren befallen habe und ihn zwang, eine dicke Brille zu tragen. So sei er zum Außenseiter geworden, und er habe seine einzige Befriedigung in überdurchschnittlichen Leistungen in der Schule gefunden. Ja, er sei ein Muttersohn gewesen nach dem frühen Tode des Vaters, und dem Wunsch der Mutter habe es entsprochen, sich der Kunst zu verschreiben. So sei er nach Rom gekommen, um über Michelangelo zu forschen, und schon bald auf die Bibliothek im Oratorium auf dem Aventin gestoßen, in der Schriften aus dem Nachlaß des Florentiners aufbewahrt wurden. Unter all diesem Material habe sich ein Brief Michelangelos an Condivi befunden, in dem der Künstler auf Abulafia und das ›Buch des Zeichens‹ Bezug nimmt. Er selbst habe dem zunächst keine Bedeutung beigemessen, aber der Hinweis habe ihn doch neugierig gemacht, und so habe er nach dem ›Buch des Zeichens‹ gesucht und ein Exemplar in der Bibliothek des Oratoriums gefunden. Ob dem Kardinal dieses Buch bekannt sei?

»Natürlich«, antwortete Jellinek, »nur – ich erkenne keinen Zusammenhang zwischen diesem Buch und der Inschrift in der Sixtinischen Kapelle!«

»Haben Sie das ›Buch des Zeichens‹ gelesen?«

»Ja«, sagte der Kardinal zögernd.

»Ganz?«

»Bis auf die letzte Seite, Bruder.«

»Aber auf die kommt es an! Warum haben Sie die letzte Seite ausgespart?«

»Sie fehlt in dieser Ausgabe. Irgend jemand hat sie herausgerissen!«

Bruder Benno sah den Kardinal an: »Eminenza, auf dieser Seite ist, wie ich glaube, der Schlüssel zu dem Geheimnis verborgen oder zumindest ein wichtiger Hinweis auf das Problem. Sie birgt eine bittere Wahrheit für die Kirche.«

»So reden Sie doch, Bruder, was steht auf dieser Seite?«

»Abulafia schreibt, er habe von seinem Lehrmeister eine erschütternde Wahrheit erfahren, die den Glauben und die Kirche betreffe, und habe dies in seiner ›Schrift des Schweigens‹ dokumentiert. Diese ›Schrift des Schweigens‹ habe Abulafia Papst Nikolaus III. übergeben wollen, aber auf seltsame Weise hätten Spitzel der Inquisition den Inhalt dem Papst bekannt gemacht, noch ehe es zu einer Begegnung kam. Papst Nikolaus habe ihren Inhalt für so gefährlich erachtet, daß er alles daran setzte, um in Besitz dieses Dokumentes zu kommen. Aber noch ehe er Abulafia an den Toren der Stadt festnehmen und sich in Besitz der Schrift bringen konnte, sei der Papst gestorben. Dennoch sei Abulafia festgenommen worden, man habe ihn in das Oratorium auf dem Aventin gebracht, dort sei ihm die Schrift abgenommen worden und dort läge sie noch heute. Abulafia sei unter der Drohung festgehalten worden, nie wieder den Inhalt dieser Schrift zu erwähnen. Dies schreibt der Kabbalist, und er klagt im ›Buch des Zeichens‹ weiter, daß die Kurie sich aus Männern zusammensetze, denen die eigene Macht über alles ginge. Seine Schrift enthalte den Beweis einer für die Kirche erschütternden Wahrheit, sie würde heilige Grundsätze und das Weltbild der Kirche verändern, ja, eine Reform des Glaubens wäre vonnöten; deshalb mache die Kirche ihn mundtot. Sie lehne es ab, sich seinen Beweisen zu stellen und schließe die ungeheuerliche Wahrheit für immer und ewig ein; aber nicht aus Verantwortungsgefühl gegenüber dem Glauben oder den Gläubigen, sondern aus Machtgier. Die Kirche, schreibt Abulafia, stehe auf tönernen Füßen. Der Beweis sei in der ›Schrift des Schweigens‹ zu finden.«

»Haben Sie die ›Schrift des Schweigens‹ gefunden?«

»Ja, ich fand sie zusammen mit den Unterlagen über Michelangelo. Niemand hat dieser Schrift offenbar eine besondere Bedeutung beigemessen.«

Der Kardinal wurde heftig: »Bruder in Christo, Sie ergehen sich in Andeutungen fürchterlicher Art. Wollen Sie mir nicht endlich verraten, was in dieser ›Schrift des Schweigens‹ zu lesen steht?«

»Herr Kardinal, die ›Schrift des Schweigens‹ ist eine hebräische Handschrift. Sie wissen, wie schwer diese Handschriften zu entschlüsseln sind. Ich kam nur bis zur Hälfte der Schrift, aber was ich bis dahin fand, war furchtbar genug, um mir den Seelenfrieden zu rauben. Abulafia berichtet, was ihm sein Lehrmeister weitergegeben hat, daß die Heilige Schrift nicht korrekt sei und das Lukas-Evangelium von falschen Voraussetzungen ausgehe. Abulafia behauptet: Lukas lügt ...«

»Lukas lügt!« unterbrach ihn der Kardinal. »Das haben wir auch schon diskutiert. Aber wieso Lukas? Was ist so Besonderes an Lukas?«

»Ich habe mich«, gab Bruder Benno vorsichtig zu verstehen, als scheue er sich, einem Kardinal und Hüter der Glaubenslehre in Fragen des Evangeliums zuzuraten, »in den ganzen Jahren viel mit dieser Frage beschäftigt. Sie wissen, Eminenz, daß sich die frühen Evangelien bezüglich der Taten Jesu weitgehend entsprechen. In diesem Punkt hängen sie von Markus ab, der das irdische Leben des Erlösers beschreibt. Sein Bericht jedoch endete am offenen Grab; der letzte Teil, der von der Auferstehung und Himmelfahrt Christi handelt, ist eine spätere Ergänzung, die zu einer Zeit entstanden ist, als die übrigen Evangelien bereits geschrieben waren.«

»Dann meint Ihr, daß Lukas ...«

»Ja, Lukas ist es, der als erster die Erscheinung des Auferstandenen schildert. Und erinnern Sie sich nicht, daß er ein Schüler des Paulus war, welcher im 1. Brief an die Korinther, noch vor Markus, vor den Evangelien, zurückhaltend, wie aus zweiter Hand, sein Bekenntnis zum auferstandenen Christus ablegte?«

»Ich kenne die Stelle.« Jellinek lächelte in der Erinnerung, doch die Falten auf seiner Stirn vertieften sich. »›Denn vor allem habe ich euch überliefert, was auch ich empfangen habe: Christus ist für unsere Sünden gestorben, gemäß der Schrift, und er ist begraben worden. Er ist am dritten Tage auferweckt worden, gemäß der Schrift.‹ Diese Worte haben immer sehr viel für mich bedeutet.«

»Es ist derselbe Brief«, fuhr Bruder Benno fort, »in dessen weiterem Verlauf es heißt: ›Wenn aber Christus nicht auferweckt worden ist, dann ist euer Glaube nutzlos, und ihr seid immer noch in euren Sünden; und auch die in Christus Entschlafenen sind dann verloren. ... Denn wie in Adam alle sterben, so werden in Christus alle lebendig gemacht werden.‹ Ich habe mich oft gefragt, ob die vielen Gelehrten, die bei der Suche nach einer Deutung für Michelangelos Fresken das Alte Testament durchforschten, nicht besser auf das Neue hätten sehen sollen.«

»Sie meinen wegen der Verbindung, die hier zwischen dem alten Adam und dem neuen, der da ist Christus, gezogen wird?«

»Ich war Kunsthistoriker – bin es immer noch, soweit man dies nie verlernen kann. Ich habe die Fresken der Sixtina studiert. Und ich habe immer nach einer Erklärung dafür gesucht, warum der Florentiner die Trunkenheit Noahs und die Sintflut an den Anfang seines Werkes setzte, von der apokalyptischen Sünde fortschreitend die Erschaffung der Welt in nur fünf Tagen zunichte zu machen, um mit jenem schrecklichen Gericht zu enden, bei dem ein zorniger, selbst geschaffener Gott die Menschen in die Tiefen des Styx zurückschleudert. Was können wir da anderes tun als Noah, wie der Apostel Paulus sagt: ›Wenn Tote nicht auferweckt werden, dann laßt uns essen und trinken; denn morgen sind wir tot‹?«

»Dann ist das das Geheimnis der Sixtinischen Kapelle? Daß Michelangelo, ihr Schöpfer, die Auferstehung Christi und damit die Auferstehung des Fleisches leugnete?« Jellinek war erneut aufgestanden. Ihn schwindelte, und dies nicht nur deswegen, weil ihm klar wurde, wie diese Deutung ins Bild paßte, wie sie manches erklärte, was bislang unerklärlich geblieben war. Kein Wunder, daß der Florentiner sich so vor dem Tod gefürchtet hatte. Denn wenn Christus nicht auferstanden wäre, als erster der Entschlafenen, dann gäbe es auch keine Hoffnung für die Menschen, die nach ihm kamen. Dann wäre das Fundament der heiligen Kirche nicht nur an einigen Stellen von Erosion bedroht, sondern das ganze Gebäude auf gefährlichem Treibsand errichtet ...

»Häresie!« Joseph Kardinal Jellinek, Präfekt der Kongregation für die Glaubenslehre, die einst den Namen der Heiligen Inquisition geführt hatte, schlug mit der Faust auf den Tisch. »Aber die Kirche hat schon andere Irrlehren überwunden. Manichäismus, Arianismus, die Häresie der Katharer. Wer redet heute noch ernsthaft davon?«

»Abraham Abulafia«, sagte Bruder Benno mit heiserer Stimme, »hat nicht gesagt, er *glaube*, daß unser Herr Jesus nicht auferstanden sei am dritten Tage. Er hatte den *Beweis* dafür, und der Beweis befindet sich in der ›Schrift des Schweigens‹.«

»Und worin besteht dieser Beweis?«

»Ich kam nicht so weit«, gestand Bruder Benno ein. »Mitten in meiner Arbeit wurde ich einberufen, und die SS, vor der ich tags zuvor noch einen Vortrag gehalten hatte, versperrte mir den Zugang zur Bibliothek.«

»Von dieser ›Schrift des Schweigens‹ habe ich noch nie gehört«, sagte Jellinek.

»Aber Michelangelo muß beide gekannt haben, sowohl das ›Buch des Zeichens‹ als auch die ›Schrift des Schweigens‹. Er hatte Kenntnis von der gesamten Lebensgeschichte des Abraham Abulafia. In diesem Brief« – Bruder Benno zog ein Papier aus der Tasche – »nimmt Michelangelo Bezug auf Abulafia, und das ist auch der Schlüssel für die sixtinische Inschrift.«

»Geben Sie her, Bruder, was ist das für ein Brief?«

»Bei meinen Forschungen nahm ich den Brief mit, und es war mir nicht mehr möglich, ihn zurückzugeben, als ich eingezogen wurde. Ich habe das Stück all die Jahre sorgsam gehütet.«

»Geben Sie her!«

»Aber was Sie jetzt in Händen halten, ist eine Kopie. Das Original habe ich Papst Gianpaolo übergeben, als mich mein Gewissen zu sehr plagte. Wie Sie sehen, bin ich ein alter Mann, und ich wollte nicht mit dem Geheimnis sterben. Gianpaolo empfing mich bereitwillig, und ich habe ihm alles erzählt, so wie ich es Ihnen erzählt habe. Der Papst war betroffen, sehr betroffen sogar. Ich ließ den Brief zurück und fuhr nach Hause. Meine Mission war erfüllt.«

»Aber dieser Brief ist in der Kurie nicht bekannt!«

»Ich weiß nicht, ob der Brief Michelangelos irgend etwas in Bewegung gesetzt hat, aber Gianpaolo muß wohl reagiert haben, da nur er es gewesen sein konnte, der einen Mann zum Oratorium auf dem Aventin sandte. Abt Odilo erzählte mir, ein Mann vom Vatikan habe sich vor Jahren nach Michelangelo-Unterlagen erkundigt. Der Abt konnte sich nicht mehr genau erinnern, wann das war; auf mein Drängen meinte er jedoch, es sei nach dem Konklave gewesen, in dem Gianpaolo zum Papst gewählt wurde, also ungefähr in der Zeit, als ich beim Papst war. Aber Gianpaolo fand einen frühen Tod, und ich weiß nicht, ob Untersuchungen angestellt oder weitergeführt wurden. Die Zeitungsmeldungen brachten mich zu der Erkenntnis, daß ich noch einmal hierher kommen mußte.«

»Ja«, sagte Jellinek, »es ist gut, daß Sie da sind.« Dann las der Kardinal die kleine, verschnörkelte Handschrift:

»Teurer Ascanio. Du stelltest mir eine Frage, und ich will sie folgend beantworten: Sei gewiß, daß mir vom Tage meiner Geburt bis heute nie etwas in den Sinn kam, weder wo es sich um Kleinigkeiten noch um bedeutendere Dinge handelte, etwas zu tun, das der Heiligen Mutter Kirche entgegenstünde. Um des Glaubens willen habe ich Mühen und Arbeit auf mich geladen, seit ich von Florenz nach Rom gekommen bin, und ich habe mehr ertragen, als es einem gewöhnlichen Christenmenschen zukommt, um den Päpsten die Langeweile zu vertreiben. Skulpteure tun ihre Pflicht, sie ringen dem Stein die Form ab, die dem Künstler in seinem geistigen Auge erscheint, und sie gelingt oder nicht. Darüber hinaus gibt es nichts zu sagen. Maler hingegen haben, Du weißt es besser als jeder andere, gewisse Eigenheiten, besonders hier in Italien, wo besser als irgendwo in der Welt gemalt wird. Die niederländische Malerei wird im allgemeinen als die frömmere bezeichnet als die italienische, weil die niederländische den Menschen Tränen in die Augen treibt, wo sie die unsere kalt läßt. Die Niederländer nämlich versuchen das Auge zu bestechen, indem sie liebliche und angenehme Gegenstände darstellen, Dinge, die auffallen wegen ihrer Ansicht, in Wahrheit aber von wahrer Kunst nichts in sich tragen. Vor allem tadele ich an dieser Malerei, daß sie auf einem einzigen Gemälde so viele Dinge zusammenbringt, von denen oft ein einziges ein ganzes Kunstwerk ausfüllen würde. Ich habe immer so gemalt und brauche mich dessen nicht zu schämen, und das sage ich vor allem in Hinblick auf die Sixtina, die ich im Geiste des alten Griechenlands gemalt habe; denn unsere Kunst ist die Kunst des alten Griechenlands – Du wirst mir beipflichten, obwohl die Kunst keinem Lande angehört, sie kommt vom Himmel. Ich brauche mich der Sixtina nicht zu schämen, auch wenn die Herren Kardinäle dagegen wettern und die zügellose Freiheit verteufeln, mit der mein Geist die Darstellung dessen gewagt hat, was das Endziel aller gläubigen Gefühle bilde. Sie werfen mir vor, die Engel ohne ihre himmlische Pracht und die Heiligen ohne eine Spur irdischer Verschämtheit gemalt, ja, die Verletzung der Schamhaftigkeit zu einem Schauspiel arrangiert zu haben. In ihrem Eifer gingen Päpste und Kardinäle so weit, das Wichtigste zu übersehen, das ich in die sixtinische Decke eingewoben habe. Du sollst es wissen, teurer Ascanio, aber für Dich behalten, solange ich lebe, denn sie würden mich steinigen, sagte ich ihnen die Wahrheit. Keinem von denen, die sich über die Nacktheit meiner Gestalten erregen, ist bisher der Leseeifer meiner streng bekleideten Sibyllen und Propheten aufgefallen, welche sich allesamt mit Büchern und Schriftrollen beschäftigen, und ich hatte schon geglaubt, mein Geheimnis ins Grab mitnehmen zu müssen, dann aber entdecktest Du, teurer Ascanio, jene acht Buchstaben und fragtest nach ihrer Bedeutung. Hier ist meine Antwort: Diese acht Buchstaben sind meine Rache. Du bist wie ich der Kabbala zugetan und kennst der Größten einen, Abraham Abulafia. Und für alle, die eingeweiht sind, habe ich dort oben unübersehbare Zeichen gesetzt. Denn Abulafia wußte eine für die Kirche erschütternde Wahrheit. Er war ein aufrechter, rechtschaffener Mann, genau wie Savonarola; beiden wurde von den Päpsten übel mitgespielt, sie wurden als Ketzer verfolgt, denn die Kirche ist nicht so, wie es der Kirche geziemt. Jede Wahrheit, die der Kirche gefährlich werden kann, wird unterdrückt. So war es bei Abulafia, so war es bei Savonarola. Savonarola wurde verbrannt, Abulafia seiner Schriften beraubt. So habe ich von meinen Freunden erfahren. Wider besseres Wissen wurde alles, was Abulafia bewiesen hat, totgeschwiegen. Die Päpste benehmen sich wie die Herren der Welt, und die Kirche hat sich seit Abulafia nicht geändert. Du weißt, wie sie mich behandelt haben. Aber dort oben habe ich mich gerächt, ich, Michelangelo Buonarroti. Es wird andere Päpste geben, und wenn sich die Augen der Päpste in der Sixtina erheben und sie zum aufrechten Propheten Jeremias aufschauen, dem Aufrechtesten der Aufrechten, dann werden sie seine Bedrücktheit und sein verzweifeltes Schweigen erkennen. Jeremias kennt nämlich die Wahrheit. Und sie werden den Hinweis erkennen, den ich, Michelangelo, für alle sichtbar und doch unsichtbar angebracht habe. Denn die Schriftrolle zu Jeremias' Füßen sagt: Lukas lügt. Und irgendwann wird die Welt erkennen, was ich meine. Michelangelo Buonarroti in Rom.«

Jellinek schwieg. Bruder Benno sah den Kardinal an, und es entstand eine lange Pause.

»Eine diabolische Rache!« sprach Kardinal Jellinek. »Eine wahrhaft diabolische Rache des Florentiners. Aber was redet dieser Abulafia? Ein Beweis? Eine uralte Verschwörung der Kirche gegen die Welt?«

»Allein der Gedanke quält mich bis zum heutigen Tage, Herr Kardinal!«

»Ketzergeschwätz! – Wo sind die *Buste*, mit denen Sie damals arbeiteten, der Michelangelo-Nachlaß und die ›Schrift des Schweigens‹?«

»Von diesem Brief abgesehen, habe ich alles in der Bibliothek des Oratoriums zurückgelassen. Ich habe dort nachgesehen, aber nicht ein Dokument ist mehr vorhanden, und der Bibliothekar konnte sich nicht erinnern, jemals eine Michelangelo-*Buste* oder etwas aus seinem Nachlaß gesehen zu haben. Und Abt Odilo wußte zu berichten, daß auch der Vatikan-Bote, der vor Jahren einmal vorsprach, nichts vorfand und unverrichteter Dinge nach Hause ging.«

»Sonderbar. Warum sind diese Dinge verschwunden? Und vor allem, wo sind sie hingekommen?« Der Kardinal dachte nach. Hatte er nicht im Geheimarchiv Michelangelo-Dokumente gefunden? Hatte er sich damals nicht gefragt, warum diese Briefe in der *Riserva* aufbewahrt wurden? Vielleicht handelte es sich dabei um jenen Michelangelo-Nachlaß, mit dem Bruder Benno damals gearbeitet hatte, obwohl – und das ließ ihn schon wieder zweifeln – er diesen Michelangelo-Brief, von dem er eine Kopie in Händen hielt, nie gesehen hatte, und ebensowenig die ›Schrift des Schweigens‹.

Jellinek bat Bruder Benno, er solle versuchen, sich zu erinnern, welche Dokumente und Briefe im Nachlaß Michelangelos vorhanden gewesen seien.

Es sei lange her, meinte Benno, aber wenn er sich recht entsinne, dann habe der Nachlaß ein paar Dutzend Briefe enthalten, Briefe *an* Michelangelo und Briefe *von* Michelangelo, was seltsam genug sei. Wer bewahre eigene Briefe auf? Aber neben dem genannten Brief habe es noch weitere Briefe an Condivi gegeben, Briefe an den Papst, Briefe an seinen Vater in Florenz und – natürlich – Briefe an Vittoria Colonna, seine platonische Liebe.

Als Kardinal Jellinek an diesem Abend in den Palazzo Chigi nach Hause kam, wirkte er wie erschlagen. Selbst Giovanna, die ihm auf dem obersten Treppenabsatz entgegentrat, konnte nicht sein Interesse erregen. *»Buona sera, Signora«*, sagte er geistesabwesend und zog die Tür hinter sich zu.

Allein in seiner Bibliothek las er den Brief Michelangelos zum wiederholten Male. Sein Inhalt drohte ihn zu erdrücken. Jesus, der Herr, sollte nicht auferstanden sein. Er verstand das nicht, er rekapitulierte: Da gab es die Inschrift von der Hand Michelangelos und das seltsame Programm an der

Decke der Sixtinischen Kapelle; es gab die Kopie eines Briefes von Michelangelo, dessen Original Papst Gianpaolo übergeben, jetzt aber verschollen war; es gab von Abulafia in einem anderen Einband das ›Buch des Zeichens‹, von dem die wichtigste Seite fehlte; und es gab einen Michelangelo-Nachlaß, der aus unbekannten Gründen im Geheimarchiv aufbewahrt wurde, und schließlich eine ›Schrift des Schweigens‹, deren vollen Inhalt niemand kannte und die nicht einmal im Geheimarchiv zu finden war.

Der Kardinal kam nicht klar, sein sonst so messerscharfer Verstand weigerte sich, daraus die entsprechenden Schlüsse zu ziehen. Konnte er all das, was er bisher erfahren hatte, dem Consilium der Kardinäle, Bischöfe und Monsignori vortragen? Er durfte es nicht. Zu groß war die Gefahr, die von dieser Situation ausging. Deshalb beschloß Kardinal Jellinek, zuerst Padre Augustinus einzuweihen und mit ihm die Sache zu diskutieren.

AM DIENSTAG DER KARWOCHE

In einer der hintersten Ecken der Vatikanischen Bibliothek, dort wo der Modergeruch alter Bücher am beißendsten ist und wo der Staub den Atem raubt, traf Jellinek auf Padre Augustinus. Er erzählte ihm von dem Gespräch mit Bruder Benno und berichtete, daß er die *Buste* über Michelangelo, welche Benno bearbeitet hatte, im Geheimarchiv gefunden hatte. Nur *ein* Brief Michelangelos und eine unbekannte ›Schrift des Schweigens‹ fehle. Mehr sagte Jellinek nicht.

Augustinus zeigte sich erschüttert, erschüttert vor allem über den Inhalt der letzten Seite aus dem ›Buch des Zeichens‹, auf der das Evangelium als Lüge hingestellt wird.

»Haben Sie je von einer ›Schrift des Schweigens‹ gehört?« fragte der Kardinal, und Augustinus antwortete: »Ich kann mich nicht erinnern, Eminenza. Aber warten Sie!« Dann verschwand er zwischen den Regalen, blätterte in Handbüchern und Katalogen und kehrte mit der Nachricht zurück, im Vatikanischen Archiv sei eine Schrift dieses Namens unbekannt und daher nicht archiviert.

Jellinek zog einen Zettel hervor und reichte ihn dem Archivar: »Dies ist die Signatur des Michelangelo-Nachlasses. Können Sie feststellen, wann diese Dinge ins Haus kamen?«

Augustinus kniff die Augen zusammen: »Auf jeden Fall erst nach dem letzten Weltkrieg.«

»Dann begreife ich, was damals passiert ist!«

»Erzählen Sie, Eminenza!«

»Sie haben schon einmal von der ODESSA gehört?«

Augustinus blickte auf. »Dieser Organisation ehemaliger Nazis?«

»Genau diese meine ich. Ich hatte dieser Tage ein Gespräch mit Antonio Adelman, dem Präsidenten der Banca Unione. Er berichtete mir im Zusammenhang mit der Abulafia-Inschrift von einer für die Kirche wenig rühmlichen Episode.«

»Sie wissen?«

»Ich weiß, daß im Oratorium auf dem Aventin nach dem Ende des letzten Krieges Nazis versteckt und mit falschen Papieren ausgestattet wurden. Und das geschah mit Billigung des Vatikans.«

Augustinus starrte Jellinek an. Er wußte nicht, sollte er schweigen, sollte er reden.

»Aber was hat das mit Adelman, was hat das vor allem mit Michelangelo zu tun?« sagte er schließlich.

»Adelman ist Jude. Ihm wurde von den Nazis übel mitgespielt, aber er überlebte in einem Versteck mitten in Rom, weil er diesen Verbrechern nicht traute. Sie hatten den römischen Juden eine Tonne Gold und Pretiosen abgepreßt und versprochen, sie ungeschoren zu lassen. Adelman wagte sich nicht aus seinem Versteck, und dieser Vorsicht verdankt er sein Leben. Nach dem Krieg hörte er dann, daß die Nazis die Kirche mit irgend etwas erpreßten, damit sie das Oratorium als Versteck benutzen durften. Dabei spielte der Name Michelangelo eine Rolle.«

»Sie brauchen nicht weiterzureden, Eminenza, ich kenne die Geschichte.«

»Sie kennen ...«

»Abt Odilo hat sie mir unter dem Siegel der Verschwiegenheit erzählt. Er hat mir sogar das Gold gezeigt!«

»Das Gold ist noch da?«

»Zumindest ein Teil. Ich weiß es nicht.«

Der Kardinal nickte und hielt den Zeigefinger in die Luft: »Jetzt verstehe ich auch den Ablauf der Dinge von damals. Als Bruder Benno seinen Vortrag hielt, wurden die Nazis hellhörig. Benno referierte, er habe im Michelangelo-Nachlaß eine geheimnisvolle ›Schrift des Schweigens‹ entdeckt, die der Kirche zum schweren Nachteil gereichen könne. Die Herren wußten damals alle, daß ihre Zeit zu Ende ging, da erschien ihnen etwas, womit die Kirche zu erpressen war, gerade recht. Sie übermittelten dem jungen Deutschen die Einberufung für den folgenden Tag und rissen die Schriften, an denen er gerade arbeitete, an sich. Sie hofften wohl, Benno würde mit seinem Wissen auf dem Kriegsschauplatz umkommen.«

»Aber Bruder Benno überlebte.«

»Er überlebte, aber er wagte nicht, sein Geheimnis preiszugeben, und die Nazis machten sich diese ›Schrift des Schweigens‹ zunutze und erpreßten die Kirche. Die Klosterroute war ein genialer Einfall, und das Oratorium auf dem Aventin ein unverfängliches und sicheres Versteck, um die Nazis ins Ausland zu schleusen. Die Kirche mußte mitspielen, wollte sie nicht, daß Abulafias ›Schrift des Schweigens‹ bekannt wurde.«

Jellinek überlegte. Wenn dies alles so abgelaufen war, dann mußte der Vatikan nach Abschluß der Aktion das erpresserische Material zurückerhalten haben – einschließlich der ›Schrift des Schweigens‹; denn welchen anderen Grund gäbe es, den Michelangelo-Nachlaß in der *Riserva* aufzubewahren? Wo aber war die ›Schrift des Schweigens‹, deren wirklichen Inhalt sie noch immer nicht kannten?

»Was ich noch nicht verstehe«, sagte Jellinek, »ist der Zusammenhang mit Padre Pio. Pio hat das ›Buch des Zeichens‹ gefunden und er muß irgend etwas gewußt oder zumindest geahnt haben. Pio muß die letzte Seite herausgerissen und seinen Brief an diese Stelle gelegt haben, mit der Warnung weiterzusuchen. Er muß geahnt haben, daß es eine Schrift mit verheerendem Inhalt gibt. Sonst ergäbe das alles keinen Sinn. Aber woher will Padre Pio das gewußt haben? Vor allem, warum hat er sich umgebracht? Dieses Wissen ist kein Grund, sich das Leben zu nehmen.«

Padre Augustinus wiegte den Kopf hin und her. Er kannte den wahren Grund, er glaubte zumindest, ihn zu kennen, nach dem, was der Abt ihm im Keller des Oratoriums erzählt hatte. Sollte er schweigen oder sollte er dem Kardinal sagen, was er wußte? Früher oder später würde er sowieso alles erfahren; denn Jellinek war nicht der Mann, der auf halbem Wege aufgab.

Also berichtete Augustinus dem Kardinal von dem Vatikanischen Auswanderungsamt, welches die Aufgabe übernommen hatte, Nazis als falsche Mönche vorwiegend nach Südamerika zu bringen, er berichtete von jenem Monsignore Tondini, der das Unternehmen leitete und von seinem Adlatus Pio Segoni, der sich nicht gescheut habe, Gold und Pretiosen anzunehmen, vorwiegend jene Stücke, welche die Nazis den römischen Juden abgepreßt hatten.

Im Zusammenhang mit seiner Berufung an das Vatikanische Archiv, aus der Befürchtung heraus, sein Vorgänger werde, wenn er im Amt bleibe, zuviel ans Tageslicht holen, was nach dem Willen gewisser Mächte im Dunkel bleiben sollte, sei Pio von seiner eigenen Vergangenheit eingeholt worden. Die Zeit heilt viele Wunden, aber oft genügt eine Erinnerung, sie wieder aufbrechen zu lassen. Padre Pio wußte um die ganz andere Brisanz, die in dem Nachlaß Michelangelos lag und sein eigenes unseliges Vorleben berührte, und die Schande, die dadurch über die Kirche gekommen war und nun vor aller Augen offenbar werden mochte, wenn man an diese Dinge rührte.

Die Frage, die sich stellte, war nur: Kannte Padre Pio die ›Schrift des Schweigens‹? Hatte er sie gefunden und vielleicht sogar vernichtet?

AM MITTWOCH DER KARWOCHE

Am Vormittag kamen die Mitglieder des Consiliums zu einer außerordentlichen Sitzung zusammen. Kardinalstaatssekretär Cascone hatte dringend um dieses Treffen gebeten. Cascone eröffnete die Konferenz mit der Frage, ob irgend jemand zu den Nachforschungen Neues vorbringen könne. Die Herren verneinten, es sei nun an Jellinek, das Rätsel mit Hilfe der fehlenden Seite aus dem ‹Buch des Zeichens‹ zu lösen. Erst wenn man wisse, was Abulafia auf dieser Seite geschrieben habe, könne man weitergehende Deutungen wagen. Was der Grund sei, daß Cascone das Consilium jetzt, in der Karwoche, einberufen habe?

Ostern, erwiderte Cascone, sei ein Fest des Friedens für die Kirche, und er frage sich, ob man nicht dieser leidigen Sache ebenfalls Frieden geben solle, nachdem seit geraumer Zeit auf keiner Seite Fortschritte zu verzeichnen seien. Die Lösung sei gefunden: Michelangelo habe den Namen eines Kabbalisten an die Decke der Sixtina gemalt; seine kabbalistischen Neigungen seien erörtert worden, er wiederhole hier nur Bekanntes. Ob Jellinek neue Erkenntnisse besitze?

Jellinek verneinte, er habe nichts gefunden, was über das bisher Bekannte hinausgehe. Er habe im Archiv und in der *Riserva* das Unterste zuoberst gekehrt, aber weder da noch dort sei jene Schrift aufgetaucht, die Abulafia von der Inquisition abgenommen worden war, noch seien weitere Hinweise auf Abulafia gefunden worden. Recherchen in jüdischen Bibliotheken hätten bis heute keine konkreten Ergebnisse gebracht, er habe bisher kein zweites Exemplar des ›Buches des Zeichens‹ auftreiben können. Er habe die Hoffnung aufgegeben, innerhalb der Mauern des Vatikans noch etwas zur Klärung des Falles zu finden. Entweder seien die Dokumente im Laufe der Zeit verloren gegangen oder Pio habe sie vor seinem Tode vernichtet. Letzteres könne er nicht ausschließen, wenn man sich an den Brief des Verstorbenen erinnere. Lediglich ein Mönch habe ihm auf einen Zeitungsbericht hin ein Schreiben Michelangelos gebracht, in dem dieser seine Rache an der Decke der Sixtina ankündigt. Er nehme darin Bezug auf diese Schrift, die damals von der Heiligen Inquisition eingezogen wurde. Alles andere sei den Herren des ehrenwerten Consiliums bereits bekannt.

Cascone gab zu bedenken: »Herr Kardinal, das alles bringt uns keinen Schritt weiter! Es kann es auch nicht, denn wir haben die Lösung bereits gefunden. Aus Wut gegen die ungeliebte Arbeit und aus Verärgerung über mißliche Behandlung durch den Papst hat Michelangelo seinem Unmut Luft gemacht. Was sollen weitergehende Deutungen? Das Rätsel ist gelöst. Was wollen wir wissen über einen Mann, den zu dokumentieren die Kirche jahrhundertelang nicht für wert befand? Die Suche nach Abulafia kann nur Schaden stiften. Wir wissen genug. Michelangelo war Anhänger der Kabbala. Und deshalb, meine Herren, habe ich Sie zusammengerufen. Wir vergeuden nur unsere Zeit – ein jeder von uns hat genug wirklich Wichtiges zu tun.«

»Aber Herr Kardinalstaatssekretär!« rief Parenti, »diese Lösung genügt mir nicht! Und sie genügt nicht der Wissenschaft!«

Cascone schnitt Parenti das Wort ab. »Wir behandeln hier einen kirchlichen Fall, keinen wissenschaftlichen! Uns ist das genug! Deshalb stelle ich hiermit den Antrag, und ich ersuche die Herren dringend, sich mir anzuschließen, das Consilium aufzulösen und die Angelegenheit weiter *specialissimo modo* zu behandeln.«

»Damit kann ich nie und nimmer einverstanden sein!« rief Parenti.

»Es wird sich eine Lösung finden für Sie, Professore. Die Kirche vergißt nicht, und sie hat weite Arme! Vergessen Sie das nicht!«

Auch Jellinek widersprach heftig; er komme zwar im Moment nicht weiter, aber er sei mit Sicherheit einer Lösung auf der Spur.

Der Kardinalstaatssekretär habe recht, mischte sich Canisius ein, und die meisten anderen nickten zustimmend. Auch er sei dafür, das Consilium aufzulösen. Alle weiteren Nachforschungen könnten eher Schaden als Nutzen bringen.

So endete das Consilium, indem mit einfacher Mehrheit seine Auflösung beschlossen wurde. Jellinek wurde *ex officio* seines Amtes enthoben; es wurde vereinbart, alles, was im Rahmen des Consiliums erörtert worden war, auch in Zukunft *specialissimo modo* zu behandeln. Parenti solle in den nächsten Wochen einen Vorschlag zur Unterrichtung der Öffentlichkeit vorlegen, man werde dann entscheiden, was mit den Buchstaben zu geschehen habe.

Jellinek verließ den Raum zusammen mit Bellini.

»Seien Sie nicht so bedrückt, Herr Kardinal.«

»Ich bin enttäuscht! Cascone war schon immer ein Gegner meiner Untersuchungen, von Anfang an wollte er lieber schnelle Erklärungen als fundierte Recherchen. Ich dachte, wenigstens Sie stünden auf meiner Seite! Mit Ihrer Hilfe hätte ich gerechnet. Ich habe mich wohl in Ihnen getäuscht. Und in Stickler ebenso!«

»Ich muß Cascone recht geben, wir haben wahrhaft wichtigere Dinge, mit denen wir uns beschäftigen müssen. Was soll das Wühlen in jahrhundertealten Dingen, wenn die jüngste Vergangenheit so viel Unaufgeklärtes birgt? Es gibt Schuld genug, die noch nicht verjährt ist!«

»Vielleicht. Zwischenzeitlich wollte auch ich nicht mehr an einen Fortschritt meiner Untersuchungen glauben. Zu viele Spuren waren im Sand verlaufen. Aber ich bin ein Mann, der seine Arbeit immer zu Ende führt; so schnell gebe ich nicht auf. Sonst wäre ich nicht hier, an dieser Stelle. Und ich weigere mich einfach, jetzt aufzugeben – möglicherweise kurz vor der Lösung.«

»Wir müssen oft nachgeben, Bruder in Christo«, warf Bellini ein. »Das Leben erfordert Konzessionen. Glauben Sie, mir fällt die Arbeit immer leicht? Auch ich muß oft über meinen Schatten springen. Erinnern Sie sich noch an unser Gespräch vor wenigen Wochen zusammen mit Stickler? Ich stehe zu dem, was ich Ihnen erzählt habe.«

»Um so mehr hätte ich Ihrer Unterstützung gegen die Mitglieder des anderen Lagers bedurft.«

»Wie ich schon sagte, man muß Konzessionen machen, um zu überleben. Übrigens – haben Sie noch einmal überraschenden Besuch erhalten?«

Jellinek verneinte. »Ich kann immer noch nichts mit der seltsamen Warnung anfangen. Warum habe ausgerechnet ich dieses Paket erhalten?«

»In der Zwischenzeit habe ich mir Gedanken gemacht. Ich habe den Verdacht, daß Sie, Herr Kardinal, unfreiwillig zwischen die Zahnräder einer geheimen Organisation geraten sind, weil die Nachforschungen über die sixtinische Inschrift tiefer gehen, als zu Beginn zu erwarten war. Man fürchtet von gewisser Seite weitergehende Untersuchungen.«

»Daher also das seltsame Paket mit den Pantoffeln und der Brille des Papstes!«

»Genauso ist es. Für den, der nicht eingeweiht ist, bleibt dieses Paket unverständlich. Dem aber, der in seinen Nachforschungen so weit vorgedrungen ist, daß er die Hintergründe erkennt, für den ist das Paket eine unmißverständliche Warnung. Bruder, Sie leben gefährlich, äußerst gefährlich sogar!«

Jellinek fingerte unsicher an den Purpurknöpfen seiner Soutane. Er war nicht der Mann, dem man leicht Angst machen konnte, aber nun auf einmal spürte er seinen Herzschlag, und er rang nach Luft.

»Sie haben«, begann Bellini von neuem, »sicherlich von jener Geheimloge gehört, die die Bezeichnung P2 trägt. Nun, diese Organisation ist noch längst nicht zerschlagen. Ziel ihrer Mitglieder ist es, Macht, Einfluß und Reichtum über die Grenzen Italiens hinaus anzuhäufen. Ihre Arme reichen bis nach Südamerika, und ihre Mitglieder sind in höchsten Regierungskreisen, bei Staatsanwälten, in Industrie und Banken zu finden. Schon seit langem geht das Gerücht, daß Mitglieder der Kurie, Priester, Bischöfe und Kardinäle dieser Geheimloge angehören. Bei bestimmten Kardinälen und Bischöfen«, Bellini machte eine Pause, »bin ich mir da ganz sicher. Nebenbei bemerkt, gibt es auch eine Querverbindung zu den obersten Kreisen der Hochfinanz. Die Geldgeschäfte unseres bischöflichen Finanzverwalters im Vatikan – es handelt sich hierbei um riesige Geldgeschäfte und Finanzkonstruktionen – sind nicht immer unproblematisch und erfordern höchste Diskretion. Sie haben sicher schon den Satz gehört, man betrete den Vatikan mit einem Koffer voll Geld, und alle weltlichen Finanzgesetze seien außer Kraft! Jede

Aufregung in und um die Kurie bedeutet Gefahr für den ungestörten Geschäftsablauf. Ihre Untersuchungen lenkten zuviel Aufmerksamkeit auf die Kurie.«

»Die Kirche betrachtet schon die Mitgliedschaft in einer orthodoxen Loge als Grund zur Exkommunikation!«

Bellini hob die Schultern. »Das stört anscheinend wenige. Das Unwesen hat sich im Vatikan in den letzten Jahren sehr verbreitet. Die P2 unterhält einen regelrechten Spionagedienst. Sie sammelt Dossiers über wichtige Leute, versucht ihre Schwachstellen auszukundschaften und sich zunutze zu machen. Es heißt, daß jeder gleichsam als Eintritt ein belastendes Geheimnis verraten müsse. Sie sind noch nicht lange in Rom, Herr Kardinal. Vielleicht werden auch Sie bereits überwacht?«

»Die Telefonzelle vor meinem Haus!« Jellineks Stimme wurde laut. »Und Giovanna, dieses Frauenzimmer. Alles ein abgekartetes Spiel!«

»Ich verstehe nicht, Bruder.«

»Das müssen Sie nicht, Kardinal Bellini, das müssen Sie nicht.«

So trennten sich die beiden, und Jellinek dachte lange nach über das Gesagte. Er wußte nun Bescheid über die seltsamen nächtlichen Anrufer und Besucher. Er kannte jetzt den Grund für Giovannas Zuneigung; aber auch wenn diese nicht ihm galt, sondern sie damit ganz andere Ziele verfolgte, hoffte er insgeheim, daß sie ihn auch weiterhin aushorchen würde. Und mit unzüchtigen Gedanken zog er sich zurück.

Des Abends kam Jellinek an der Sala di merce vorbei, um nach dem Stand des Schachspiels zu sehen. Beim Eintreten begegnete er unerwartet Cascone, der ihn nur kurz und ein wenig geistesabwesend grüßte und, so schien ihm, es plötzlich sehr eilig hatte, den Raum zu verlassen.

Jellinek hatte mit dem 18. Zug seinen Springer von e4 nach c5 gesetzt, und sein Gegner hatte den Turm von e6 nach g6 geschoben. Der weiße Springer blockierte jetzt zusammen mit der weißen Dame die schwarze Bauernmehrheit am Damenflügel. Jellinek wunderte sich sehr über diesen prompten Zug seines Gegners. Dieser hatte ihn ganz offensichtlich in eine Falle gelockt und versuchte frech, ihn matt zu setzen. Sollte Jellinek sich geschlagen geben? Er hatte im Augenblick kein Glück. Das Consilium war gegen seinen Willen aufgelöst worden, und auch beim Schach errang er keinen Vorteil. Er betrachtete sinnend die kunstvoll gefertigten Figuren, deren Schönheit und handwerkliche Vollkommenheit ihn immer wieder faszinierten. Nein, es stand nicht schlecht, er sah einen Ausweg.

Am Königsflügel würde er bald seine Mehrheit zum Einsatz bringen. Dies würde, dies *mußte* dem Spiel eine entscheidende Wendung geben, und es würde ihn in Vorteil bringen; vielleicht sogar würde das unvorsichtige Manöver seines Gegners das Spiel letztendlich zu seinen Gunsten entscheiden. Entschlossen zog der Kardinal seinen Turm von e1 nach e3. War es überhaupt Stickler, gegen den er hier spielte? Dieses draufgängerische Spiel paßte überhaupt nicht zu ihm, nicht zu jenem vorsichtigen Taktierer, gegen den zu spielen er gewohnt war.

Jellinek verwarf den Gedanken. Im Augenblick hatte er andere Probleme. Auf der Suche nach der ›Schrift des Schweigens‹ trat er auf der Stelle. Obwohl er Hunderte Buste geöffnet und Hunderte Bücher überprüft hatte in der Hoffnung, in einem anders bezeichneten Einband fündig zu werden, blieben alle Nachforschungen erfolglos.

Beim Verlassen der Sala di merce kam ihm Stickler entgegen. Jellinek konnte sich nicht die Bemerkung verkneifen: »Es sieht nicht gut aus für Sie, Bruder in Christo!«

»Wie meinen Sie das?« fragte Stickler zurück.

»Der nächste ist Ihr Zug, Monsignore!«

»Ich verstehe nicht, Herr Kardinal. Wovon sprechen Sie?«

»Von unserer Partie. Sie können sich ruhig zu erkennen geben.«

»Tut mir leid, ich weiß nicht, wovon Sie reden, Eminenza.«

»Sie wollen doch nicht etwa behaupten, daß Sie nicht der geheimnisvolle Gegner sind, gegen den ich seit vielen Wochen spiele?«

Jellinek schob Stickler durch die hohe Tür in die Sala di merce und zeigte ihm das Schachspiel.

»Und Sie glauben, ich würde . . .«, sagte Stickler. »Da muß ich Sie enttäuschen, Eminenza. Das hier ist ein sehr schönes Schachspiel, aber ich habe noch nie damit gespielt!«

Jellinek schien betroffen.

»Es gibt außer uns beiden noch genügend hervorragende Schachspieler innerhalb der vatikanischen Mauern. Nehmen Sie zum Beispiel Canisius.«

Jellinek schüttelte den Kopf. »Die Strategie paßt nicht zu ihm, ich kenne sein Spiel.«

»Oder nehmen Sie Frantisek Kolletzki, oder Kardinalstaatssekretär Cascone, ein hervorragender aber kühner Stratege, der seinen Gegnern gerne ein Bein stellt, wie im Leben auch, wenn ich das bemerken darf. Im Schachspiel läßt sich der wahre Charakter nicht verbergen. Alle Genannten sind Meister des königlichen Spiels und haben durch ihre räumliche Nähe oft Gelegenheit, hierher zu kommen.«

Jellinek atmete auf. »Also spiele ich seit langem gegen einen Gegner, den ich nicht kenne.«

Stickler hob die Schultern, und Jellinek dachte nach. »Eigentlich wundert es mich nicht«, sagte er, »wer kennt hier schon seine wahren Gegner.«

»Mir können Sie trauen, Eminenza«, erwiderte Stickler, »ich glaube sogar, Sie trauen mir, aber Sie *ver*trauen mir nicht, das ist ein Unterschied. Warum vertrauen Sie mir nicht?«

»Ich vertraue Ihnen, Monsignore«, sagte Jellinek. »Aber dies ist nicht der richtige Ort für ein vertrauliches Gespräch. Wo können wir ungestört reden?«

»Kommen Sie«, sagte Stickler, und gemeinsam machten sie sich auf den Weg zur Wohnung des Kammerdieners.

Stickler bewohnte ein kleines Appartement im Päpstlichen Palast. Im Vergleich zum pompösen Aufwand der Gemächer der Kardinäle wirkte es äußerst bescheiden. Das dunkle Mobiliar war alt, aber nicht kostbar. In einer Sitzecke mit abgewohnten Polstermöbeln nahmen die beiden Platz, und der Kardinal erzählte, daß ihn ein Bruder mit Namen Benno aufgesucht habe, aus einem Kloster mit schweigsamen Mönchen. Er habe ihm wundersame Dinge mitgeteilt im Zusammenhang mit der sixtinischen Inschrift, Dinge, die ihm den Schlaf raubten.

Der Kardinal, bat Stickler, möge doch ein wenig mehr berichten, worum es dabei gegangen sei.

Bruder Benno, berichtete Jellinek, habe ihm die Kopie eines Michelangelo-Briefes gegeben, in welchem Andeutungen über gewisse Unterlagen gemacht wurden, deren er, Jellinek, nicht habhaft werden könne. Ohne diese Unterlagen, fürchte er, sei das Rätsel der Inschrift nicht völlig zu entschlüsseln.

Wie der Bruder in Besitz der Brief-Kopie gelangt sei?

Benno habe, erwiderte Jellinek, in Rom über Michelangelo gearbeitet. Er sei aufgrund besonderer Umstände in Besitz des Originales gekommen; doch diesen Original-Brief von Michelangelo mit den geheimnisvollen Andeutungen habe er angeblich Papst Gianpaolo überreicht. Könne er, Stickler, sich an einen derartigen Fall erinnern?

Stickler wiederholte mehrere Male hintereinander den Namen Benno, und meinte schließlich, den Namen schon gehört zu haben. Ja, er erinnere sich, einen uralten Brief auf dem Schreibtisch Seiner Heiligkeit gesehen zu haben. Gianpaolo habe sich zu dieser Zeit häufig im Geheimarchiv aufgehalten, und er habe annehmen können, daß auch dieser Brief daher stammte. Im übrigen habe er diesem Brief keine Bedeutung beigemessen. Soweit den Äußerungen Gianpaolos zu entnehmen gewesen sei, habe er – und Stickler bat, diese Information *specialissimo modo* zu behandeln – ein neues Konzil vorbereitet.

Ein Konzil? Jellinek erschrak. Er hatte noch nie von einem derartigen Plan Johannes Paul I. gehört.

Das könne er auch nicht, meinte Stickler, Gianpaolo sei nicht dazu gekommen, seine Pläne öffentlich bekanntzugeben. Außer Cascone und Canisius habe niemand von seinen Plänen Kenntnis gehabt – und seine Wenigkeit natürlich, meinte Stickler, und aus seinen Worten klang ein gewisser Stolz. Cascone und Canisius seien jedoch erbitterte Gegner dieses Planes gewesen. Oft habe er gehört, wie sie bemüht gewesen seien, dem Papst einzureden, sein Plan sei schädlich für die Kirche; sie hätten sogar gewagt, Gianpaolo zu widersprechen, und mehr als einmal sei es zu heftigen Auseinandersetzungen gekommen. Hinter geschlossenen Türen habe er des öfteren erregte Reden und gegenseitige Anschuldigungen vernommen, doch Gianpaolo sei hart geblieben und habe darauf bestanden, er müsse das Konzil einberufen. Aber einen Tag, bevor der Papst seine Pläne offiziell bekanntgeben wollte, sei er gestorben, unter denkwürdigen Umständen, die ihm, Jellinek, ja bekannt seien.

Jellinek gab seiner Verwunderung Ausdruck, daß sich der Nachfolger nie mit den Konzilsplänen beschäftigt habe, aber Stickler entgegnete, dies sei allein schon deshalb nicht möglich gewesen, weil alle Unterlagen und Aufzeichnungen darüber verschwunden seien. Er, Stickler, könne mit Bestimmtheit sagen, daß Gianpaolo sich am Abend vor seinem Tode noch damit befaßt habe. Er wollte, um freie Hand zu haben, die Kurie umbilden.

Ob er glaube, daß diese Unterlagen gestohlen worden seien?

Ja, das glaube er, antwortete Stickler. Die Nonne, die Gianpaolo am Morgen tot in seinem Bett fand, sagte, er habe mehrere Bogen Papier in Händen gehalten. In der offiziellen Verlautbarung über den Tod des Papstes habe es jedoch geheißen, Gianpaolo sei bei der Lektüre eines Buches verschieden, und die Nonne sei zu striktem Stillschweigen verurteilt und in ein abgelegenes Kloster geschickt worden. Offiziell wisse er natürlich von nichts; aber als Kammerdiener sei er über jede Handlung des Papstes informiert gewesen.

»Ich habe«, sagte Jellinek mit einigem Zögern, »einen ungeheuren Verdacht. Außer Ihnen wußten nur zwei Leute von den Plänen des Papstes, zwei erbitterte Gegner seiner Pläne, die der Papst ihrer Ämter entheben wollte, sein Tod … gerade zu diesem Zeitpunkt … die fehlenden Dokumente … da bleibt nur ein Schluß … daß Cascone und Canisius … sie *müssen* …, nein, ich wage nicht, es auszusprechen.«

»Diesen Verdacht«, erwiderte Stickler, »habe ich auch, jedoch fehlen mir die Beweise, und deshalb ist es geboten zu schweigen.«

Jellinek räusperte sich. »Bellini erwähnte vor kurzem eine Geheimloge. Haben Sie davon gehört?«

»Natürlich.«

»Er berichtete, daß auch Mitglieder der Kurie dieser illegalen Vereinigung angehörten. Glauben Sie, daß da eine Verbindung besteht mit den Genannten?«

»Ich bin mir sogar ziemlich sicher. Es existierte eine Liste der Logenmitglieder, und mir kam zu Ohren, daß die Namen der beiden verzeichnet waren. Vermutlich wurde Ihnen durch Ihre Untersuchungen der Boden zu heiß, und sie ließen Ihnen durch Mittelsmänner jene Drohung überbringen. Wer sonst sollte Hauspantoffeln und Brille als Druckmittel benutzen als diejenigen, die für deren Verschwinden verantwortlich zeichnen?«

»Ich kann das alles kaum glauben. Zu ungeheuerlich ist das, was Sie mir berichten. Aber Monsignore, um auf das Konzil zurückzukommen: Was war das Thema des geplanten Konzils?«

»Es ging um die Auferstehung unseres Herrn Jesus.«

»Die Auferstehung Christi? – Und die Briefe und Unterlagen, mit denen sich Gianpaolo damals beschäftigte, verschwanden die ebenfalls am Todestag des Papstes?«

»Zunächst nicht«, antwortete Stickler. »Ich erinnere mich deshalb, weil mir als Kammerdiener des Papstes die Aufgabe zufiel, Gianpaolos Schreibtisch aufzuräumen. Dabei fand ich einige alte *Buste* und Briefe und eine hebräische Schrift, kaum zu entziffern. Der Papst hatte nächtelang über diesem Papier gesessen und stets, wenn ich eintrat, hatte er es zugedeckt.«

»Um welche Schrift es sich dabei handelte, können Sie nicht sagen?«

»Bedaure, Eminenza. Ich habe den Dingen damals keine Bedeutung beigemessen. Es schien mir einfach nicht wichtig. Zum anderen drängte Cascone zur Eile: Der Schreibtisch sei bis zum Abend zu räumen. Das mußte alles sehr schnell gehen. Ich habe deshalb die letzten Akten, mit denen Gianpaolo sich beschäftigte, beim Nachlaß belassen.«

»Und wo befindet sich der päpstliche Nachlaß?«

»Im Archiv, wo der Nachlaß aller Päpste aufbewahrt wird.«

Jellinek sprang auf: »Stickler, das ist die Lösung! Deshalb fand ich die Dokumente nicht im Geheimarchiv, wo sie hingehörten und wo sie auch herkamen.«

VON KARSAMSTAG ZU OSTERSONNTAG

Nicht einmal der Karfreitag mit seinem heiligen Spiel vom Leiden und Tod unseres Herrn hatte Kardinal Jellinek auch nur ein Mindestmaß an innerem Frieden bringen können. Würde er die ›Schrift des Schweigens‹ finden? Diese Frage ließ ihn auch aus seinem nächtlichen Schlaf immer wieder aufschrecken. Wenn Stickler nur recht hätte! Er mußte recht haben, jedenfalls war dies die einzige schlüssige Erklärung: Die Odessa hatte im Gegenzug für die Aktion Klosterroute die Unterlagen an den Vatikan zurückgegeben, wo sie in der *Riserva,* fern dem Zugriff unbefugter Hände, aufbewahrt wurden. Und dort wären sie auch geblieben, unangetastet und vergessen, denn das Geheimarchiv ist wie ein Grab für Dinge, die nicht für die Öffentlichkeit bestimmt sind. Und da der Name Abulafia aus dem allgemeinen Archiv ausgesondert wurde, wäre das Geheimnis für alle Zeiten ein Geheimnis geblieben, hätte nicht Bruder Benno Papst Gianpaolo über seine Studien informiert. Gianpaolo muß Abulafias Schriften aus dem Geheimarchiv geholt und den Plan zu dem Konzil gefaßt haben.

Was, *domine nostrum,* enthielt die ›Schrift des Schweigens‹, daß sich der Papst zu einem so weitreichenden Schritt genötigt sah? Fest stand: Er mußte deshalb sterben. Es schien, als drängte sich diese geheimnisvolle Schrift immer wieder ans Licht. Zuerst lag sie unbeachtet im Oratorium auf dem Aventin, dann im Geheimarchiv und nun im Nachlaß des Papstes, und unter normalen Umständen hätte nie mehr ein Mensch einen Blick auf sie geworfen. Wer hätte schon Interesse am Nachlaß eines Papstes, wer hätte vor allem Zutritt zu dieser Abteilung?

Jellinek wollte nicht warten, bis das Archiv am Dienstag nach Ostern öffnete; er mußte sich jetzt Gewißheit verschaffen, noch heute, am Karsamstag. Deshalb ließ er den Schlüsseldiener kommen, bekundete, er habe wichtige Nachforschungen anzustellen, der Diener solle ihm die Schlüssel aushändigen und ihn allein lassen. Dann ging er zu der abgelegenen Tür im Vatikanischen Archiv, einem Raum, den er noch nie betreten hatte, und mit jedem Schritt wuchs seine Spannung. Einen Augenblick zögerte er, bevor er den Schlüssel ins Schloß steckte. Was würde ihn erwarten? Welche furchtbare Wahrheit würde sich ihm eröffnen? Entschlossen öffnete er die schwere Tür.

Er kannte den Raum nicht und mußte sich erst an die Dunkelheit gewöhnen, die von Milchglasleuchten an der Decke nur dürftig erhellt wurde. Der Raum erschien ihm wie eine Gruft. Metallene Kassetten und Behälter an den Wänden. Es roch undefinierbar, nicht nach Papier und Leder wie in der *Riserva*, es roch dumpf und schal. Dieser Raum war ein Grab, genutzt zum Aufbewahren persönlicher Habseligkeiten der Päpste. In jeder dieser Blechwannen lag das Persönlichste, das einmal einem Papst gehört hatte, und eine jede trug einen Namen: Leo X., Pius XII., Johannes XXIII., in fortlaufender Reihe. Und da stand der Name Johannes Paul I., in schlichtem Kupferblech, nicht verziert wie manche andere, schlicht wie der Papst zu seinen Lebzeiten gewesen war.

Jellinek zog die Kassette vorsichtig heraus – sie maß einen halben Meter in der Breite, in der Länge das Doppelte – und stellte sie auf einen Tisch an der Seite. Dann betrachtete er den bräunlichen Behälter eine Weile. Er war der Lösung des

Rätsels jetzt so nahe, und der Mut, sie zu öffnen, schien ihn zu verlassen. Noch größer aber war die Angst vor dem Unbekannten. Was würde ihn erwarten? Welche Wahrheit würde sich ihm eröffnen? Hatte er überhaupt das Recht, im Nachlaß des Papstes herumzuwühlen? Wenn Gott, der Herr, gewollt hatte, daß diese Schrift immer wieder verräumt und vergessen wurde, war es dann rechtens, daß er, Jellinek, sie wieder ans Licht holte? Konnte er das verantworten? Durfte er, ohne jemanden einzuweihen, hier alleine forschen? Mußte er nicht die Mitglieder des Consiliums einweihen?

All diese Fragen bewegten den Kardinal in diesem Augenblick; dann erbrach er das Siegel über der einfachen Schließe. Im Innern lagen, in Stößen geordnet, Briefe, Dokumente und handgeschriebene Urkunden, und da befand sich tatsächlich das Original des Briefes von Michelangelo an Ascanio Condivi. Seine Hände begannen zu zittern, denn darunter fühlte er ein abgewetztes, poröses Pergament. Er erkannte, als er es hervorzog, sofort die krakeligen hebräischen Schriftzeichen, vom Alter vergilbt und verblaßt, und er las ›Schrift des Schweigens‹.

Die Schrift zu entziffern bereitete Mühe. Jellinek ging behutsam vor: »Ich, der Ungenannte und der Geringsten einer, habe von meinem Lehrer die folgende Erkenntnis überliefert erhalten, welche er von seinem Lehrer und auch dieser wiederum von seinem Lehrer erfahren hat, jeweils mit der Auflage, sein Wissen an den weiterzugeben, den er für würdig und fähig erachtete, daß auch er dieses einem Würdigen und Fähigen weitergebe, auf daß sein Inhalt nicht verloren gehe für alle Zeit.« Der Kardinal erkannte den typischen Stil des Kabbalisten Abulafia, und er las mühevoll Zeile für Zeile. Er habe, schrieb Abulafia, diese Schrift niedergelegt, weil er, verfolgt von der Inquisition, zweifle, ob es ihm möglich sein würde, das Geheimnis mündlich weiterzugeben. Da es aber nicht vergessen werden dürfe, habe er sich zu diesem Schritt entschlossen, und die Überlieferung seines Lehrers aufgezeichnet. Und jedem, der der Kabbala fernstehe, sei es mit dem Fluch des Allerhöchsten untersagt, auch nur eine Zeile dieser ›Schrift des Schweigens‹ zu lesen.

Dieser Hinweis machte den Kardinal nur noch neugieriger, und er las gierig, so schnell er konnte, er las von der Überlieferung und über die Glaubensstärke und er erkannte lange nicht, worauf der Kabbalist hinauswollte, bis er auf den Kernpunkt der Schrift stieß, wo es wörtlich heißt: »Ich habe dieses Geheimnis erfahren zum Wohl der Menschen, damit sie zum rechten Glauben zurückkehren, zur vollen Erkenntnis gelangen und jeglichem Irrglauben abschwören. Der Jesus, den *wir* einen sterblichen Propheten nennen, ist nicht wie jene glauben, die ihn für Gottes Sohn halten, am dritten Tage auferstanden von den Toten, sondern sein Leichnam wurde von Leuten, die unserer Lehre anhängen, geraubt und nach Safed in Obergaliläa gebracht, wo ihn Simon ben Jeruchim in seiner eigenen Gruft bestattete. Sie taten dies, um dem Kult vorzubeugen, der sich um den Tod des Nazareners rankte. Freilich konnte niemand ahnen, daß ihr Werk gerade das Gegenteil bewirken würde und daß die Anhänger des Propheten diese Tat zum Anlaß nehmen würden zu behaupten, Jesus sei leiblich in den Himmel aufgefahren.«

Der Schrift folgte die lückenlose Aufzählung von 30 Namen, die dieses Geheimnis jeweils ihrem Nachfolger weitergegeben hatten.

Jellinek ließ die Schrift sinken, er sprang auf, rang nach Luft und öffnete den obersten Knopf seiner Soutane. Dann ließ er sich wieder auf den Stuhl fallen, griff nach dem Pergament, hielt es ganz nahe vor die Augen, las die Stelle halblaut ein zweites Mal, als wollte er sich den Inhalt mit der eigenen Stimme vergegenwärtigen, und kaum hatte er geendet, las er sie laut ein drittes, beinahe schreiend ein viertes Mal wie in Trance. Lähmendes Entsetzen hatte ihn erfaßt, er glaubte zu ersticken, preßte beide Fäuste gegen die Brust. Die Schrift, alles, was ihn umgab, begann zu schwanken. Herrgott, es durfte nicht wahr sein, was da geschrieben stand! Das also war die Wahrheit, die Papst Nikolaus III. verbergen wollte. Das also war die Wahrheit, die Michelangelo von den Kabbalisten erfahren hatte. Das also war die Wahrheit, die die Kurie so sehr fürchtete, daß sie der Erpressung der Nazis nachgab. Das also war die Wahrheit, die in Papst Gianpaolo den Plan reifen ließ, ein Glaubenskonzil abzuhalten.

Bei diesem Gedanken ließ Jellinek das Pergament auf den Tisch fallen, als hätte er ein glühendes Scheit in Händen. Seine Hände zitterten. Er spürte ein Zucken in den Augenwinkeln. Die Angst zu ersticken ließ ihn aufspringen, den Raum fluchtartig verlassen, ohne auf das Pergament zu achten. Von Entsetzen gejagt taumelte er durch die finsteren leeren Korridore, durch Säle und Galerien mit schlurfenden Schritten. Schal und leer erschien ihm auf einmal der Prunk, der ihn umgab. Ziellos durchstreifte er den menschenleeren Vatikan, er hatte kein Auge für die Malereien eines Raffael, eines Tizian und Vasari, er hatte jegliches Gefühl für Zeit verloren, und seine Beine trugen ihn mechanisch. Wenn dieser Jesus, schoß es ein um das andere Mal durch seinen Kopf, wenn dieser Jesus nicht auferstanden war, dann war dies alles, was ihn hier prunkvoll umgab, in Frage gestellt. Wenn dieser Jesus nicht auferstanden war, dann fehlte der wichtigste Glaubensgrundsatz der katholischen Kirche, dann war alles, was die Kirche predigte, sinnlos, eine gigantische Täuschung. Jellinek sah ein grausames Szenario vor sich: Millionen Menschen, ihrer Hoffnungen beraubt, gerieten außer Kontrolle, indem sie ihre moralischen Grundsätze über Bord warfen. Durfte er, Jellinek, diese Wahrheit weitergeben?

Er nahm die steinerne Treppe zum Borgia-Turm, ließ den Saal der Sibyllen und Propheten hinter sich und betrat die Sala del Credo, die ihren Namen von den Propheten und

Aposteln hat, die paarweise auf die Lünetten verteilt sind. In der Hand tragen sie Schriftrollen mit den Versen des Glaubensbekenntnisses: Petrus mit Jeremias, Johannes mit David, Andreas mit Isaias, Jakobus mit Zacharias ... Jellinek versuchte das *Credo* zu sprechen, aber es gelang ihm nicht, und er eilte weiter.

Im Saal der Heiligen machte er halt: Wenn er die ›Schrift des Schweigens‹ an ihren Platz zurücklegte, wenn er sie wieder dem Nachlaß Gianpaolos anvertraute, würde die Entdekkung wieder vergessen werden, vielleicht für ein paar Jahrhunderte, vielleicht für alle Ewigkeit. Aber schon im nächsten Augenblick verwarf er diesen Gedanken: Wäre damit das Problem aus der Welt geschafft? Die Unruhe trieb den Kardinal weiter. Er dachte an den Propheten Jeremias, dem Michelangelo sein eigenes Gesicht, die Physiognomie des Wissenden verliehen hatte und der gedankenschwer und tiefverzweifelt dreinblickt. Keine Heiligen hatte Michelangelo diesem Jeremias zur Seite gestellt, sondern heidnische Gestalten, und er hatte dies in voller Absicht getan. O hätte er nie die Kassette mit dem Nachlaß Gianpaolos geöffnet!

Es war Nacht geworden, Osternacht. Aus der Sixtinischen Kapelle schallten Choräle zum Lobe des Herrn. Er hörte sie und sollte teilhaben an den Zeremonien, aber er konnte nicht. Jellinek irrte weiter durch die leeren Gänge, und dabei lauschte er der himmlischen Musik, die aus der Sixtinischen Kapelle zu ihm herüberdrang.

Mi-se-re-re schwoll es im Kopf des Kardinals, *voci forzate* von himmlischer Klarheit, Kastratenstimmen attackiert von metallenen Tenören, von trauervollen Bässen, jeder Ton ganz Seele, Liebe, Schmerz. Keiner, der je während des *Triduum sacrum* den Antiphonen, Psalmen, Lektionen und Responsorien gelauscht hat, wenn die Kerzen bis auf eine erlöschen zum Zeichen, daß Jesus nun von allen verlassen ist, wenn der Pontifex bei der Antiphone Traditor sich vor dem Altar auf die Knie wirft und bedrückende Stille einkehrt, bis zaghaft das erste Versett erklingt und allmählich heftiger klagend hoch im Forte mehrstimmig aufschreit *»Christus factus est«*, keiner, der die *musica sacra* des Gregorio Allegri je erlebt hat, kann diese Gesänge aus seinem Gehirn verdrängen. Orgellos und ohne jede instrumentale Begleitung, a cappella, nackt wie Michelangelos Leiber, rührt sie zu Tränen, weckt sie Schauer, verfließt sie zur Sucht, Lust erweckend wie Eva von der Hand des Florentiners – *miserere*.

Ohne es zu wollen war der Kardinal zur Vatikanischen Bibliothek gelangt, dorthin wo alles begonnen hatte. Er öffnete ein Fenster und rang nach Luft. Zu spät bemerkte er, daß es das Fenster war, an dessen Kreuz Padre Pio seinem Leben ein Ende gesetzt hatte. Und während er die Nachtluft in sich einsog und die Musik Allegris an sein Ohr drang wie eine Totenklage, erfaßte ihn ein Schwindel, es brauste in seinem Kopf, und der Choral näherte sich der lautesten Stelle, die unseren Herrn Jesus lobpreist, der in den Himmel aufgefahren ist, und Jellinek gab sich einen Ruck, ganz leicht nur, und sein Körper bekam das Übergewicht und stürzte. Im Fallen spürte er einen kühlen Wind, und ihn erfaßte ein kurzes Glücksgefühl, dann fühlte er nichts mehr.

Ein Wächter, der die Szene beobachtet hatte, sagte später aus, der Kardinal habe im Fallen einen Schrei ausgestoßen. Er könne es nicht mit Bestimmtheit sagen, aber es habe wie »Jeremias!« geklungen.

VON DER SÜNDE DES SCHWEIGENS

So endet die Geschichte, die mir Bruder Jeremias erzählt hat. Fünf Tage haben wir uns im Paradiesgarten des Klosters getroffen. Fünf Tage, gleich den fünf Schöpfungstagen von der Hand des Florentiners, habe ich in dem hölzernen Gartenhaus seinen Worten gelauscht, und ich habe nicht gewagt, auch nur eine einzige Zwischenfrage zu stellen. Der Garten des Klosters, das Holzhaus, vor allem aber der bärtige Mönch sind mir in diesen fünf Tagen vertraut geworden; aber auch Bruder Jeremias hatte Zutrauen zu mir gefaßt. Sprach er am ersten Tag unserer Zusammenkunft stockend und zurückhaltend, so war seine Rede von Tag zu Tag mehr in Fluß gekommen, ja, es schien, als beeilte er sich, seine Erzählung zu Ende zu bringen, weil er fürchtete, wir könnten irgendwann entdeckt werden.

Am sechsten Tag erklomm ich wieder die Steintreppe des Gartens. Es regnete, doch der Regen tat der Schönheit des Gärtleins keinen Abbruch. Voll Wasser gesogen hingen die Blumen schwer zur Erde, und ich war froh, das trockene Holzhaus zu erreichen. Ich hatte mir fest vorgenommen, an diesem Tag Bruder Jeremias Fragen zu stellen; aber Bruder Jeremias kam nicht. Da ich nicht wußte, was geschehen sein könnte, was Jeremias an seinem Kommen hinderte, verbrachte ich die ganze Zeit allein in der Hütte, allein mit meinen Gedanken. Regen trommelte auf die Dachpappe. Was sollte ich tun? Sollte ich mich im Kloster nach Jeremias erkundigen? Das hätte mich nur verdächtig gemacht und Bruder Jeremias geschadet.

Also wartete ich ab bis zum folgenden, dem siebenten Tag. Die Sonne schien wieder und ich durfte hoffen, daß das Hindernis des Regens, der ihn am Besuch des Gärtleins gehindert hatte, beseitigt war. Aber der Mönch kam auch am siebenten Tage nicht. Ich erinnerte mich seiner Worte, als er einmal sagte, könnte er, so würde er fliehen; aber wie sollte Jeremias fliehen mit seinen gelähmten Beinen?

Aus der Klosterkirche drangen Vespergesänge an mein Ohr. Befand Jeremias sich unter den singenden Mönchen? Ich wartete, bis das Ritual beendet war, dann ging ich geradewegs in das Klostergebäude. Einer der Mönche, die mir in den langen Gängen begegnete, wies mir auf meine Frage den Weg zum Abt. Er saß, von zwei Türen abgeschirmt, in einem großen kahlen Raum mit abgetretenem Holzfußboden, umgeben von alten Folianten und einer deckenhohen Zimmerpflanze, ein stattlicher Herr mit kahlem Schädel und einer randlosen Brille.

Umständlich mühte ich mich, dem Abt die Begegnung mit Bruder Jeremias zu erklären; aber noch ehe ich geendet hatte, unterbrach mich der Ordensmann und fragte, warum ich ihm all das erzählte. Ich verstand seine Frage nicht.

Warum, sagte ich, weil sich all das in den letzten sieben Tagen in diesem Kloster abgespielt habe und weil Bruder Jeremias in diesem Kloster gegen seinen Willen festgehalten werde.

Bruder Jeremias? In diesem Kloster gebe es keinen Bruder Jeremias, und einen Bruder im Rollstuhl schon gar nicht.

Ich war wie vor den Kopf gestoßen und beschwor den Abt, mir die Wahrheit zu sagen. Ich wüßte, daß Jeremias abgeschirmt werde von der Außenwelt, daß man ihn behandle, als habe er den Verstand verloren, aber Jeremias sei nicht verrückt, ich könne das beschwören.

Der Abt sah mich mit kleinen Augen an und schüttelte nur den Kopf und schwieg. Ich aber gab mich damit nicht zufrieden. Irgendwie paßte das alles in die furchtbare Geschichte, die der geheimnisvolle Mönch mir erzählt hatte. Ich glaubte zu wissen, sagte ich, daß Bruder Jeremias diesen Namen nur zur Tarnung erhalten habe, ich ahnte, daß sich hinter Bruder Jeremias in Wirklichkeit Kardinal Jellinek verberge, der Präfekt der Kongregation für Glaubensfragen, und daß er von der Kurie in den Tod getrieben worden sei, seinen Selbstmordversuch jedoch überlebt habe.

Der Abt schien unbeeindruckt. Schließlich erhob er sich, ging zu einem Bücherregal und zog eine Tageszeitung hervor. Die legte er vor mich auf den Schreibtisch und wortlos deutete er auf einen Artikel auf der ersten Seite. Die Zeitung war vom Vortag. Der Artikel trug die Überschrift:

Sixtinische Inschrift eine Fälschung

Rom. – Bei der Inschrift, die Restauratoren in der Sixtinischen Kapelle in Rom entdeckt haben, handelt es sich um eine Fälschung. Wie berichtet stießen Restauratoren bei der Reinigung der Deckenfresken des Michelangelo auf zusammenhanglose Schriftzeichen, die in vatikanischen Kreisen zu Spekulationen Anlaß gegeben und zur Einsetzung eines Consiliums geführt hatten. Michelangelo sollte in der unter Papst Sixtus IV. (1475–1480) erbauten Kapelle eine geheime Nachricht hinterlassen haben. Wie der Leiter des Consiliums, der Präfekt der Kongregation für die Glaubenslehre, Joseph Kardinal Jellinek, gestern bei einer Pressekonferenz in Rom bekanntgab, wurden die unerklärlichen Schriftzeichen bei einer Restaurierung im vergangenen Jahrhundert aufgebracht. Ein Zusammenhang mit dem Maler Michelangelo Buonarroti sei deshalb auszuschließen. Im Zuge der Restaurierungsarbeiten wurden die Schriftzeichen entfernt. Als neuer

Leiter der Restaurierungen in der Sixtinischen Kapelle wurde der Generaldirektor der Vatikanischen Bauten und Museen, Prof. Antonio Pavanetto, vorgestellt.

Ein Bild zeigte den Kardinal vor der Pressekonferenz. Ich rang nach Luft.

Ob ich das alles, die Geschichte mit dem Klosterbruder und dessen Erzählungen, nicht nur geträumt hätte, meinte der Abt, man träume oft von Dingen und glaube, man habe sie wirklich erlebt.

Nein, nein, rief ich, ich hätte dem Klosterbruder fünf Tage gegenübergesessen und seinen Worten gelauscht, ich könnte sein Gesicht und jede Falte seines Gesichtes beschreiben, ich könnte den Klang seiner Stimme von hundert anderen unterscheiden. Dies sei kein Traum, Bruder Jeremias existiere wirklich, er sei gelähmt und hilflos, und täglich habe ihn ein anderer Bruder in einem Rollstuhl in den Klostergarten geschoben, bei Gott, dies sei die Wahrheit.

Ich müsse mich täuschen, entgegnete der Kahlkopf, wenn sich in diesem Kloster ein gelähmter Frater aufhielte, würde er es wissen. Da ihm ein solcher Vorgang jedoch unbekannt sei, könne ich davon ausgehen, daß ich mich gewiß getäuscht habe.

Mich packte eine ohnmächtige Wut, und ich fühlte, wie Bruder Jeremias gefühlt haben mußte, und verließ den Abt grußlos, dann hastete ich den langen Gang entlang, die steinerne Treppe hinab zum Erdgeschoß. Durch das schmale hohe Tor betrat ich den Garten. Der Brunnen plätscherte wie an jedem Tag. Zwei Brüder in grauer Arbeitstracht waren bemüht, mit Rechen die Spuren zu beseitigen, welche die Räder des Rollstuhls in den Kiesweg gezogen hatten.

Seit jenem Tag hat mich die Frage nicht mehr losgelassen, ob es besser wäre zu reden oder zu schweigen, ob ich berichten durfte, was mir der Mönch anvertraut hat. Eine Rede, gewiß, kann sündhaft sein – Schweigen aber ebenso.

Vieles, was diese Geschichte betrifft, bleibt im Dunkeln, und es wird wohl auch nie erhellt werden. Bis heute fand ich keine Erklärung, warum das A, der Anfangsbuchstabe von ABULAFIA, auf der Schriftrolle zu Füßen des Propheten Jeremias, nicht ausgelöscht wurde. Wer Augen hat zu sehen, kann ihn noch heute dort entdecken – jeden Tag.

ANHANG

ÜBERSETZUNG DER LATEINISCHEN UND ITALIENISCHEN REDEWENDUNGEN

VON DER WOLLUST DES ERZÄHLENS

Ordo Sancti Benedicti	Ordensregel des Heiligen Benedikt
casta meretrix	keusche Hure

AN EPIPHANIAS

buon fresco (ital.)	in frischem Zustand
al fresco (ital.)	mit dem nassen Putz aufgetragen
a secco	auf den trockenen Putz aufgetragen
ex officio	von Amts wegen
speciali modo	spezieller Art
Fiat. Gregorius papa tridecimus	So geschehe es. Papst Gregor XIII.
fondi (ital.)	Unterabteilung
l'Archivio Segreto Vaticano (ital.)	das Vatikanische Geheimarchiv

Riserva (ital.)	Geschlossene Abteilung
Scrittori (ital.)	Schreiber
Buste (ital.)	Akten
laudetur Jesus Christus	Gelobt sei Jesus Christus
Sala degli Indici (ital.)	Saal der Inhaltsverzeichnisse
de curia, de prebendis vacaturis, de diversis formis, de exhibitis, de plenaria remissione	über die Kurie, über zu gewährende Freiheiten, über verschiedene Formen, über Erkenntnisse, über vollständige Erlasse
custos registri bullarum apostolicarum	Aufseher über das Register der päpstlichen Erlasse
Schedario Garampi (ital.)	Archivsammlung Garampi
de jubileo	über das Jubiläum
de beneficiis vacantibus	über die verfügbaren Vergünstigungen
verba volant, scripta manent	die Worte verfliegen, Geschriebenes bleibt
credo quia absurdum	ich glaube, weil es wider die Einsicht ist
ignis ardens	brennendes Feuer
religio depopulata	entvölkerte Religion
Lignum vitae – ornamentum et decus Ecclesiae	das Holz des Lebens – Schmuck und Zierde der Kirche
Prophetia S. Malachiae Archiepiscopi, de Summis Pontificibus	Prophezeiung des hl. Erzbischofs Malachias über die Päpste
sidus olorum	Zierde der Schwäne
Peregrinus apostolicus	apostolischer Fremdling
lumen in coelo	Licht am Himmel
pastor et nauta	Hirte und Seemann
scultore (ital.)	Bildhauer

pittore (ital.)	Maler
in nomine Jesu Christi	im Namen Jesus Christus
Brachettone (ital.)	Hosenlatzmacher
Jesu domine nostrum	Jesus, unser Herr
terra incognita	unbekanntes Land
intonaco (ital.)	Mörtel
in nomine domine	im Namen des Herrn
scolare (ital.)	Schüler
omnia sunt possibilia credenti	dem Gläubigen ist alles möglich
amore non vuol maestro (ital.)	ein liebend Herz braucht nicht angetrieben zu werden

AM TAGE NACH EPIPHANIAS

Fondo Assistenza Sanitaria	Krankenabteilung
atramento ibi feci argumentum	mit Farbe habe ich dort den Beweis erbracht

AM FEST DES PAPSTES MARCELLUS

miserere domine	Herr, erbarme dich unser
funicoli, funicola (ital.)	ital. Volkslied auf eine Standseilbahn
Novecento Italiano (ital.)	italienisches neunzehntes Jahrhundert
domine nostrum	unser Herr

ex paucis multa, ex minimis maxima	aus dem Wenigen viel, und aus dem Kleinsten möglichst viel herauszuholen
quoquomodo possumus	auf welche Art und Weise auch immer es möglich ist
causa	der Fall
Genesis ad litteram	Schrift des hl. Augustinus
Hoc indubitanter tenendum est, ut quicquid sapientes huius mundi de natura rerum demonstrare potuerint, ostendamus nostris Libris non esse contrarium; quicquid autem illi in suis voluminibus contrarium Sacris Literis docent, sine ulla dubitatione credamus id falsissimum esse, et, quoquomodo possumus, etiam ostendamus.	Es muß unzweifelhaft festgehalten werden, daß alles, was die weltlichen Gelehrten als wahr beweisen konnten, wir als unseren Schriften nicht widersprechend dartun werden: was sie aber in ihren Büchern gegen die heiligen Schriften lehren, müssen wir ohne Zweifel für ganz falsch halten, und wir wollen es, so gut wir nur irgend können, nachweisen.
Providentissimus Deus	der alles vorausschauende Gott
Accessorium sequitur principale	die Nebensache folgt der Hauptsache
et omnia ad maiorem Dei gloriam	und alles zur höheren Ehre Gottes (Wahlspruch des Ignatius von Loyola)
Societas Jesu	der Jesuitenorden

AM VIERTEN SONNTAG NACH EPIPHANIAS

sic florui	so (kurz) habe ich geblüht
Missa Papae Marcelli	Messe des Papstes Marcellus
in fiocchi (ital.)	mit vollen Quasten
non verbis, sed in rebus est	nicht reden, sondern handeln (Seneca)

EBENFALLS AM VIERTEN SONNTAG NACH EPIPHANIAS

corpus delicti	Beweisstück
Ave Maria, gratia plena …	Gegrüßet seist Du Maria, voll der Gnaden …
papabiles	die Papstwürdigen
Requiescat in pace	Er ruhe in Frieden

MARIÄ LICHTMESS

buona sera, Eminenza (ital.)	Guten Abend, Eminenz
ad majorem Dei gloriam	zur höheren Ehre Gottes

MONTAG NACH LICHTMESS

Praeparatio evangelica	Vorbereitung zum Evangelium
Compendium theologicae veritatis	Kompendium der theologischen Wahrheit
Jucunditas maerentium, Eternitas viventium, Sanitas	Freude in der Trauer, ewiges Leben, Stärke für die Schwa-

languentium, Ubertas egentium, Satietas esurientium	chen, Reichtum für die Armen, Nahrung für die Hungernden
horribile dictu	es ist schrecklich auszusprechen
Atramento ibi feci argumentum, locem ultionis bibliothecam aptavi	Mit Farbe habe ich dort den Beweis erbracht, und die Bibliothek als Ort der Rache ausersehen
non est possibile, ex officio	unmöglich, von Amts wegen

AN QUINQUAGESIMA, VERMUTLICH

taedium vitae	Überdruß, Ekel am Leben
Confutatis maledictis, flammis acribus addictis	Die Hölle ohne Schonung wird den Verdammten zur Belohnung
Domine Deus	Herr Gott
Deus Sabaoth	Herr der Heerscharen
libera ma, Domine, de morte aeterna in die illa tremenda, quando coeli movendi sunt et terra	Errette mich, Herr, vom ewigen Tode an jenem Schrekkenstage, wenn Himmel und Erde wanken

ASCHERMITTWOCH

Domine Jesu Christe, Rex gloriae, libera animas omnium fidelium defunctorum de poenis inferni et de profundo lacu	Herr Jesus Christus, König der Herrlichkeit, bewahre die Seelen aller verstorbenen Gläubigen vor den Qualen der Hölle und vor den Tiefen der Unterwelt

Libera eas de ore leonis, ne absorbat eas tartarus, ne cadant in obscurum; sed signifer sanctus Michael, repraesentet eas in lucem sanctam, quam olim Abrahe promisisti, et semini eius	Bewahre sie vor dem Rachen des Löwen, daß die Hölle sie nicht verschlinge, daß sie nicht stürzen in die Finsternis. Vielmehr geleite sie, St. Michael, der Bannerträger, in das heilige Licht, das du einst Abraham verheißen und seinen Nachkommen
lux aeterna luceat ei	Das ewige Licht leuchte ihm
Exitus. Mortuus est	Tod. Er ist tot.
Pater noster, qui es in coelis …	Vater unser im Himmel …

AM FESTE DES APOSTELS MATTHIAS

ad rem	zur Sache

AN REMINISCERE

Ecce ego abducam aquas super terram	Siehe, ich will eine Sintflut kommen lassen über die Erde

AM MITTWOCH DER ZWEITEN FASTENWOCHE

Credo in Deum Patrem omnipotentem …	Ich glaube an Gott … (christl. Glaubensbekenntnis)
bracchium domini	Arm des Herrn
videbis posteriora mea	Du wirst meine Rückansicht sehen

IRGENDWANN ZWISCHEN OCULI UND LAETARE

Theologica Moralis Universa ad mentem praecipuorum Theologorum et Canonistarum per Casus Practicos exposita a Reverendissimo ac Amplissimo D. Leonardo Jansen, Ordinis Praemonstratensis	Allgemeine Moraltheologie zur Einsicht besonderer Theologen und Kanoniker mit praktischen Anwendungsbeispielen, veröffentlicht vom hochehrenwerten und bedeutsamen Dr. Leonardo Jansen aus dem Prämonstratenserorden

AM TAG NACH LAETARE UND AM NÄCHSTEN MORGEN

expressis verbis	mit deutlichen Worten

AM MONTAG DER KARWOCHE

Buona sera, Signora (ital.)	Guten Abend, Signora

VON KARSAMSTAG ZU OSTERSONNTAG

Sala del Credo (ital.)	Saal des Glaubensbekenntnisses
miserere	erbarme dich unser
voci forzate (ital.)	gewaltige Stimmen
Triduum sacrum	heiliger Zeitraum von drei Tagen
Christus factus est	Christus hat vollbracht
musica sacra	heilige Musik

PLAN DER SIXTINISCHEN FRESKEN

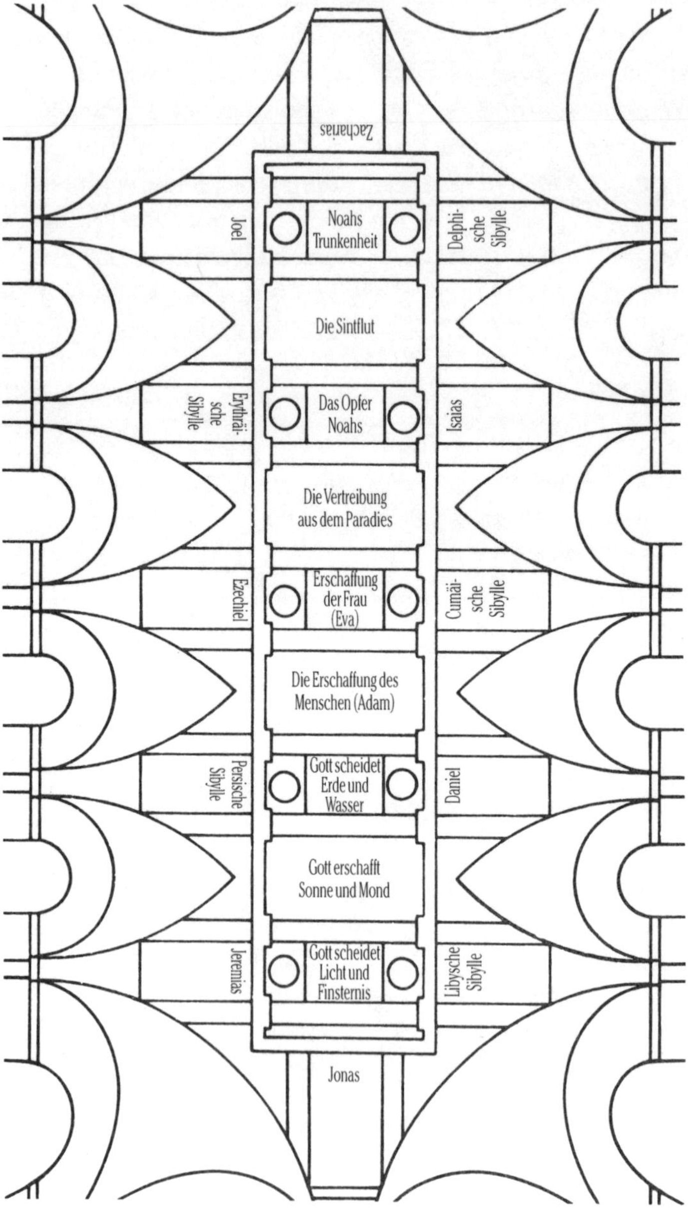